悪寒（おかん）

伊岡 瞬

Ioka Shun

目錄

——東京地方法院八一二號法庭。

「那麼我再問一次被告，妳在毆打被害人時，是否有意識到『對方可能會死』？」

「我不記得了。」

「難道妳沒有想著『去死』吧？」

「這部分——我也不記得了。」

「所以是不想講的意思？」

「不。我真的不記得，因為當時太過激動。」

「一怒之下便失去理智？」

「是的。」

「但是妳確實有動手對吧？」

「是的。」

「原來如此，記憶可真是一個方便的東西——不過，被告在行凶的時候可是毆打了對方兩次。一次是從後方像這樣——猛烈敲下，隨著再狠狠地補上一擊。或許第一次是一時盛怒，但是第二次，是否可以說是抱有明確殺意的攻擊呢？妳知道在這社會上，我們稱呼這樣的行為是什麼嗎？」

「我不知道。」

「叫做『給予致命的一擊』。」

「我不是很清楚。」

「『我不記得了』的接下來是『我不是很清楚』嗎？原來如此——那我換個問題。妳從以前就恨著被害人嗎？」

「這個問題——」

「怎麼了嗎？請妳老實回答。」

「大概恨過吧。」

旁聽人的竊竊私語如同漣漪般地傳開，不過很快便平息下來。

「不好意思，被告。麻煩妳講大聲一點、清楚一些。」

「我大概恨過被害人。」

「有恨到想殺掉對方嗎？」

「異議，審判長。檢方從剛才開始便肆意對被告的模糊記憶……」

「有。」

被告打斷對話的回答，讓法庭內一片譁然。

「——抱歉，妳剛剛說了什麼？辯護律師的發言害我沒聽清楚，麻煩妳再說一次。用審判長及陪審員席都能聽到的音量清楚道出。」

「我恨被害人，恨到想要殺死他的地步。雖然我不記得毆打他的當下對他有沒有殺意，但是我很慶幸那個男人死了，直到現在我仍是這麼覺得。」

「這是為什麼呢？」

「因為——」

被告針對檢察官提問所做出的回答，讓法庭內的議論又變得更大聲了。

「安靜。麻煩旁聽人請保持肅靜。」

審判長提高音量喊道。

記者們抄寫筆記的聲音，低聲迴響著。

第一部

1

完成了早上的代辦事項，藤井賢一看著牆上掛的時鐘，同時微微地嘆了口氣。指針指在九點四十分。

一旁有張被人用圖釘釘住的紙，上頭寫著，「時間就是金錢，早晨要快點出發！」、「勤快是邁向成交合約的第一步！」。這是松田支店長（註1）的口頭禪，也是出自他的手筆。只是那毛筆字體實在稱不上好看。

賢一出勤的時間，總是比過去第一個到公司的老員工，早個三十分鐘以上。即便如此，處理完早上的業務，依舊會拖到這個時間。

賢一的名片上雖然掛著「支店長代理」的頭銜，實質卻是第一線的業務。每天的例行公事就和去年春天剛進公司的新進銷售沒什麼不同。

內容不但沒有不同，反而還多了管理職的工作。在東京的「總公司」裡早已被廢除的紙本資料，每天都堆得像山一樣多。儘管賢一覺得既浪費時間又浪費資源，但是和支店長反應恐怕也是聽不進去，搞不好讓他聽見了，量也只會變得更多。

註1　支店長：類似分公司經理。

賢一轉著僵硬的脖子，環顧整個辦公室。

除了自己以外，其餘的六名營業員都去跑外勤了。剩下的只有兼任總務與會計的兩名女性，以及兩名營業課的內勤女職員，再來就是松田支店長。

松田支店長四十五歲，比賢一年長三歲。他盯著電腦螢幕正在打字，不過賢一可以明顯感覺到，他用眼角餘光在觀察自己。也差不多要到他挖苦人的時間了。

——東京來的人果然跟我們不一樣呢。就算沒有達到業績目標，還是一樣我行我素。

在這八個月以來，類似這樣的言論不知道聽過多少次了。

松田嘴上所說的「東京」，大部分指的都不是地方，而是賢一過去任職的公司。

儘管賢一也知道早點離開辦公室比較好，但是在離開以前，他就是很想喝杯咖啡。為了這短暫時刻，他甚至可以提早上班。

賢一悄悄地站起身，前往茶水間。

他走出辦公室大門，通往後門的走道，途中有個形式上的洗手間和茶水間。流理檯附近窄到光站兩個人就受不了。角落擺有一張餐邊櫃，就像辦家家酒一樣迷你。賢一從裡頭拿出自己的馬克杯。杯子上的圖案是一隻小熊騎在笑咪咪的大熊肩上。這是大約一年前，賢一和妻子在百貨公司購物時，抽獎得來忘了是三等獎還是四等獎的贈品。

「因為這隻熊感覺跟你很像。」當時妻子是這麼說道。可是賢一不管怎麼看都覺得不像。最近也漸漸地認為，這只是妻子為了讓他拿這個杯子才會這麼說，這麼一來就算摔壞了也不會怎樣。

賢一從公司提供的便宜即溶咖啡瓶中，用湯匙舀出滿滿的兩匙咖啡粉，放入自己的馬克杯裡。剛開始他也有準備自己的專用咖啡瓶，不過很快就被公司的其他職員喝掉了。

他按下電熱水壺的按鈕，熱水就只出來那麼一下，之後不管他怎麼按都只有「咻咻」聲，就像用吸管吸玻璃杯底的剩餘果汁那樣。裡頭的水似乎所剩無幾。

半溶的咖啡就像煤焦油一樣黏在杯底。現在不僅咖啡喝不著，還增加了清洗的困擾。

「真沒辦法。」

就在賢一喃喃自語的同時，有人從背後向他搭話。

「不好意思，藤井代理。」

一臉焦急跑進茶水間的是營業課的高森久實，賢一的直屬部下。

「我就快要三十歲了。」是她的口頭禪。在內勤的女性當中，屬她最有精神，也不會故意對賢一冷淡——不、倒不如說，這一個月以來，她向賢一搭話的頻率好像還增加了。

老實說，賢一不是很喜歡「代理」這個稱呼。

「可以直接叫我的名字嗎？」他曾經對另一名職員要求道，但是對方卻以「這是支店長的命令」為由，匆匆帶過。

「好像沒水了呢。」

高森久實湊近偷看賢一手中的杯子，化妝品的香味隨之撲鼻而來。

「我剛才正打算加水，電話就打來了。」

她笑著吐舌。尾音有點奇妙的上揚。這是東北特有的語調。

高森久實輕輕地將賢一推開，接著把電熱水壺放在水龍頭下方。兩人在狹窄的空間交換位置時，她那將制服撐到有點緊的胸部擦過賢一的背部。

雖說隔著衣服，但久未碰觸的女性柔軟觸感，還是讓賢一一時不知所措，不過他也很快地警戒起來。

她應該不會到處亂說，「藤井代理會在茶水間故意用身體來擠我」這樣的話吧？最近她那異常親切的態度，實在讓人難以不去猜想是不是松田支店長設下的圈套。

我到底在想什麼啊——

自從「那件事」之後，賢一好像完全養成先懷疑他人的習慣。

高森看起來並不在乎自己的胸部被碰到，只見她吐氣吹著瀏海，態度自然地說。

「杯子就放在那裡吧，等會水燒好了我直接幫您泡。」

賢一有點在意時間，便看了一眼手錶。這是結婚十週年時，他和妻子交換禮物獲得的手錶。雖然只是國產品，但他很喜歡機械錶運針的滑動感。

「沒關係，不用了。我也差不多該出去了。」

「哎呀，這樣子啊。真可惜。」

「謝謝，下次再麻煩妳吧。」

賢一正打算回辦公室拿公事包時，高森又從後方向他搭話。

「對了。您女兒的考試結果後來怎樣了呢？」

這裡的職員很少會和賢一談起個人話題。尤其會讓人高興的話題更是稀奇。

「聽說考上了呢。」

賢一轉過身，微笑地道。

「真是太好了，您不回去慶祝一下嗎？」
「其實我也正在考慮這個週末要不要回去。」
「那樣很棒呀。就算會被支店長碎念一番，還是堅持到底比較好。」
「也是。」賢一擠出笑臉答道。
松田支店長討厭賢一的事情，似乎在分公司內也是眾所周知。
如果讓松田發現自己在這個地方偷懶，一定又會被他嘲諷。
——出身在丸之內的菁英先生，有句話叫做見微知著。該說你這是優雅呢？還是缺乏危機意識啊？一大早的就在茶水間跟人話家常？
賢一盡量不和松田對上視線，拿起塞滿業務資料的包包，快步前往停車場。
由於這兩週以來的連續晴天，陰影處幾乎不見積雪。
聽說這家分店所在的三層大樓，原本是某間信用金庫的分行。離ＪＲ酒田站前的圓環，大約有一百公尺左右的距離。隔著縣道的對面是一間柏青哥店，附有寬敞的停車場。
在被調來這裡以前，賢一當然有聽過「酒田市」這個名字，只是對於幾乎沒有離開過東京，也沒有興趣旅行的賢一來說，他無法確定是位在秋田縣還是山形縣。更別提城市產業、人口多少等問題，可說是完全沒有概念。
他大概能想到的，就是自己唯一一次去仙台出差時，所看到的街景。即便沒有那麼大，至少也會像東京郊外的車站附近那樣熱鬧吧。
然而來到這裡之後，卻和想像中的完全不同。
天空特別寬廣。是他對這裡的第一印象。距離車站一百公尺左右，就是普通住宅區。這裡幾乎沒有遮蔽視線的建築物，車站前也沒有發面紙的年輕人，更看不到讓人刺眼的招牌。

依據風向，很有可能會聽見月臺廣播的地方，卻蓋了一整排民宅。

清風冷冽，天空也很藍。路旁幾乎沒有高樓建築，整個很有開放感。對於不喜歡城市雜亂風景的人來說，是個令人稱羨的環境。只是對於沒有興趣流連卡拉ＯＫ小吃店的賢一來說，還真有點寂寞。

不過想想也覺得算了。畢竟賢一來這裡也不是為了玩樂。他原本就沒有獲得自由便立刻歌頌單身的打算。

【挑選配置藥（註2），就選讓您信賴與安心的東誠藥品】

賢一坐進車身印有公司標語與ＬＯＧＯ的輕型車，繫上有點卡的安全帶。上午的咖啡看來只好先保留了。他也可以在路上的自動販賣機買瓶罐裝咖啡喝，但是總不能沒漱口的帶著咖啡氣味就去拜訪客人。

賢一打開空調，香菸臭味跟著從送風口飄出。似乎是前一位使用者留下的。

「我們家沒有放那個東西耶。」

第一間拜訪的客人就讓賢一進到玄關，這實在很難得。只是他一說明來意，馬上遭

註2　配置藥：此為日本歷史悠久的商業模式，廠家將藥箱放置在患者家中，患者需要時可自行取用，藥廠人員會在日後上門清點，僅收取已使用藥品的費用，再把過期的藥品免費更換掉。

受到拒絕。

應門的是一名獨自看家，年過七十的女性。她臉上浮現的苦笑像是感到抱歉但又覺得困擾。

這附近的農舍構造，大多由三和土鋪設而成。不時中斷的對話與異常空曠的空間，讓人覺得比實際氣溫還要來得寒冷。

賢一若無其事地將手中的塑膠製藥箱放在玄關臺階上，裡頭塞滿了各式常備藥品。

接下就要進入最關鍵的決勝時刻。

「放在這裡是免費的，我們不會收您任何一毛錢，您需要支付的只有使用的部分。而且我們還會每月來訪，在補充藥品的同時順便收款，所以對您來說一點也不麻煩。您是否曾在下雪、下雨的日子，突然發燒或拉肚子呢？冒昧請問您，您能半夜自己獨自驅車前往深夜營業的藥妝店嗎——？」

對方還算願意聽他說話。

對於吃慣閉門羹的賢一來說，光是這樣就很值得感激了。不過要是無法讓對方點頭答應，一切還是白費。

「可是，我們家現在沒有其他人在耶。」

賢一的——正確來說，是公司的意圖就在這裡。業務守則上也寫道，要特別挑選家人不在的時間去訪問。

如果丈夫或是兒子在家的話，一定會遭到拒絕。別說談上幾句，就連公司名字可能都不願意聽。儘管因人而異，但要是能對年長女性動之以情，她們願意答應的機率就會比較高。

對方的聽力似乎不太好，賢一便為此提高了音量。

「不然這樣好了，媽媽。我也已經帶來了，您就讓我放在您家吧。如果就這麼拿回去我會被公司罵的。就這麼辦吧，好嗎？如果之後您家裡人回來覺得還是不要的話，您再撥電話給我，我就會馬上來取走，這樣就沒有關係了吧？對了！我們現在剛好有活動，會提供讓排便順暢的樣品藥給您！還有還有，雖然可能會被支店長罵……這個拋棄式暖暖包和保鮮膜，垃圾袋順便也一起附給您。」

明明很冷，說話時額頭和脖子背後卻滲出汗水，他趕緊偷偷用手帕擦掉。

這些臺詞，他當初連一半都說不出來。他都已經四十二歲了，不管是「我會被公司罵」的這種話，還是叫陌生人「媽媽」、用裝熟的語氣與人攀談等等，都讓賢一覺得非常抗拒。

不過在遭受一連串拒絕，以及松田支店長的連續責罵下，他也在不知不覺間背了下來，並且能毫不費勁地脫口而出。只是，自己親耳聽到這些話，身體還是會不覺燥熱起來。

「媽媽，拜託您了呀。」

「你都說到這地步了，那好吧……」

太好了！睽違三天的成果！就在賢一心中握拳歡呼的時候，眼前忽然出現一個人影。

「這位是？」

一名年約五十幾歲，身體黝黑、體格健壯的男人問道。

「啊，安雄啊。這個人剛才說，希望能把藥箱放在我們家，他說如果不放在這裡，就會被公司罵了。」

那名被稱作安雄的男人，似乎是這位老婦人的兒子，只見他目光逐漸轉為銳利。

2

藤井賢一所任職的「東北誠南醫藥品販賣」──簡稱「東誠藥品」──其本部位於仙台市，以販賣放置藥為業。

此制度是將基本的家庭常備藥品，一箱一箱地放在客戶家或辦公室裡，每月進行一次的訪問及確認，再針對已使用的部分酌收費用。

這家東誠藥品，其實是賢一在八個多月前仍在職的「誠南 Medicine」大藥廠的關係企業。

賢一因為一些個人情感上的理由，總是會稱呼誠南 Medicine 為「總公司」。然而實際上，誠南 Medicine 並未直接出資，換而言之，東誠藥品只是一間孫公司（註3）。因此，從人事方面來看，即便有像賢一這樣「下放」的例子，也絕對不會有反過來「爬升」的案例。

況且如果是被分到仙台的總部或山形市的分公司總部也就算了，賢一被分配到的，是實際只有一間營業處的酒田分公司的代理支店長。

註3　孫公司：子公司的子公司。

賢一受命被調來這裡，口頭上說是一年以內——快的話就是四月的定期人事異動就可回去，慢的話則是要到六月，也就是整整一年後才會被調回去。

工作內容出現戲劇性的變化，再加上生活習慣的不同，導致賢一後來病倒，到任後有一個月都只能吃燉煮烏龍麵。

然後不知不覺半年過去，跨了一個年，二月也過了一半，大型零售業的賣場都被女兒節（註4）和白色情人節的商品占據。春天就要來臨了。

但是賢一依舊沒有收到任何內部通知。雖然覺得應該不至於如此，但他還是不免擔心，是不是哪裡出錯？還是人事發布的異動資料混到其他地方去了呢？

他不禁如此猜想。

雖然他心中有股衝動，很想向總公司的總務部同期職員打聽看看，但是人事是日本企業中最敏感的機密之一，絕不可打草驚蛇毀了一切。這樣的恐懼心理也讓他猶豫不決。

賢一將車子停在國道旁的一家蕎麥麵店。這是他最近常去的一家店。今天點的也是熟悉的燉煮烏龍麵。

他拿起桌上的熱毛巾擦臉。

上午努力跑了那麼多地方，成果還是零。午餐時間去拜訪客戶，也會給對方帶來困

註4　女兒節：又稱雛祭。每年的三月三日是日本女孩子的日子，為了祈求女孩健康長大、幸福平安的傳統節日。

擾，所以他也決定先去吃飯。

話說回來，早上的客人真的太可惜了——

第一家的結果讓他十分惋惜。就在他認為百分之九十九就要成功的時候，對方的兒子安雄一回家，一切都告吹了。

「我們不需要那種東西！」

安雄對著自己的母親吼道。完全無視賢一。

「我之後再來拜訪您。」賢一也待不下去，丟下這句話後隨即離開。

「我會被公司罵」這句固定用語，對於年長的女性很有效，但對男性來說就是反效果了。大部分他們都會怒罵：「關我什麼事！」然後對話跟著結束。即便多次說明「只算使用部分」，他們還是會認為這是強迫推銷。

其實「只算使用部分」便是它的關鍵之處。那怕只是吃了一顆藥，一旦開封，就得算二十四顆整瓶購買。

不過剩下的二十三顆也歸客人所有，所以也稱不上是惡質買賣，也有人覺得這樣很好很方便。只是現在已不是昭和時代，過去那種街上只有一家公定價的藥局已不復見。只要去那些蓋在主要幹道邊的藥妝店，或是大型連鎖超市的藥妝區，新商品根本任君挑選，還可以用便宜價格購入。

而且，這行裡聽說也有一些不肖業者。

他們會故意擺放快過期的商品，即便客戶只吃了一顆藥，也會以「汰換期」為由，將剩下的二十三顆連瓶一併收走，隨後再放入未開封的新商品。也就是說，客戶只吃了一顆藥，卻支付了一整瓶藥的費用。

賢一的公司至少沒有採取這種手法，但是以顧客的角度來看，或許也是半斤八兩吧。

今天主要是以郊區的農家為拜訪重點，不知道下午還能拜訪幾家。可以的話，真希望能遇見不會有「安雄」回來的家。

賢一特意點上的燉煮烏龍麵，卻有大半以上的料都沒吃。

「我回來了。」

賢一把車停在後巷消磨時間，晚上七點十分過後才走進辦公室大門。在此之前的時間，他無法回公司。

「辛苦了。」

有氣無力的招呼聲此起彼落地響起。內勤的女性通通都下班了，留下來的只剩男性業務。

「很好，辛苦了。」

松田支店長透過細長的眼鏡發送視線過來。

賢一將包包放置在桌上，隨即走向支店長的位子。他要向他報告今天的業績。

「業務部○○，今天的成果有○家。」

業務部的全體職員都要進行這項儀式，即便是頂著支店長代理的頭銜也一樣。

「藤井賢一，今天的成果是零家。」

賢一視線緊盯著前方報告。身後的大家感覺正盯著自己在冷笑。

「零家？也就是沒有的意思？」

松田的視線從資料上抬起。

「是的，真的非常抱歉。」

「我說藤井支店長代理啊，又沒人叫你去賣東西，只要放在客人那裡就好，而且還附贈品耶。」

「我知道……」

「哼——喂，長野主任，你說你今天的成果是多少？」

長野是剛進公司五年的男性職員，在年輕一輩中是最能幹的一位。賢一身後傳來椅子的聲音，感覺有人站了起來。

「是。有五家簽約了。」

「昨天呢？」

「有六家。」

「你給今天的自己打幾分？」

「七十分。」

「嗯。理由是為什麼？」

「如果昨天能達成六家，那麼今天應該也要一樣或是更多才行。」

「很好，沒事了，你繼續工作吧。」

長野再度移動椅子坐下，辦公室隨即恢復沉默。

由於剛才的「沒事了」是針對長野說的話，所以賢一還沒有解脫。松田的視線落回桌上的文件，彷彿忘了賢一的存在。在蓋了一會章之後，他又忽然想起似地抬起頭。

「藤井代理，你該不會是把這裡當成你暫時棲身的地方吧？」

「不，我沒有那個意思。」

「聽說你在東京是擅長算數字，所以我還以為你會比我瞭解，如果銷售額沒有遠遠高於支付員工的薪水，公司就無法經營下去，這你應該知道吧？」

「我大略知道。」

「像我們公司這樣的小規模企業，不像某大企業那樣，靠回扣跟威脅就能賣出去。」

這句話是在諷刺賢一調派的理由，非常尖銳的嘲諷。

「我知道。」

「知道的話怎麼還能如此不在乎？」

「我並沒有不在乎。」

「既然如此，那你採取什麼對策了嗎？」

「盡量將自己的誠意傳達出去……」

「別淨說一些白日夢的話！」

在松田突然的怒吼聲下，辦公室內原本還在竊竊私語的聲音也瞬間停止。

「你給我聽好，支店長代理人先生。誠意這種話，只會出現在海報或是電視廣告裡。要是光靠誠意就可以賺錢，大家就不會那麼辛苦了。喂，長野，對業務來說，最重要的是什麼？」

「纏功跟推銷。」

「要是那樣還不行的話？」

「那就再死纏爛打跟努力推銷。」

松田抬了抬下巴，像是在示意，剛才的話你聽到了吧？

在那之後又持續了一陣挖苦與說教，賢一幾乎都沒有聽進去。

3

晚上八點半，賢一待在獨自一人的公司，將殘存在杯底的冷咖啡一飲而盡。要不要再泡一杯？算了，熱水瓶的電源已經拔掉，太費工夫了。乾脆早點結束工作，繞去車站前的咖啡廳好了。

車站的另一頭，走路約莫十五分鐘，有一棟替代員工宿舍的公寓。按照當初的約定，五萬多的房租由總公司來支付。雖然附有廚房與系統衛浴，但是屋齡足足超過了四分之一個世紀，感覺有種淒涼寂寞感。裡頭散發著霉味混合某種調味料的氣味，不是一個人會想待的房間。不過也多虧如此，像這樣每天無薪加班也不會感到辛苦。

賢一打開借來的筆電，點開藏在深處的文件夾。

裡頭放的是妻子倫子與獨生女香純的幸福家庭照，也就是私人的照片。

他把文件內的資料設成「自動再生」，一邊做著歸檔的工作，偶爾將視線轉向畫面。

一開始顯示的，是香純三歲時拍的七五三節（註5）全家福照。女兒香純穿著一身鮮紅

註5 七五三節：源自日本神道教的傳統習俗。小孩子到了三歲、五歲、七歲時，父母會在每年的十一月十五日將小孩帶去神社參拜，以感謝神祇保佑之恩，並祈祝兒童能健康成長。

色和服，表情一臉不悅。

不過這也不能怪她。穿著不習慣的和服，頭髮還被東弄西弄，臉上還要化妝，在攝影棚內已經被閃光燈照個不停了，最後還要帶到神社外，架上腳架繼續拍攝。

「明年我再也不要過七五三節了。」那天晚上，香純大口吃著她最愛的哈密瓜，一邊宣示道。

接下來是在公園、遊樂園、烤肉區等地方所拍的照片，每張看起來都是那樣快樂，彷彿能聽見當時的笑聲。

不知是在第幾張時，出現了在泳池拍的照片。

那是在香純小學三年級的夏天拍攝，也就是距今六年半前，當時妻子三十四歲。

妻子因為害羞所以穿著洋裝式連身泳衣。那一身泳裝攤在明媚的陽光下略顯羞怯，與她在床上或是洗澡完那毫無防備的裸體不同，感覺很新奇。

儘管妻子總是感嘆著生了女兒之後，下腹變得容易堆積脂肪，賢一卻不這麼覺得，只是他也沒有說出口。或許是出自丈夫的偏愛，他認為妻子的身材絲毫看不出年齡感。

話說回來，最近這陣子別說妻子的裸體了，就連皮膚他都沒碰到。

去年六月，發生了那場只能用惡夢來形容的騷動，導致賢一被迫調派。之後他真正回家的次數就只有兩次。那就是僅休了三天的夏季休假和半強迫休息四天的年假。

當然，除了這些天以外，他也有好幾次可以回家的機會。但是以酒田市和自家所在的中野區邊界來說，不是能說走就走的距離。好不容易計畫好要休假，松田支店長就像故意找碴般，要求賢一假日出勤。感覺也無法拒絕。這很明顯地違反了工作規則，根本是一種職場霸凌，但是為了能順利回到「誠南Medicine」，他也不想惹事生非。

賢一沒回家的理由還不只如此。

在夏天剛過的時候，倫子突然開口對賢一說：「自從你調派之後，每個月的家計都變成了赤字。香純上高中也要花錢，所以你不用回來也沒關係。」確實，公司沒有支付賢一的回家費用，因此每次數萬圓的支出著實很傷。不過賢一知道的倫子是不會說出這種話的。

「如果是錢的問題——」賢一才開口，倫子就像是要蓋過他的話回道：「只要你一回來我就必須多做準備，而且我要照顧媽媽根本無法抽身。」

講到這一點，賢一便不好再強求。

盂蘭盆節與母親見面時，賢一並沒有特別注意，但是母親的認知障礙症狀，也許正急速惡化中。

所以才更應該回去看看情況啊。理論上，賢一是這麼認為。只是另一方面，他也無法否認自己在心底某處確實有著「既然倫子都說交給她了，那就照她的意思辦吧」的依賴想法。不如說，「不用回來也沒關係」這句話，某方面也讓他鬆了口氣吧。

而且不僅如此。去年九月左右，女兒香純還向賢一表示要和他斷絕往來關係。「電話我也懶得講，有事就用訊息聯絡吧。」賢一完全摸不著頭緒。而當他向倫子抱怨時，他很訝異倫子竟然也告訴他：「我也是，沒有要事的話就用訊息聯絡吧。」還記得當時的自己比起選擇生氣，倒是不由得笑了出來。

從此之後，賢一和倫子的往來幾乎都是透過訊息或是通訊軟體，如果沒有特別要事，甚至根本不會聯絡。

這到底是怎麼一回事？賢一覺得很不可思議。確實，最初的原因是自己造成的。如果他處事能再圓滑點，或許就不用一人被調到那麼難回家的地方。不過他也不是因為喜歡才選擇這條路。他會這麼做，不都是為了家人嗎？如果是以前的藤井家，就算不用特別解釋，彼此都能互相理解。僅僅幾個月不在家，家人的心這麼容易就疏離了嗎？

他該傷心？憤怒？還是應該自責？賢一抱持著這份割捨不了的情感，一直忍受著松田各種令人不快的言行，時間終於來到了年底。

雖然松田支店長以準備「壓歲錢計畫」為由，要求賢一元旦當天也要上班，但他拒絕了。在遭受百般刁難後，也只有除夕夜和元旦頭三天能在家中度過。

然而，三十一日那天晚上，賢一好不容易能和倫子同床共枕，但伸出來的手卻被倫子輕輕地推開。她的手一如往常的溫暖，但動作卻很冷淡。

「怎麼了嗎？」

起初賢一還以為倫子是不是在生什麼氣。

「沒事，沒什麼。」

「我沒有在當地找新老婆，很認真地工作耶。」

賢一開著玩笑，隨後又伸了一次手，這次是直接被甩開。

「發生什麼事了？」賢一的語氣也跟著轉硬。

「香純在念書。」

女兒房間確實就在兩人臥房的隔壁，可是一直以來他們都是這樣小心翼翼地行房，賢一不懂為何事到如今才說這些。

「不要發出聲音就好。」

賢一帶點賭氣意味，半開玩笑地說道。

「對不起，我沒有那個心情。」

遭受到妻子冷淡地拒絕，賢一欲望也跟著被澆熄。

該不會是她外面有了男人吧？

這個想法突然掠過賢一的腦海，但是他知道倫子絕不會這麼做，很快便打消了這個念頭。比起這個，倒不如比較有可能是——

「妳該不會是在氣我，把照顧媽媽的工作都丟給妳了吧？」

賢一話都到了嘴邊，卻礙於先前種種讓他實在難以開口。

剛決定調派以及夏天見面的時候，母親的認知障礙症狀都還很輕微，所以賢一也並未認真看待此事，從未想過申請政府長照，一切都交由倫子來照料。然而幾個月後再回去，病情卻是明顯惡化。按照倫子的個性，雖然嘴巴上不說，但對於置之不理的賢一難免也會心生不滿。

明天找倫子談談嗎？不，大過年的可能不適合說這些。正因為是夫妻，想要找時機認真道謝或道歉就顯得極為困難。

賢一苦惱地思索著，不知不覺便掉入淺眠的睡夢中。

喀啦。

賢一回過神來，辦公室後方的門好像被誰打開了。

已經快要九點了。這時候會是誰呢——

這棟大樓的保全系統不太嚴格。

不，與在總公司的時候相比，簡直寬鬆到不行。雖然採用ＩＤ卡代替了打卡鐘，實際上卻是什麼都沒有，可以直接通行。

因為支店長認為，如果交貨業者或貨運公司送貨來還要一一去應門，那大家都不用工作了。所以如果沒有手動上鎖，門就不會鎖起，保全系統也就不會啟動。

該不會是小偷或強盜吧？

賢一拿起手機，做好隨時能報警的準備。空腹的胃感覺有點疼。就在他硬是吞下口水的同時，門被人打開了。對方悄悄地露出了臉，原來是他的下屬高森久實。

「晚上好。」

「咦？妳怎麼會在這個時間來，這麼難得。」

賢一鬆了一口氣，把手機放在桌上。他好像在不知不覺間出了許多汗，背脊感覺涼颼颼的。

「果然是藤井代理。」

現身的高森一身緊身牛仔褲加靴子，上半身穿著奶油色毛茸茸的羽絨大衣。

「我忘記我絲襪都破了，正打算開車去買。剛好經過這裡發現燈怎麼還亮著，但是也沒見其他車子，所以我就猜會不會是代理先生。」

高森微微傾頭笑道。這是她逢迎別人的習慣動作。

「是有東西忘了嗎？」

賢一也正打算關門。他並不打算久留。

「沒有呀。」

高森表現的態度與白天穿著制服的時候不同，感覺比較親近。就連「代理先生」這個稱呼，賢一也只有在輕鬆的聚會場合下才被人這麼叫過。

「我有一些話想跟代理先生說。」

「總覺得有點可怕呢。」

賢一在心生警戒的同時，內心也湧上一股久違的搔癢感。雖然只有一點。

然而，從她口中說出來的卻是令人意外的話語。

「代理先生真的會回『東京』嗎？」

「妳這話是什麼意思？」

「就是在您剛調來這不久——我記得是在歡迎會的時候吧。您不是說了『雖然不滿一年，但我會盡力努力，請多多指教。』這樣的話嗎？」

我說過這樣的話？如果真是如此那這發言也太不謹慎了。自己一定是喝醉了。賢一心裡想道。恐怕是在剛接下非自願調派，心情還沒調適好的時候吧。

或許松田的態度，還有其他職員對自己採取有點距離的應對方式，和賢一本身有關。

「我說過那樣的話？」

「我不是要問您有沒有說過——」

高森將身子往前一傾。撲鼻而來的不是白天的柑橘香味，而是香甜的花香氣味。

「您真的會回去嗎？」

賢一頓時語塞。有關人事的事情，一旦傳出任何謠言，都有可能延期或是取消。如果要讓賢一再多待一年，他可無法忍受。已經是極限了。

「如果可以的話是最好。不過以我現在的立場只能盡力做好自己的本分。」

「這樣啊。」

高森表情一臉沮喪，低頭看著地板。賢一總覺得她的動作有點做戲成分。

「關於調動的時間我也不方便多說什麼，不過這跟妳有什麼關係呢？」

高森忽然抬起頭。她舔了舔因唇膏微微發光的下唇，接著一副下定決心的樣子，隨即開口道。

「我想著代理先生有天會回『東京』，便一直在心底期待著。」

「妳說的——呃、是什麼意思？」

高森無視賢一的困惑，露出不滿的表情繼續說。

「前陣子聚會的時候，支店長嘲笑了您。他說：『雖然藤井代理說得好像自己很快就能回東京，不過我想他還是先做好留在這一輩子的打算吧～哈哈。』」

賢一腦海浮現出松田偶而會露出的表情——就像準備去跟老師告狀的中學生。

他強忍喉頭的苦澀，勉強擠出笑容。

「那只是謠言吧，而且還是在喝醉的時候說的話。」

聽到賢一這麼說道，高森鼓起的臉頰也露出了笑容。

「就是說嘛。代理先生才不會埋沒在這種地方。」

「總之，還是謝謝妳告訴我。不過，為什麼妳會對我能不能回去感興趣呢？」

「那個、剛剛我說的話，您可以替我保密嗎？」

賢一感到口乾舌燥。

「我也沒有打算到處亂講……」

看著高森輕舔豔麗的下唇，賢一不禁想著，或許她的剛好經過是騙人的。

「您可以帶我一起去嗎？」

乾渴的喉嚨擅自發出「咕咻」的誇張聲響。

「妳、妳這話是什麼意思？」

「啊，請您別誤會。我不是說要當小三什麼的，我完全沒有那個意思。而且代理先生也有一位漂亮老婆了。我的意思是，該怎麼說呢……我希望代理先生回『東京』的時候，不管什麼部門都好，能提拔我一把。」

「所以是——」

「挖角。」

說到這裡，高森挺直腰桿，自信滿滿地揚起嘴角。

賢一全身緊繃的肌肉突然鬆弛下來。太過緊張反而讓自己差點笑出聲，不過他總算是忍住了。正當他苦思著該怎麼回答時，高森反而滔滔不絕地開始發起牢騷。

「我想要一個人住在東京。我爸媽太煩了，每次都念我太晚回家，又叫我不要坐男人的車子……」

包括自己已經對這個城市感到厭煩、「我已經快三十歲了」應該趁自己還有青春活力的時候去東京獨自生活看看、就算有一天還是會回老家跟父母同住，但是拖拖拉拉地繼續寄生在家和被要求回來這兩者之間還是有差等等。

賢一一邊點頭一邊想著該如何結束話題，沒料到高森冷不防地一句：「如果我搬到東京住的話，代理先生也可以來找我玩唷。」害他也順勢回了：「嗯。」

「耶！好開心！」

「不、不是的，是我說溜了嘴，剛才說的不算。」

「呵呵，著急了吧——我知道啦，不過還是很開心。」

等到高森用鼻子哼著歌離去時，牆上的時鐘已經來到了晚上九點半。

在回替代宿舍的破舊公寓路上，賢一想起了家裡的事，特別是妻子。

不只是倫子的容貌，就連她的味道與觸感都跟著復甦。

倫子纖細沒什麼贅肉，高森則是完全相反。或許是受到她豐腴體態的刺激，又或是先前看見了倫子泳裝照的關係。

賢一轉開公寓斑剝大門的舊鎖，幫昏暗的室內打開電燈，接著啟動空調暖氣。

他一邊聽著室外機的嗡嗡聲，一邊從冰箱裡拿出罐裝啤酒，才發現晚餐什麼都沒有準備。

不然乾脆去睡吧。雖然這麼想，但是自己也知道根本睡不著。於是他把買來存放的泡麵當下酒菜，就連平常只喝一罐的啤酒也喝了三罐。

賢一做了一個夢，他夢到自己在某個新大樓屋內，一名穿著鮮紅比基尼，長得像倫子的女人；以及穿著一身快爆開的制服，像是高森的女人，爭先恐後地在服侍自己。也不知是誰伸出了冰涼的手，朝自己的胯下伸來。

自從去年六月開始，賢一與妻子便再也沒有發生過肉體關係。當然，他也沒有考慮過去聲色場所解決需求。

隔天，賢一的腰附近還殘留著腫脹感，以及輕微的頭痛。

4

賢一幾乎和昨天同一時間進公司，同一時間走進茶水間準備泡咖啡。果然在差不多的時間點，高森久實也進來了。

「藤井代理，昨天不好意思打擾到您工作。」

「不會，我剛好也正要回去了。」

「啊、我順便幫您一起泡吧。」

當高森迅速地從賢一手中取走杯子時，手指碰到了他。微溼的手指就如她的嘴唇一般柔軟。昨晚的夢境逐漸從腦海裡復甦，他趕緊將之驅逐。

「真的沒關係。」

「對了。藤井代理的晚餐都是怎麼解決的呀？」

「沒有怎麼解決啊，就去附近的拉麵店或是買些熟食回家，像昨天就只有吃泡麵。」

「哎呀，那可不行。一個人到外地工作就更該注意營養啊。」

高森微微抬起頭，溫柔地盯著賢一。

「我知道……」

賢一強忍心中悸動，隨即移開視線。

「下一次一起吃飯吧？」

賢一驚訝地又看了高森一次。

「我知道一家很好吃的當地料理。藤井代理幾乎都沒有回家，所以我猜您應該會比較偏好家庭料理——」

「要不然乾脆今晚如何？」面對高森的提議，賢一還是勉強拒絕了。

她「想一個人在東京生活」的心情，賢一也可以理解。可能的話，也希望能幫她實現。

但是現在的自己，就算只是一名工讀生，他也沒有立場能靠關係就採用。

不管是受到客人冷淡拒絕的過程、吃剩的燉煮烏龍麵、天空廣闊湛藍到令人生厭、回到公司貨架上，堆積的藥箱數量絲毫沒減少這些事，彷彿就像錄好的影片重新播放，和前天一模一樣。

唯一不同的是，松田支店長問了這禮拜週末能否出勤，而賢一拒絕了。

「真的非常抱歉，因為我女兒考上了第一志願的學校，我打算幫她小小慶祝一下。」

如果搬出了工作規則，事情就會變得更棘手，所以賢一打算動之以情。

現在賢一的目標，並不是為了訴求法律上的權利，而是想盡早回到原本的工作崗位。他為此忍耐著一切，假日也幾乎不休息地工作至今。如果幫支店長每擦一次皮鞋，回去的日子就能提早一天的話，賢一或許早就開心地做了。

不過這次的回家，賢一想堅持到底。

果不其然，松田一聽臉色一沉。

「喔？這時候公布的話是私立學校嗎？真不愧是待過大企業的人，手頭寬裕真讓人羨慕啊。不像我們家，兩個都是公立的。聽說還被老師說：『有地方收留就不錯了。』不覺得很過分嗎？說什麼『有地方收留就不錯了』這種話。」

松田故意長嘆了一口氣，隨即將視線轉回文件上。他後半部的發言，當然是針對賢一的挖苦。

「麻煩您了。」

即使低下頭依舊被無視，賢一只好回到自己的座位上。今天才禮拜三，只要每天堅持拜託到週末，總會有辦法的。

一天的工作結束。正當賢一收拾東西準備回去時，腦裡忽然浮現一個念頭——如果就這麼回公寓，晚上恐怕也睡不著。他很想找人喝一杯，但又沒有其他同事可約。

就在賢一陷入煩惱之際，便看見高森久實難得加班的身影。對了。還有這個選項。可是還是不太好吧？他有點猶豫不決。此時，高森突然站了起來。是要去茶水間嗎？賢一見狀也趕緊起身跟了過去。

「高森。」

「嗯？是的。」

「早上妳說的話，我想要不要乾脆今晚就去呢？」

「早上的話？」

「就是妳說那家好吃的當地料理店——啊，不過妳有其他安排的話也沒關係。」

高森的眼睛為之一亮。

「我覺得這年紀的女孩都是這樣。」

高森久實越過桌上擺滿的山形鄉土料理，將盛好食物的小托盤遞給賢一。他說了句謝謝之後隨即接下。

「可是，我完全沒有頭緒啊。」

「還是您在她洗澡的時候，不小心打開了更衣間的門？」

「不，我想我沒有那樣做過。而且她說要跟我斷絕往來，也是在我調派三個月之後的事。」

「嗯……啊，那個先趁熱吃。」

高森介紹的是以鱈魚鍋——在這裡稱之為「寒鱈汁」而聞名的店。如果在東京，大概就是在神田附近的小巷裡，會看到的那種家庭式的舒適小店。

「說得也是。」

賢一將大頭鱈魚片放入口中，一邊品嘗著熱騰騰的肉質，啜飲著鮮美的湯頭。

「嗯，這個很好吃。」

「是吧！」高森聳聳肩，笑著道。

賢一並未期待接下來會發生什麼具體的事情。

即使像這樣面對面喝酒，頂多也只是被高森要求看家人照片，聽高森說些恭維的話，像是「老婆很漂亮」及「女兒看起來很聰明呢」之類的。

兩人才剛喝下第一杯啤酒，馬上就聊到家庭的話題，於是賢一便將去年九月，女兒宣布與他「絕交」的事情坦白道出。在這之前，他跟女兒本來就不太講電話，沒想到某次賢一有事打給女兒竟然被拒接，不久後便收到她的訊息。

【我不想跟你說話，有事就用訊息聯絡。】

「也不知道她在想什麼，完全沒有任何頭緒。」賢一和高森談到這塊。

不過賢一實在沒能說出，同一時間，妻子也告訴自己，以後別打電話用訊息聯絡就好。

高森並不覺得這有怎樣，還說應該是不小心摸到了女兒晾著的內衣，或者偷看到浴室之類的無聊理由吧。

「我還聽說過『受到爸爸關愛這件事，本身就令人覺得煩躁』的理由喔。」

「那可真過分。」

「對了，代理先生。」高森一本正經地看著賢一。

賢一逐漸了解到，當高森在代理後面加「先生」的時候，就是她要提那個話題的前兆。

高森的眼白有點泛紅。不知是隱形眼鏡的關係還是當地酒的影響。

「昨天那件事，沒有問題吧？」

賢一慌張地把剛放入嘴裡的大頭鱈嚥下。他不記得有跟高森訂下什麼約定需要她來再三叮囑。

「我就趁這機會明確地告訴妳吧。其實我沒有任何權力，所以也無法答應妳。」

「我……」高森的眼神轉為認真。「考慮提出離職信。如果不這麼做，感覺就無法下定決心。」

她完全不理會賢一說的話。

「不，等一下。妳這樣太急了，我連自己今後的動向都不知道……」

「沒關係。」高森一直搖頭。「沒有關係的。就算還沒決定要不要錄取，我也打算跟代理先生一起去東京。如果不這麼做，人就無法下定決心不是嗎？」

大頭鱈差點跑進支氣管裡。

「一起去？——嗯，妳說過妳在那邊沒有親人吧？」

「萬一發生了什麼事，我就會去找代理先生的。」

賢一無法判斷高森說的話，到底有幾分認真幾分玩笑。

她在男性職員間似乎很受歡迎。雖然不是引人注目的美女，但是長相討喜，對待所有人都很親切。印象中，賢一聽說過她在和某人交往，之後又換成另一個人，但因為沒什麼興趣，所以也不記得了。

如果不跟她講清楚，同樣的話一定又會再三重複吧。

「總而言之，我希望妳不要貿然行事。雖然我無法答應妳，但是妳的想法我會轉告給人事的。」

賢一做出如此回答後，又急忙補充了一句：「我是說，如果回得去的話。」

「好開心！」高森身體一晃，粉紅色針織衫底下的豐滿雙峰跟著擺盪，害得賢一也不知道該把視線往哪擺。高森隨即把手掌覆在賢一手背上。

「那就務必拜託您了。我們約好了唷。」

高森那彷彿灑了金粉的指尖，碰觸到賢一的皮膚。

看著賢一不知道該如何答覆，高森接著問道：「該不會是支店長在從中作梗吧？」

「為什麼妳會這麼認為呢？」

「我昨天也說過，支店長有時會說出：『我可是掌握著藤井代理的人事權喔。』這類的話。」

「該怎麼說呢……會不會是妳想太多了？」

雖然不想再喝下去了，但他還是把剩下的三分之一生啤一口氣喝完。

忽然間，毫無預警地，賢一腦中響起「誠南 Medicine」總公司，南田隆司常務（註6）的聲音。

——說到啤酒，我只會喝國產的瓶裝啤酒。也不知道說了你們懂不懂，不過人類的本質，歸根究柢，就是由這種執著累積而成的吧。

老實說賢一也想過，搞不好松田支店長暗地裡跟南田隆司常務有聯絡。只是這想法太不符合常理，因此賢一也很快打消這個念頭。如今聽見高森這麼說，他也開始漸漸覺得或許不無可能。

因為松田的譏諷中，時常摻雜一些就連總公司的人也不太知道的消息。他的眼神就

註6 常務：常務董事，管理公司日常事務。

像是在表示：「我可是知道的。」

特別是關於讓賢一被迫調派的那件醜聞。當時的專務（註7）還因此被撤換，是公司近年來最大的內部禁忌話題。此事曾因週刊報導引起一陣騷動，所以會知道醜聞的事情本身並不奇怪。但是就連幹部在會議上的發言內容都知道的話，果然很可疑。

如果在總公司的高層中，會將機密情報洩漏給像松田這種人，而且還不怕任何風險的好事者，賢一唯一能想到的就是南田隆司常務了。

總覺得店裡有點熱。賢一用手帕擦去額頭與脖子的汗水。

眼前的高森托著雙頰，用溼潤的眼神抬頭盯著自己。

「真想住住看高級的公寓大廈，小一點也沒關係。然後再把其中一個鑰匙寄放在代理先生那好了~哈，我開玩笑的啦。」

高森聳了聳肩，吐出圓圓的舌頭。

此時賢一也注意到，掛在椅上的西裝外套口袋中，自己的手機正在震動。

「啊，抱歉，好像有人找我。」

是倫子難得傳來的訊息。賢一下意識地將畫面從高森的視線中移開。

在訊息名的部分寫著【如果你正在工作的話很抱歉】，隨後的正文也跟著映入眼簾。

由於不太明白開頭的意思，賢一便急忙地打開全文。

註7 專務：專務董事，管理公司全體事務。

【家裡出事了。我衣服洗到一半，但和妹妹討論後，她說在警察來以前最好不要打掃，所以地板就那樣放著。真的非常抱歉，地毯可能會留下汙漬。我這裡會努力處理好，你先以工作為優先。】

「這是什麼？」

倫子第一次傳來這種沒有重點的訊息。

而且還說出事了、打掃什麼的，到底是怎麼一回事？是有認知障礙的母親大小便失禁了嗎？如果是這樣，提到警察也很奇怪，難道是她動手打了別人？擔心混合著妄想不斷膨脹。

「怎麼了嗎？」

高森擔心地看著賢一方向。

「不、那個、該怎麼說……不好意思──」

賢一著急地起身走到店外。在談禮貌之前，他不想給其他人聽見談話內容，包括高森在內。

賢一走到掛有門簾的入口旁，撥打手機裡的倫子號碼。他把冰涼的手機貼在耳上，仰望著滿是星星的天空。站在二月的寒風中，只穿一件襯衫實在太冷了。

「您撥的電話號碼──」就在他身體不由自主打顫的同時，耳邊隨即傳來無人應答的語音。他越來越不懂這到底是怎麼回事。所以妻子傳了那封奇怪的訊息後，馬上就關機了嗎？

接著賢一又嘗試撥打家裡電話。

母機放在客廳，子機則是擺在賢一的母親——智代的房間裡。不過智代應該不會接電話吧？就算接了，能不能清楚說明還是個疑問。結果，電話在響到設定的第七聲後，轉到了語音信箱。

最後只剩女兒香純了。

雖然女兒表示有事就傳訊息，但賢一也管不了那麼多，先打過去看看。令人訝異的是，女兒的手機似乎也關機了，這與「封鎖來電」的語音內容不同。到底是什麼樣的事情，會讓幾乎手機成癮的香純關機？

發生了什麼事嗎？

賢一聯想到幾個月前，東京都內發生的殘忍案件。有個人闖入一間獨棟住宅，只為了搶幾千塊就用廚房裡的菜刀，將一家四口亂刀刺死，隨後逃離現場。凶手至今尚未抓到。

不會的——

賢一馬上否定掉這個念頭。如果真是如此，應該也沒什麼時間與理由傳那樣的訊息過來。那麼到底是發生了什麼事呢？什麼都不知道反而最令人不安。

賢一本想再撥一次電話給倫子，剛要觸碰螢幕，便發現自己的手指凍得發抖。他決定先回店內。

賢一瑟瑟發抖地拉開聲音響亮的拉門，剛好看見背對自己的高森正要起身，眼鏡的鏡面一下子起霧。

「你還好嗎？代理先生。」

「嗯。」賢一一邊點頭，一邊擦拭著鏡片，吸了吸鼻子後，隨即坐回位子上。

「家裡好像出了什麼事。」

「是發生了什麼事情嗎？」

「我不知道。我收到了一封奇怪的訊息，之後電話就打不通了。」

「是你太太傳來的？」

「訊息是我太太傳來的，但是我打了我女兒手機跟家裡電話都沒有人接。」

高森皺起她那修整漂亮的眉毛，疑惑地歪著頭。

「到底是怎麼回事呢。真令人擔心。」

「現在有什麼方法能去東京嗎？」

賢一說出了連自己都大感意外的話。

「咦？您是說今天晚上的現在嗎？」

「萬一事態複雜的話，恐怕真要這麼做了。」

「嗯……」高森陷入了思考。但也不能怪她，畢竟現在已經是晚上八點。

如果講白一點，過了晚上六點，就無法從酒田市搭飛機或新幹線等交通工具前往東京了。賢一剛調到這裡的時候，就已深切感受到自己來到了一個很遠的地方。

但是，為了之後可能面臨必須回家一趟的時刻，他希望能事先做好準備。

「搭計程車的話呢？」

高森聽見賢一的提議，訝異地睜大了眼睛。

「呃——如果搭計程車去東京的話，會花很多錢喔。」

「金額的話沒有關係。」賢一話才剛出口，腦中就浮現香純註冊費的事。他果然還是需要多做考慮。

「啊，對了！」用手機搜尋的高森突然抬頭喊道。

「有夜行巴士呀！而且價格又便宜，應該一萬日幣不到吧。」

「原來如此，那可真是幫了我大忙。」

「我是有搭過，但是班次很少，預約時間很早就截止，說不定也已經滿了——不過還是查查看吧？雖然還沒放春假，但這個時間點還是挺難訂的……」

高森的語氣悠閒得讓人摸不清是在自言自語，還是在對賢一說話。不過她的手指倒是在液晶螢幕上飛快地移動。

「就是這個——啊，果然滿了。」

「不行嗎？」

今晚看來是沒辦法了。應該提前預約明早的飛機嗎？

「如果不介意的話——」高森突然探出身體。

「我朋友在旅行社工作，要不要幫你問問看有沒有人取消？」

賢一一度被澆熄的希望又燃起來了。

「真的嗎？如果能幫我問的話就太好了。」

只見高森把手機貼在耳邊，揚起瀏海，表情看起來比在公司時生動多了。

「啊，準磨？好久不見，過得如何呀？你現在在哪裡？還在工作呀？正好。」

高森的語尾突然上揚，整個人說話都帶著濁音，聽起來就像換了一個人似的。

高森正在幫賢一詢問，是否可以幫忙安排到東京的夜巴。
「——是男的。然後是公司的人。這樣啊。你那呢？——嗯，你等我一下。」
高森將手機拿離耳朵，轉向賢一問道。
「去新宿的班次好像有人取消，要訂嗎？」
她又突然切回標準語。
「也只能這樣了吧。」真的要去嗎？其實賢一還沒有完全做好決定。
「不過是從山形車站出發。」
呃？賢一頓時語塞。
該怎麼辦才好呢？他煩惱著。
這也不是去看看就能回來的距離，而且他還不了解家裡的情況。
「結論可以再等等嗎？」
「他說只剩兩個位子。」
賢一必須做出決定。
「我知道了，可以幫我訂下嗎？」
高森點點頭地重新回到對話。只見她迅速地來回確認，在道謝完後結束通話，臉上也露出滿足的笑容。
「所以是？」
「酒田發車的班次果然都滿了。山形車站出發的夜巴好像是因為有情侶取消。晚上十一點四十五分發車，開往新宿。預計早上六點四十五分就會抵達。仔細想想，這個路線中途停車比較少，搞不好還能提早到。車票是七千八百日圓。」

「謝謝，真的很感謝妳。」

從不知不覺開始的擔心，到現在確定要回家，賢一的心情逐漸感到安定。

如果沒有和高森一起喝酒，事情或許也不會這麼順利。

不過也好，賢一想道，不管怎樣這週末他原本就打算回去。而且七千八百日圓的話，比新幹線還要便宜許多。

「不過現在這時間也沒有去山形的電車了，要也只能搭計程車去了。」

「大概要花多少錢呢？」

「如果是從酒田過去，大概四萬到五萬吧，沒有塞車的話約兩小時左右會到。」

「好，我知道了。」

才剛說金額沒有關係，事到如今也無法打退堂鼓了。

「因為也來不及給你票，所以他要你直接告訴司機他的名字，再付錢給他。」

高森說著便在筷子的包裝內寫上「大畠準磨」後遞給賢一。她說的朋友搞不好是男友。

「真是幫了我大忙，謝謝。」

「我的願望也麻煩你了。」

「啊、嗯。我會盡力的。」

賢一含糊地點了點頭。如果搭計程車要兩小時，那幾乎沒什麼時間了。他隨即抓起帳單站起身。

「那就不好意思了，這裡我也先付了。」

「要不然我也買另一個座位，和代理先生一起去吧。搭夜巴一起逃走之類的～」

「真是抱歉，謝謝妳。」

賢一結完帳後立刻衝出了店。

5

賢一沒有回公寓，而是直接前往車站。

反正他也沒有什麼重要的行李。上班所使用的肩背挎包裡，已經放有錢包、駕照等最低限度的東西。

賢一一邊走著，又嘗試撥打了一通電話給妻子和女兒，但是結果還是一樣。

高森幫自己訂到票的時候，賢一多少還有些猶豫，但是現在看來果然是對的。賢一這麼說服自己。直覺告訴他，這不是單純被妻子或女兒無視，家裡一定發生了什麼事。

問題是，現在如果回去東京，明天勢必就會缺勤。

賢一的耳邊，彷彿能聽見松田支店長歇斯底里的怒吼聲。不，松田倒是無所謂。只是如果他真的有跟南田隆司常務聯繫的話，很有可能會在背後加油添醋地打小報告。

在把雜念拋諸腦後的同時，賢一的腳也沒有閒著。自從收到倫子的訊息後，自己竟然會當機立斷地採取行動，連他自己也頗感意外。這也是他最近欠缺的東西。

他走到ATM，從自己的帳戶中領出二十萬圓日幣後，餘額也所剩無幾。車站前的計程車招呼站沒什麼人排隊，賢一沒等多久便搭上車。就在門要關上的短暫片刻間，他的腦海中浮現了最後的疑問。

真的要回去對吧——

「去山形車站。」

計程車出發的同時，賢一也閉上眼睛，將頭靠在頭枕上。就這樣就吧。正當他心裡如此想時，手機發出了震動。

是妻子的妹妹，優子打來的。這時賢一才發現，他還有這條線可以聯絡。剛才的訊息裡，不是也寫著【和妹妹討論之後】嗎？

優子和妻子相差兩歲，一人住在離藤井家徒步約十分鐘左右的公寓大廈裡。他們也滿常一起吃飯，平時就像家人一樣相處。

「喂？」

〈啊、是姊夫嗎？〉賢一猜得沒錯，這是耳熟的優子聲音。

「嗯，是我。那個、其實剛才我收到倫子傳來的奇怪訊息，之後她的電話就完全打不通了。妳知道我們家發生了什麼事嗎？」

明明是對方打來的，賢一卻是滔滔不絕地開始講起。

〈是有發生了一些爭執。〉

「爭執？怎麼了嗎？」

〈比起這事，姊夫那好像有什麼聲音，你現在在哪裡？〉

「我剛坐上計程車。」

〈計程車？姊夫要去哪裡嗎？〉

「我正在回家路上。」

〈這個時間？你要搭計程車來東京？〉

「怎麼可能。」賢一簡單地說明他訂到夜巴的事情。

〈原來是這樣。〉

「先別說這些了，妳可以告訴我到底發生什麼事了嗎？為什麼都沒人接電話？該不會發生火災還是氣爆了吧？」

〈不是、不是，不是那些事情。關於細節用電話講有點不方便。總而言之，大家都沒事請姊夫放心。〉

「就算妳叫我不要擔心……」

〈或許現在講也太遲了，不過早上再搭飛機或新幹線不是比較快嗎？〉

「不，如果現在搭上夜巴，我想明天早上八點前就能回到家。」

從西武新宿線都立家政車站，徒步約十分鐘左右的距離，就能抵達賢一家。

〈我知道了。那到時候我也會去姊夫家看看。〉

「啊、喂？小優……」

電話被掛斷了。

賢一還有要問的事。雖然他立刻回撥但是沒有人接。嘗試了兩次依舊無人回應。

賢一就這麼一直盯著手機畫面。何時打給松田支店長好？現在已經是晚上九點，他已經回到家了嗎？還是在外面喝酒呢？

松田有告訴過賢一他的私人手機電話，不過他從未打過。他從聯絡人中點開了【松田支店長私人手機】，盯著畫面瞧了一會，最後還是放棄撥打。

如果現在聯絡他，明早一定會被叫去公司，要求匯報跟交接完再去。反正自己做的工作也不重要。即便休假，受影響的也只有一盒庫存藥有沒有賣掉。還是先回東京，之後再告訴他好了。

賢一再次深呼吸，隨即閉上眼睛。

賢一被什麼東西嚇了一跳，連忙起身左右張望。

自己正坐在車裡，而且好像在高速公路上。

賢一差點陷入混亂。還好他也馬上想起，自己為了回家，便在酒田車站搭上計程車，現在正前往山形車站的途中。出發後他就先查過，到山形車站約一百二十公里，算是個小旅行。總而言之，他似乎在中途不小心睡著了。

被賢一扔在座位一旁的手機正在震動。看來這就是他醒來的原因。賢一看了一下畫面，上頭顯示的並非手機號碼，而是沒有存取的室內電話。這號碼和自家的地區號碼很接近，會是鄰居嗎？

「喂？」

〈請問是藤井賢一的手機電話嗎？〉

對方的聲音沙啞，說話方式聽起來很疲憊。

「是的沒錯。」賢一警戒地回道。

〈請問您是本人嗎？啊，我這裡是中野區警視廳的若宮警署。〉

一聽到「警視廳」這三個字，賢一馬上起了反應。

而且，提到若宮警署，家裡附近的轄區應該就是歸他們管的。

「那個、是不是發生了什麼事？」

〈您這麼問，是早就知道了嗎？〉

「不，我不清楚詳情。」

〈這樣啊。其實剛才您的太太，也就是藤井倫子已被緊急逮捕，因此……〉

「你說她被逮捕？倫子做了什麼事嗎？」

〈咦？您沒聽說嗎？這就奇怪了，報告上是說她有打電話給別人——啊啊，丈夫那邊是只有傳訊息啊。〉

也不知道對方是在跟賢一說話，還是在跟旁邊的人講話。到底是怎麼回事——

「請告訴我，倫子她做了什麼嗎？」

〈她涉嫌傷害致死罪。目前警方正在著手調查，不過她本人已坦承罪行。她說她在自家打死了一名男性。〉

「傷害致死？——你在說什麼啊？你真的是警察嗎？該不會……」

賢一將「詐欺」兩字吞回肚裡。他聽到電話那頭的男人忽然蓋住話筒，用不耐煩的聲音對身旁的人說了句，「果然……」什麼的。

〈總之，藤井先生請您冷靜一會。〉

「就算你這麼說，但是倫子她到底害死誰了？應該不是智代做的吧？」

如果是罹患認知障礙症的母親，難保不會是一時情勢所逼或是意外導致。

計程車司機透過後照鏡盯著賢一，他的聲音好像有點大聲。

賢一隨即把臉湊到車窗旁，用手掌遮住嘴巴附近。

「請把詳情告訴我。」

〈藤井倫子，四十歲，是您的妻子沒錯吧？——目前我們還不清楚被害人的名字，其餘的事情在電話裡講也不太方便。〉

對方不知道是累了還是故意想讓賢一著急，回答的語調異常緩慢。

〈對了。藤井先生您目前人在哪裡呢？我聽本人說，您現在是一人在山形縣的酒田市工作。〉

他說的本人是指倫子嗎？

「我現在正前往東京途中。我準備從山形車站搭乘開往新宿的夜巴，順利的話，預計明早七點前就能抵達新宿。之後我會直接去警……」

〈不用不用，我們這裡也有程序要走。這樣吧藤井先生，您回到家後可以先跟我們聯絡嗎？我想之後應該會請你來警署一趟，屆時被害者的身分應該也清楚了。〉

「我知道了。那……」

〈為了慎重起見，也請您不要擅自跑到很遠的地方去。〉

「你在說什麼？請等一下，麻煩讓我太太來聽電話……」

電話被切斷了。

賢一盯著畫面上浮現的【通話結束】。僅是一瞬間的事，具體說了什麼他也想不起來了。能想起的只有「傷害致死」、「被害者」、「逮捕」之類的單字。

到底發生什麼事了——

賢一在夜巴發車前十五分鐘，抵達山形車站。

他付完車錢走下計程車，尋找搭乘巴士的地方。

他來到打聽到的搭車處，上頭有「往新宿車站南口」的標示。

「就是這裡嗎？」

賢一把「大畠準磨」的字條拿給一名臉色紅潤的司機看，付了錢之後司機便口頭告訴他位子。對方並沒有給賢一票，也許大畠和這位司機是瞞著公司在賺外快吧。

車上的座位差不多都滿了，而賢一的位子是在後方窗邊。

他大略巡視了一下車內。乘客中有七成左右是學生或差不多年紀的年輕人，剩下是上班族模樣的男女和幾位年長者。

學生們似乎很興奮，彼此開著玩笑互撞，大聲喧鬧。

「呼哈——」一名男子在發車前喘吁吁地衝了進來，隨即大剌剌地坐在賢一身旁的空位。那原是高森久實開著玩笑說要「一起去」的位子。也不知道對方是否剛吃完飯，他身上飄來一股肉絲炒菜的味道。

微胖男才剛坐下，馬上展開座位旁的小桌子，接著從背包裡拿出零食放在桌上，開始玩起掌機遊戲。賢一偷看了他的側臉，年齡看起來快要三十。

對方原本就胖，再加上穿著羽絨衣，手臂都伸到賢一的座位了。當他每按一次遊戲按鍵，手肘就會頂到賢一的側腹。

雖然他戴著耳機，不過還是可以聽到吱吱的細微聲響。

賢一也沒有精力跟他爭吵，盡可能地縮起身體，將頭靠在窗上。他考慮在巴士停的第一個休息站買個耳塞好了。

噗咻——

在一陣輕搖後，巴士緩緩地出發。

不知道是因為不安還是激動，又或者單純只是因為冷，賢一發現自己的身體正微微地顫抖。

6

去年六月——

「組長，最近怎麼覺得會議有點多啊？」

坐在旁邊悄聲耳語的，是賢一的下屬，小杉康大主任。

「會不會是有人客訴的關係？」

賢一盯著桌上的螢幕，像是要掩飾內心的動搖，做出中規中矩的回答。

公司在兩個月前推出了新的開架式頭痛藥。由於新商品販售後，馬上出現許多「不適合身體」、「一點也沒效」的投訴與詢問。因此，賢一的回答也不能說是偏離了主題。

然而實際上，他收到了上司磯部課長這樣的指示——「待會可能會叫你過來，所以會議結束前，你就在這裡待命。」

這件事他當然不會跟小杉說。畢竟這個男人在單位裡可是數一數二的大嘴巴。

「感覺是更嚴重的事耶。」

嗓門原本就比較大的小杉難得低聲說道。賢一抬頭看了一下四周。不知不覺間，販賣促進一課的座位上，只剩下賢一跟小杉兩人。

現在的總公司大樓在五年前竣工。會動工也是因為實際創辦人，也是現任會長兼社長的南田誠那句：「趁我還活著的時候改建吧！」這段故事在當時也是廣為人知。

這棟智慧大樓受過電視臺與雜誌多次採訪，樓層明亮又寬敞。除了賢一所在的販賣促進部，還有企劃開發部與全球行銷等三個部門，總計六十八名員工坐在裡頭仍綽綽有餘。

周圍的員工好像都出去吃午餐了，看起來沒人在偷聽他們對話。

不過這樓層的聲音意外地傳很遠。就連現在，賢一也聽見隔壁單位的同事，今天去光顧了常去的洋食屋，還吃了每日午餐。所以也不知道會不會在哪裡被人聽見。

小杉似乎還想繼續話題。

「聽說山川部長（註8）和佐佐木次長（註9）每次都有參加。而且專務也出席過一次，大家的表情都是這樣——」

一聽見專務的名字，賢一便不由自主地望向小杉的臉。只見他皺起眉頭，嘴巴也拗成了ㄟ字形，就像歌舞伎的臉譜。

「南田專務嗎？」

南田信一郎販賣企劃本部長（註10），是南田誠的長男，也是專務董事。據說更是下下次的社長人選。

註8　部長：職位相當於部門經理。
註9　次長：職位相當於部門副經理。
註10　本部長：職位相當於分公司總經理。

賢一幾乎沒聽說過有哪個會議，明明不是新年聚會，卻讓下至課長上至那樣大的人物齊聚一堂。而且自己還有可能會被叫進去——

「是不是有點太小題大作了？該不會是公司破產了吧？」

小杉與賢一相差七歲，去年才剛升上主任，是賢一的直屬部下。儘管如此，他對賢一的說話方式有時就像對朋友一樣。而賢一也早就放棄糾正，畢竟小杉這人並不壞，或許他的世代就是受這樣的教育長大的吧。

「應該不至於吧。」

去年因為感冒大流行和醫療級減肥藥大受歡迎的關係，公司的稅前淨利來到了歷史新高，才剛轉虧為盈。

「你從哪聽來的消息？」賢一也試探性地問了一下。

「這是祕密。」

小杉勾起嘴角笑著。反正一定是從總務課或祕書課的女職員那聽來的吧，賢一心想。

「你最好還是別多事了。對了，小杉，我上禮拜麻煩你調查的購買意願數字，你打進圖表裡了嗎？」

「不，我還沒弄好。」

「那麼簡單的作業你怎麼花那麼多天？還沒做完前不許吃飯喔。」

「拜託饒了我吧！還有五分鐘就要到吃飯時間了。」

「不吃又不會死。」

「我跟人有約了。」

「別發出那麼沒出息的聲音。那你回來以後就先做這個。」
「還是組長最好，所以才能跟那麼漂亮的太太結婚吧。」
「不用給我拍馬屁。」
小杉立刻起身。
終於，整個部門只剩下賢一一人。不過顧客跟其他店鋪的外部電話並不會直接轉進來，所以應該沒什麼問題。
就在賢一這麼想的時候，內線電話的燈閃了一下。那是他的專用號碼，也就是有人指名來找他了。
來了──
賢一急急忙忙地接起，差點就要把話筒弄到地上。
「你好，我是販促一課的藤井。」
〈這是山川部長的指示，請您現在立刻到第四會議室來。〉
是女祕書嗎？她的說法方式很像機器人聲。
「知道了。我現在馬上過去。」
賢一離開的話整個部門就會沒人，不過現在是以命令為優先。如果想要在公司內活下去，就不該為了無聊的事情回嘴。
「先坐下吧。」
見賢一緊張地站在原地，販賣促進部的山川部長便叫他坐在眼前的椅子上。

「失禮了。」

賢一輕輕地行禮，在指定的座位上坐下。椅子隨即發出咯吱咯吱的聲音。

簡直就像入職測驗的最終面試一樣。

長形桌子呈L型排列，正中央——也就是最上座——是南田信一郎專務，山川部長坐在右邊，次長和課長則是正襟危坐地坐在直角對面的桌子上。

南田信一郎專務依舊穿著一眼就能看出的高級西裝，他是南田誠會長的第一任妻子，鈴惠所生的長男。聽說鈴惠在信一郎三歲的時候就去世了，是位非常美麗的女人。信一郎長得也和母親很像，外型就猶如歌舞伎演員般俊美。長年以來一直被尊稱為實業界的貴公子，不過他在三年前，也就是四十七歲的時候結婚了。

南田誠在鈴惠去世後不到一年，便與再婚對象生了一個孩子，也就是次男——身兼常務的隆司。

繼室乃夫子是當時「厚生族」（註11）議員的女兒。由於她生性揮霍，兩人婚後似乎處得不是很好。

賢一也見過幾次乃夫子。今年就要七十歲的她，依舊愛穿醒目的橘紅色或螢光系淺藍洋裝，嘴脣紅得像是化了吸血鬼妝一樣。

聽說他們是政治聯姻，所以再婚後有一陣子，南田會長還是對前妻鈴惠，也就是信一郎的母親念念不忘，時常在人前毫不避諱地拿乃夫子來做比較。南田誠或許沒有惡意，

註11　厚生族：指對日本社會福利和社會保障政策有影響力的議員團體。

但是自尊心強的乃夫子至今仍舊怨恨此事，經常對兒子隆司說丈夫的壞話。想當然，這對同父異母的兄弟關係肯定不怎麼好。

這些家族軼事，就連不熟八卦的賢一也知道。

「其實我們遇上了一點小問題。」

主持會議的人似乎是山川部長。山川是在公司員工還只有二十幾人時就存在的老員工，給人的感覺就像鄉下工廠的廠長。

相比之下，帶點斯文實業家風格的次長跟課長，此時的表情就如能面（註12）一般，兩人雙雙垂下視線。

賢一默默地嚥了一口口水，等待接下來的話。

「我們公司在醫療藥品的領域很弱，不，是曾經很弱，我想事到如今也不用多做說明吧。而做為解決對策，一直以來我們都以協助銷售的名義，向藥局或醫院提供補助。」

賢一保持沉默地點頭。

這就是所謂的「回扣」。

想要販賣新藥的時候，除非有很大的話題性，不然只憑一句「拜託」是無法擠進原有的市場大餅。特別是與成藥不同的處方箋，醫生或藥劑師的評估影響頗巨。加上新藥價格貴，還需要說服患者接受。

其中一項銷售策略，就是支付回扣來答謝對方使用了自家產品。也有人稱之為回

註12 能面：為日本傳統戲劇藝術「能」劇所使用面具，多以此譬喻表情恐怖。

傭，不過實際上是一樣的。社會上雖然對此觀感不佳，但是回扣本身並不違法。

山川部長表示，就是這部分衍生了一些問題。

「這是刊登在明天即將發售的《潮流週刊》裡的文章。」

數張訂在一起的紙張從山川的手上傳到次長，接著傳給課長，課長再站起身拿到賢一身邊。

這個週刊雜誌非常有名。無論個人還是法人，只要是醜聞皆會被他們大肆揭露。這看起來像是裡頭的文章影本，不過角落印有裁切用的基準線，即是所謂的校樣嗎？

【深入大型製藥公司的黑幕，揭露回扣與政治獻金手段。】

看來又是什麼故意找碴的文章吧？這是賢一對內文的第一印象。

如果以個人來說，買一個一百日圓的東西，就會以點數的方式回饋一、兩圓給消費者。同樣場景換到商業交易上，也只是後面多加了五個或六個零罷了。

只不過，讓人進貨自家商品還給回饋這種行為，不符合日本人的清高性格，所以過去對於「回扣」一詞抱有反感的人非常多。老實說，還在學生時期的賢一也是其中一員。

最近越來越多重視乾淨形象的製藥公司，開始高唱「與回扣道別」。不過據賢一所知，仍舊有不少公司會利用這種手法。現在他倒覺得，在個人的時候明明會選擇去回饋點數較多的店家，但是企業若也做了相同的事就會被說有違社會理念，這實在很不公平。

不過在資金流動的結構上，容易與逃稅或瀆職聯繫在一起也是事實。因此必須注意是否有合乎法令。

賢一所屬的販促一課，主要的業務內容正是處理大醫院或連鎖藥局間的回扣調整，一直以來他都是謹慎地在處理。

賢一似乎下意識地露出無法接受的表情，部長便略帶辯解的口吻繼續道。

「法務部正在處理關於執政黨後援會獻金一事，目前預測應該是不會有什麼問題，更不用提我們給民間藥局的回扣也是合法的。文章內容雖然寫我們把『回扣加在價格上』，但這些都只是為了吸引大眾，完全是無憑無據的文章，根本亂來。如果只是這個倒還可以申請暫時停售處分，但是——」

一口氣全部道出的山川部長，在此稍做了休息。

「即便國立醫院機構現在正在進行改革，但那些人仍然是『相當於公務員的職員』。在民間團體上不會被追究的受賄罪，在他們身上就會成立。而我想要說的，就是國立醫院機構三鷹醫療中心的事。」

「不會吧……」

面對驚訝的賢一，部長皺著眉點點頭。

「醫局長倉坂先生的事也被寫在裡面。雖然文章內用的是假名，但如果是相關人士馬上就會知道。倉坂先生上下班及私人時間使用的ＢＭＷ，即屬於貴重物品的贈與。」

「可、可是部長，我聽說那臺ＢＭＷ是按照折舊的金額出租的，我們公司只是代辦維護管理手續啊。」

「好像是哪裡搞錯了，所以我們並沒有收到錢。」

「搞錯了？」

賢一的語尾不自覺上揚。他差點啞然失笑，還好有即時忍住。誰會相信有法令遵循部門，並在東證一部（註13）上市的公司，竟然會「搞錯」？

「老實說，是我們太過疏忽和自滿。換句話說，就是做事太公式化了。」

山川部長一臉苦澀地繼續道。

「壓倒最後一根稻草的，就是接待高爾夫。因為包含交通費，所以我們有包錢，不曉得他們怎麼會知道。而這部分也有可能會被視為行賄。」

這根本是場鬧劇。賢一的腦海一角，響起了這樣的聲音。事到如今他還能說什麼呢？之前不就是怕會這樣才再三叮囑的嗎？儘管知道是徒勞的抵抗，但賢一還是想反駁一下。

「高爾夫一事我應該有事先確認過。之後磯部課長也有向我說明：『確實收取了會費。』才讓我接下策劃高爾夫比賽，並擔任召集人的職位。至於剛才的ＢＭＷ的事情，我也只是做了交車和車檢的安排，對於具體情況則是一無所知。」

賢一轉向磯部課長，但是他一直盯著自己的手，不願抬頭。

「這我知道。」

部長把手肘撐在桌上，代替課長回答。

「我能理解你的不滿。但如果不把這歸咎成『全是誠南的錯』，倉坂先生的立場就會

註13 東證一部：日本東京證券交易所根據掛牌公司市值區分，又分為東證一部指數及東證二部指數，其中東證一部指數以市值較大公司為主，相當於東京股市大盤，公司規模須達一定程度，主要由大型公司股票組成。

很不妙。」

如果倉坂收賄一事被定罪，以後別說三鷹醫療中心了，就連其他國立醫院機構的生意也都別想做了。

「不是的，我想表達的並不是要把罪推給倉坂先生，而是至少我有遵從……」

「所以我說，我知道你想說的是什麼。但是現在已經不是一句『不小心』就可以解決的了。」

部長的聲音逐漸不耐煩起來。賢一總覺得彼此爭論點不太一樣。是因為部長想盡快得到預定的結論嗎？

「之後就由我來說明吧。」

一直閉眼旁聽的南田信一郎專務首次開了口。他的聲音非常宏亮，算是男中音嗎？

「販賣企劃部門的總負責人是我。我會擔起責任，下個月辭去販賣企劃的職位，並調去洛杉磯誠南 Medicine 的北美總分公司。」

賢一覺得脖子上好像被一陣冷風掠過。實際上這就是降職。

難道這次事件的震盪，足以讓一年合併銷售額即將來到一萬億日元的企業集團更換本家接班人嗎？現在的自己，似乎正做為主要登場人物，被推上了那個舞臺。

南田專務語調不變地繼續說。

「我打算全部承擔下來，但有一部分人仍舊堅持這樣不夠。我想大家都猜得到吧。」

南田專務在此停頓了一會。這當然也不難猜。那就是同為兄弟卻感情不睦的弟弟，隆司常務。信一郎專務又再度開口道。

「就連今天早上召開的臨時理事會上，也有許多聲音認為應該明確指出實務上的責任所在，而會長也表示同意。」

某人在一旁嚥口水的聲音，此刻是聽得格外清楚。

「而最後得到的結論就是，如果不連帶懲處實際經手過的人，世人乃至股東也不會接受吧。」

他目不轉睛地盯著沒有接話的賢一，還有其他四位主管。

「招待倉坂醫局長，並和他打上一局的是藤井組長吧？」

山川部長用著煞有其事的口吻，問了一個眾所皆知的事情。

「但……但是，就如我剛才多次的申明，那個、該怎麼說呢，我只是遵照指示而已。」

賢一一般對部長是不會回嘴的，但現在可是緊急事態。如果不做最低限度的主張，可能會造成無法挽回的局面。

山川部長對賢一的主張置之不理，繼續陳述自己應該說的話。

「不管怎樣，形式上我認為還是要做出必要的懲處。我們也沒有要你一人承擔責任，我和次長還有課長，應該也會被上頭追究對你的監督責任，成為處分的對象吧。我想告訴你的就是以上這些。」

「請等一下！」

「我在在場的各位面前向你保證，不會讓你太難過。你可以下去了，辛苦了。」

在那之後，賢一不記得自己是如何回應，又是怎麼回到自己座位上的。不僅如此，就連自己到底有沒有吃午飯，也是怎麼想也想不起來。

——追究對你的監督責任。

這不就像是在說，是賢一做的嗎？不，他們就是這個意思。

之後的兩天沒有任何變化。

風平浪靜，彷彿那天的事是一場夢。賢一一如往常地去公司上班，一如往常地完成工作。

先不論座位不在附近的部長或次長，賢一光是和磯部課長見面就很尷尬。課長似乎也有相同想法，除了談論公事以外，避免和賢一有任何接觸。

在收到消息後的第三天中午，正當所有人都出門只剩賢一一人的時候，內線電話彷彿算準時機地響起。又是祕書課打來的。

「咳、是，我是販促一課的藤井。」痰卡住了賢一的喉嚨。

〈請稍等一會。〉

這次是另一個女性的聲音，和賢一那天聽到的不同。接著是電話的保留旋律。忽然來電卻又讓對方等待的人，多半是上層幹部。

〈藤井嗎？〉

賢一立刻在腦中思考。這聲音是誰？該不會是，賢一想道，常務南田隆司。

有關隆司的傳聞都不怎麼好。原以為他只有跟模特兒傳出一些風流韻事，實際上還因涉嫌出入百家樂賭博場，私下接受了警方各種調查等等。

尤其他的男女關係極其複雜，聽說有不少醜聞都被壓下來了。

他挑這時候是有什麼事嗎？賢一感到背脊僵直。

近日更有傳言，那個隆司與打從創業時期便握有實權的現任副社長——園田守通往來頻繁。

就連剛進公司沒多久的一般職員都曉得，即使園田是下一任社長的繼任者，也只是為了暫時替補信一郎的後備救援。如果他自認是自己帶領公司發展至今，那麼就絕不會對此感到開心。

也就是說，園田副社長和隆司對於信一郎的存在，並不感到開心這點，可說是利害關係一致。

「您是南田常務嗎？」

〈嗯啊。藤井組長，很抱歉這麼臨時邀約，我希望你把今晚空下來。〉

「今天晚上？」

〈你不想？〉

「不，沒有問題。那我該在幾點，去哪找您呢？」

〈我會提前要他們讓你準時下班。詳細部分就去問祕書。〉

「是。請問是哪位祕……」

〈不要一直問我。浪費時間。〉

7

「幹麼那麼畢恭畢敬，過來啊。」

南田隆司常務態度大方地向賢一搭話。

賢一遵照祕書的指示上了公務車，隨後被載到赤阪的一家料亭（註14）。店外是精心修剪過的圍籬，門上還掛有類似個人住宅的名牌。儘管不用特別表明不接受初次上門的客人，其氛圍便足以讓人不敢隨意踏入。

一名態度和藹、身穿和服的女性為賢一帶路，南田隆司已在內等候。

賢一端坐在門口附近的座位上，隆司便用親近的語氣把賢一叫到跟前。

他跪在榻榻米上小步移動，在隆司對面的桌前坐下。漆器盤中還有看起來很貴的小碗裡，盛了幾道菜。

「來，杯子。」

賢一回過神來，隆司早已伸手拿起啤酒瓶等著他。正當賢一猶豫著該怎麼辦時，隆司便嘖聲催促道：「快一點！」

註14 料亭：可以在包廂內享受傳統日本料理的高級餐廳。

賢一慌忙拿起蓋在桌上的酒杯，在他倒酒的期間，隆司說道。

「——說到啤酒，我只會喝國產的瓶裝啤酒。也不知道說了你們懂不懂，不過人類的本質，歸根究柢，就是由這種執著累積而成的吧。」

南田隆司的身上穿著義大利製的高級西裝，深邃的臉龐讓人誤以為他有拉丁血統，說話的語氣倒像個江戶男兒慷慨大方。賢一微微點頭，誠惶誠恐地回道：「是。」

「那麼就乾杯吧！」

賢一配合南田輕舉酒杯，喝了一口。

「來！別那麼拘謹，剩了也是浪費。」

眼前擺放的料理，連賢一看了也知道很貴。沒有辦法，他只好緩緩拿起筷子。

「那個，請問您有什麼要事嗎？」

賢一夾了一塊類似白身魚的丸子，吃起來卻沒什麼味道。南田重新盤起腿來笑道：

「對喔。」

「本來想說一邊吃飯再一邊慢慢談，但還是先解決要事吧。我也比較喜歡這樣。」

「是關於行賄嫌疑引起問題的那件事。」南田開口道。

「這對你來說很難接受吧？」

賢一猜不透南田的心思。

他本身沒有和信一郎專務單獨對話過。當然也稱不上是他的「子弟兵」。不過基本上還算是販賣企劃部門的一員。儘管只是嘍囉般的存在，但是對隆司而言，賢一可是敵對派系的人。

若以戰國時代來譬喻，就像豐臣軍隊的下級武士被柴田勝家直接叫出去那樣。

「我一直以來都是遵照著規定……」

「別再講這種不識相的話了。」

「是……」

隆司把其他人都趕下去。就在八疊大的房間內只剩他們兩人時，突然聽到「咚」的一聲，嚇了賢一一跳。原來只是庭院一角的添水（註15）發出了聲音。

「你再這樣下去就會被流放，一輩子都完了喔。」

他將賢一害怕且盡量不去思考的事情，一針見血地道出。

「你是打算乖乖受罰嗎？」

「我會先和其他上司討論……」

「太天真。」他「喀噠」一聲地把啤酒杯放在桌上。

「你也天真過頭了吧。真虧你能活到現在。真是個幸運兒啊，而且還有那麼漂亮的太太。」

也不知道對方是在愚弄自己還是在稱讚自己，賢一只能一味地點頭附和。

「雖然我沒有見過你女兒，但聽說也是個美人？」

「沒有那種事。」

每當在公司的人面前提到家人，尤其是倫子的話題，賢一就會覺得非常不好意思。

註15　添水：是一種通過水力驅動發出響聲驅趕動物的裝置，常由竹子製成。

賢一和倫子是在公司內認識，後來才結婚的。

「你可要讓你太太跟女兒幸福啊。」

隆司直盯賢一的眼睛，露出意味深長的微笑。

從隆司那張臉就可以想像，他是一個直性子的人，聽說連個性也很「特別」。

實際上，賢一也曾在員工大會上，看過隆司指名道姓地評論某員工的過失。他記得當時是對方遵從了上司指示，反而造成了公司損失。而且與其說他是在指責當事者，更像是把課長級別的職員當作嘲笑的對象。

——我們公司就算有這樣的中層管理人員也不會倒閉，真了不起，是吧。

隆司對著麥克風如此喊道，坐滿講堂的半數職員都笑了出來。大概過了三個月後，那名課長就被調去關係企業了。

就算不提公司內部的派系問題，賢一本身就討厭隆司這個人。

即便賢一並不認為隆司有資格對他談什麼家庭幸福，但他還是乖乖地接下啤酒。

「那我就不客氣了。」

「喝吧。是說，我有個提案。」

「是什麼提案呢？」

「你是因為上司的命令，才去接待國立醫院機構的倉坂醫局長對吧？」

「……」

「實際下指示的人是磯部科長對吧。」

「……」

「講清楚啊，回答呢？」

「是……嗯……」

「搞什麼。喂，你幾歲啊？又不是忘了寫作業的中學生，好好回我啊。總而言之，我要你把剛剛那些內容清楚寫下來，也就是『因為我覺得可能有違法，所以拒絕了命令，但是磯部科長還是強迫我去接待高爾夫。當時還以車資的名義，給了對方不少現金』這樣的內容。把實際金額也寫進去比較好吧。是十萬日圓來著嗎？這部分我會先跟律師討論再叫他跟你聯絡。」

「請問，您意思是要我寫出那樣的文章嗎？」

「不然誰寫？」

這樣就會變成明知違法卻還是做了。如果承認了這點，弄個不好也許就真的犯法了。也不知道是不是上面的人去協商的結果，聽說警方和檢察官目前尚未介入調查。而這對公司來說也是一件好事，至少能勉強保持灰色地帶含混過去，要是多事的話只會自找麻煩。

正當賢一眼神游移不定，思索該如何回答時，隆司忽然笑了出來。

「你真如傳言所說是個膽小鬼呢。那只是我為了以防萬一拿出來作證用，不會拿出去的。你仔細想想，從公司外部看來，這可是一大汙點耶。說句實話，忙於應付警察的也是我，畢竟我的面子比老哥還廣，我也不期望你什麼，只求你也想想我的出身吧。」

對話在此時出現空檔。是打算讓賢一有時間去思考嗎？南田會長的繼室，也是隆司母親的南田乃夫子，曾是厚生族——現在的厚勞族——議員的女兒。因此隆司在官界上的面子似乎也很廣。賢一也曾聽聞，儘管政府機關是縱向領導的社會，但個人官員也是有橫向的聯繫。

「就這點事情還解決不了搞什麼啊。這和產品出現藥物不良反應相比，根本輕如鴻毛。涉及回扣這種處在灰色地帶的行為，到處都有人在做。難道不是嗎？沒有任何一方受到損害啊。偏偏一旦爆發了告發事件，事情就會變得一發不可收拾，搞不好連國會議員也會掉個兩、三個席。我看就連檢察官也沒有動手根除的覺悟。反正放著不管也會自己消失吧——可是啊，這樣的話公司內就沒有界線了，那些犯罪主嫌依舊可以逍遙自在地存活下去。像我老哥這麼難對付的人，就算被調到北美，肯定還是會捲土重來。只是你們這樣的底層階級又是另外一回事了。啊，惹得你不高興了嗎？」

「沒有。」賢一迅速地搖頭。

「總而言之，就是讓部下去頂罪，自己依舊過得逍遙自在。這實在讓人無法原諒吧？你知道公司為了平息這些事花了多少錢嗎？——如果你能把剛才的證詞寫下來，就算無法改變暫時的異動，我還是能準備另一個職位，把你立即調回總公司的。對！乾脆就以形式上完成了公司內部的研修，將你晉升為課長。我會幫你在開發部裡留個位子。不過，以你的性格應該比較適合總務吧。雖然現階段很辛苦，但之後保證你能嘗到各種甜頭。」

「總務課長嗎？」

「嗯啊，沒錯，你不滿意嗎？」

這著實是令人頭暈目眩的誘惑。

在誠南 Medicine 之中，總務領域可是貫穿組織中樞的黃金軌道之一。賢一在兩年前提出的自我評價表裡，寫了【希望可以調去總務部】。他似乎看過了那張表。看來他好歹也是名常務，並不是單純遊手好閒的人。

在驚訝的同時，賢一心中也湧上了警戒。

老實說，他真想花一個禮拜好好來考慮這個問題。但是，有可能會庇護自己的上司們都要被貶到鄉下去了，就連最上面的老大，也很快就要去地球的另一頭了。所謂的風前殘燭，指的根本就是現在的自己。如果自己在公司的處境變差——也就意味著收入即將減少——那就會給家人帶來困擾。

隆司津津有味地將啤酒乾完。賢一立刻拿起瓶子倒酒。

「那個——」

「怎麼了嗎？」

「假如我明確表示那是磯部課長的命令，那課長的立場會不會變得更嚴峻？」

「會啊。」

他不以為然地說著，接著用筷子撈起一片白身魚生魚片，放在伸出的舌尖上。

「嗯，還可以——那是當然，不過不管怎樣磯部都沒救了啦。做為實際實行的一員，他的手太髒了。光是他多次被我大哥，也就是專務帶去銀座的俱樂部這事，就已斷送他的未來了。比起這事，現在可不是你擔心他人的時候吧。」

雖然這種說法讓人氣憤，但確實也有他的道理。專務從未帶賢一去過那種地方。倒也不是恨他，只是就如隆司所說，只有自己一本正經的思考也太蠢了。

「我也沒有打算隱瞞。我想把我大哥踢下去，並且為此在所不惜。如果你和他同一國，就得與他同生共死了。」

這是隆司今晚說出的話當中，聲音最低沉，卻也最具威脅的一句話。

接著隆司又忽然挺起身子，用著明快的聲音道。

「反正就是這麼一回事。你就體諒我一下吧，我是不會虧待你的。對了！下次也找你太太跟女兒一起吃頓飯呀。南青山有一家小巧典雅，氣氛又不錯的法式料理店——」

賢一最後便答應了隆司，會遵從他的指示。

一得到賢一的承諾，隆司的態度也變得越來越傲慢。他一直說話中傷賢一，彷彿把他當作酒席間的餘興節目一樣。內容幾乎都是關於賢一有沒有出息的話題。即使怒火中燒，賢一也只能告訴自己，都忍到現在了，不管被說什麼都決定當作沒聽到。

食不知味的賢一留下了大半食物走到了外頭。懸掛在大樓間的月亮，此刻看來異常的明亮。

賢一並不知道，他照著隆司派指示所寫下的自白文章，對日後結果造成了多大的影響。

信一郎專務也就算了，就連部長跟課長也沒有把賢一叫去質問。

不久就有傳言指出，除了飛去美國的專務之外，對於部長以下的主管級處分，似乎比當初預期的還要嚴重。

結果，山川部長被調到了大阪分公司，以職位排名來看下降了一級半。次長在北九州，磯部部長則是在北海道北見市裡，大概在所有能調派的關係企業中，最北的地方。

賢一正想著自己會變得怎樣的時候，便收到調去「東誠藥品」酒田分公司的命令。別說是事先詢問了，就連內部通知也沒有，一切就是來得這麼突然。賢一也曾想過，為了一時掩人耳目，這距離未免也太遠了。不過此刻他依舊還能放心地說服自己。如果不小心有所接觸或處置太輕，搞不好馬上就會有人察覺。

總而言之，賢一已和隆司常務約好了。等到明年春天就能回到總公司，總務課長的位子正等著自己。家人也會很開心吧。到時香純應該也考完試了。

反正用不著一年，春天就會造訪賢一一家。

賢一努力地學習推銷技巧，也盡量不與討人厭的松田支店長起衝突，靜靜地等待時機來臨。打從秋天開始，賢一便察覺到家人快支離破碎的跡象，但是看著母女充滿笑容的照片，他還是忍了下來。

賢一對自己說，再撐一會，再撐一會就好。然而，眼看異動的日子即將來臨，賢一卻沒有收到任何音訊。

煩惱到最後，賢一決定打電話詢問他的前下屬，小杉主任。

「啊，組長，好久不見。」

一股悠閒的聲音傳來。

「最近你有沒有聽說什麼人事的傳聞？」賢一嘗試迂迴地探問，沒想到小杉一點也不懂他的心情答道：「沒耶，沒有聽到什麼值得一提的事。」

不過就在一週前，賢一得到了消息，前專務信一郎近日將返回日本。只是不確定他還有沒有「專務」這個頭銜。也有一說表示，信一郎以不介入經營為條件，才換取到被上頭召回的機會。

這些消息賢一問都沒問，幾乎都是從松田支店長那滔滔不絕的嘴巴中得知。

就算信一郎真的回來，若他早已被「架空」，那也剛好如隆司所願了。現在實際握有人事跟經營兩方面實權的人，就是弟弟隆司。還有謠言指出——下一次的董事會，信一郎會被降到平取（註16），隆司則會升格成專務。

賢一的側腹被人用手肘頂到，這才讓他回過神來。頂到他的是一直在他旁邊打電動的微胖男。

都這時候了，自己到底還在回想什麼？看來經過二十多年來的馴養，公司已完全占據了他的思考根基。

家裡好像出了什麼事，但是詳細情況賢一並不清楚。那名自稱是警察的人說倫子因殺人罪被逮捕。雖然一時難以置信，但也找不到其他合理的解釋。

總而言之，現在也不是想著今後的上班族生活會變得怎樣的時候。

塞在前頭的汽車尾燈，在緩緩轉彎的高速公路上，連成一節節紅色。東京都內難得一見的白色雪花，就像櫻花花瓣般地飛舞，隨後被黑暗吞噬。

賢一腦中突然浮現出一首短歌。

他在大學入學考試時，寫錯了一題解釋古文的題目。而諷刺的是，如今的他仍舊難

註16　平取：未兼任其他職位的董事（取締役）。

以忘記。

「寒冬猶在，雪白的花從空中翩翩而降——雲外，莫非，春色已君臨？」

與和歌的內容正好相反，賢一忽然感到一陣寒意。

他顫抖著嘆了一口氣，窗戶跟著蒙上一層白霧。

8

賢一乘坐的巴士，在抵達「新宿總站」——新宿車站南口的巴士總站時，已比預定時間晚了一個小時以上，時間快來到上午八點。

也多虧了巴士上的鄰座胖宅男，賢一才得在半清醒狀態下，坐在狹窄的座位上一路晃回來。全身疲憊到彷彿從地球的另一端回到這裡，完成了一趟小旅程。

新宿的風和酒田沒什麼兩樣，反而感覺還有一點冷。或許是因為空氣比較乾燥的關係吧。

賢一用拳頭敲了敲因久坐而僵直的腰，隨後便朝西武新宿車站走去。

他先撥了通電話給女兒香純，果然還是沒人接。接著他又打給小姨子優子，結果也是一樣。

賢一沒有辦法，只好撥打倫子的手機——〈你好。〉一名冷漠的男聲答道。

「你是警方的人嗎？」賢一警戒地問道。

〈是的沒錯。你是她先生？〉

賢一記得這種傲慢的說話方式。聲音聽起來似乎換了另一個人，但是和昨晚在電話裡的男人也是同一類人。

「我是。現在……」

對方也不管賢一話才說到一半，便按住了話筒。只見話筒內傳出沙沙聲，聲音也變得含混不清。「來了、來了。」他不高興地對著某人怒吼，接著兩、三次交談後，聲音又突然回來。

〈請問你現在在哪裡？我聽說你今早就會趕回來。〉

「我在途中遇上了交通事故，所以比預定時間晚了一點……」

對方似乎沒有要聽賢一辯解的意思。

〈你還要多久會到？〉

「大概再三、四十分鐘就可以到家。」

〈知道了，再麻煩你盡快了。〉

電話隨即被掛斷。

在賢一抵達西武新宿線的都立家政車站時，時間剛過早上八點三十分。他決定在此先打一通電話到公司。

公司早上九點開始上班，松田支店長至少還要再十幾分鐘才會出現。不過其他職員應該已經陸續上班。雖然賢一也考慮過請高森久實代為轉達，但他還是猶豫了一下。在開著暖氣的小餐館裡，塗著唇膏的溼潤嘴唇，咬著白色的寒鰤——感覺像是很久以前的事。

賢一決定打給總機。接電話的是總務部擔任會計的女性職員。他簡略地告知要事。

「我是藤井。我今天要請假。」

「啊——」聽見女職員恍神的回覆，賢一清楚地再說一次。

「我家裡有事。支店長那邊我會跟他直接聯絡，但是我有可能暫時無法打電話，所以想請妳先幫我留個言。」

「好的，您多保重。」

從車站到自家的路途，賢一也不知道自己是如何走回去的。

他來到家裡附近，終於看見那令人懷念的自家屋頂，更加深了這果然是現實的想法。

在兩輛車只能勉強會車的狹窄道路旁，停著好幾輛警車。穿著制服戴著警帽的警察，挺直腰桿地站在一旁。玄關前方被人放置紅色三角錐，還被拉起封鎖線。這景象並不尋常。

遠遠圍觀的群眾之中，有一人不經意地轉過頭來。

「啊，藤井先生。」

對方是住在附近，一名年過六十歲的主婦。彷彿是什麼暗號一般，眾人的表情瞬間凝固，隨即又轉成扭曲的笑容。

他們發出「啊」或者「喔喔」之類稱不上是話語的聲音，看來是不知道該如何搭話才好。

「不好意思，驚動了大家。」

賢一沒有特定對誰，在輕輕鞠躬之後，隨即走向站在門口，正窺視自己方向的制服警察。

對方也注意到賢一，便出聲向他搭話。

「您是這戶人家的家人嗎？」

「是的，我是這裡的戶長藤井。」

那名警員表情變得有些緊張，只見他朝無線電對講機講了幾句話之後，便不再理會賢一。

「那個……我可以進去嗎？」

「不，請您在此稍後。人馬上過來。」他正面盯著賢一，冷冷地答道。

到底是誰會來？賢一心想的同時，腳底也越來越冷，便原地踏步等待。

好不容易等到一名男人從玄關走出，他不苟言笑地對賢一說道：「讓你從這麼遠的地方趕來，辛苦了。」

對方應該比賢一大上幾歲。他身上穿的立式折領大衣和西裝有種陳舊滄桑感，表情看來也是疲憊不堪。也不知道是睡眠不足的關係，還是他原本就是如此，沉重到垂下的眼皮，讓他眼睛看起來只睜開一半。這類型的人就是所謂的「刑警」嗎？

男子將脫下的白色手套塞進大衣口袋，接著秀出他的證件。

「你是藤井賢一先生吧？我是警視廳若宮警署的磐田，磐梯山的磐。」

賢一猜的似乎沒錯。

「我是藤井賢一。請問我太太現在人在哪裡？」

「電話裡沒有跟你說明嗎？嫌犯現在在局裡。」

「什麼嫌犯——」賢一沒有繼續後面的話。

磐梯山的磐田刑警像是故意移開視線，隨即安慰地道。

「之後的事，到局裡再慢慢說吧。」

鬍碴下吐出的白煙，混著香菸的氣味。

「在那之前，我可以先進去家裡面嗎？」

「那可不行。」

磐田刑警揮了揮手，用著不可思議的語氣說道。賢一沒想到自己竟然會被拒絕。或許案件真的是在這裡發生，但不管怎樣這也還是他的家。

「為什麼？」

「因為鑑識人員還在鑑定呀，就連我們也不能有其他動作。」

這種時候，如果自己的個性是能大聲斥責：「那也是你們的事，關我什麼事！」的話就好了。賢一心想。

「那我女兒跟母親後來怎樣了呢？」

「聽說是沒事。」

「她們不在家裡嗎？」

「她們不在。對了，剛才我也說過，我接到上級命令，如果有看到嫌犯丈夫就立刻帶回局裡。麻煩你跟我走一趟吧。喂、你。」

「可是……」

磐田刑警命令一名像是他下屬的男人把車開來。這時賢一發現自己的右手臂被他牢牢地抓著。是為了防止自己逃跑嗎？想到這裡，賢一的語氣也變得不太客氣。

「就算不用這麼做我也不會逃的，只要是我太太在那，不管是警署還是哪裡我都會去。只是在那之前，請讓我看看家裡。我想知道裡頭到底變成怎樣，我想我應該有權利知道。」

磐田刑警不耐煩地撇了撇嘴。

「我們現在正在對殺人案件進行現場鑑識。說到底，這也是你太太犯下的案件不是嗎？」

刑警的語氣也變得嚴厲。

這樣繼續爭論下去，事情也無法獲得解決。即便生氣卻也擔心倫子，只好先照著對方說的話去做。賢一才剛這麼想，便發現口袋裡的手機正在震動，上頭顯示是公司的電話號碼。

「喂？」

〈藤井代理？我說你在那邊搞什麼鬼啊？不是說了會再聯絡卻根本沒打來，你這樣突然休假又沒有聯絡……〉

「真的非常抱歉。只是我家裡好像出了一些事。」

〈是出了什麼事……〉

「真的非常抱歉。」

賢一再次道歉後便掛斷電話。一旁的磐田像是等得不耐煩了，開始用哄小孩的語氣說道。

「你聽好了，藤井先生。你的太太——藤井倫子在『這個家』的客廳桌子附近，毆打了一名男子。那名男子雖然已被送去急救，但由於腦挫傷跟顱內出血，幾乎是立即死亡。打電話報警的也是她本人，轄區警員趕到現場時，她也跟警方表明『是自己做的』，所以我們才會立刻將她逮捕——大致上就是這樣。聽懂了沒？現在也因為正在採證，即使是家人也不能進去。這樣你理解了吧？」

賢一雖然無法接受，但是他也無從解釋為何無法接受。

「話說回來，那個死者是哪裡來的人？」

「啊，你連這個都沒聽說？就是那個有名的製藥廠商，『誠南Medicine』裡的大人物啊。我記得名字是——南田隆司。就在剛才，被害者家屬也確認過了。好了，如果瞭解的話，可以麻煩你跟我去警署一趟了嗎——」

後半部的話，賢一幾乎都沒聽進去。

他用手扶著自家矮牆，隨即蹲下身調整呼吸。還好昨晚在小餐館小酌之後，便沒有再吃任何東西。

現在就算想吐也沒有東西可以吐了。

9

賢一跟倫子是同一年的新進員工，也就是同一時期進入公司。

不過他第一次注意到倫子，是在進公司後，她被指派到接待櫃檯時。

賢一不記得他在公司說明會或入職考試時有看過倫子。「因為只要見過一次面，我就不可能會忘記。」還記得剛和倫子交往的時候，自己曾對她這麼說過。

而倫子的美貌，是會有男性員工特別策劃同期員工聚會，就只是為了要接近她。當然賢一並不否認，這也是吸引他的魅力之一。但這並不是最大的原因。

每當賢一和坐在櫃檯的倫子打招呼時，都會被她的笑容深深吸引。雖然難以用言語來形容，但那眉宇和嘴角間的笑意，溫柔的自然又不做作。無論是在上班途中腳被人踩還被反嗆的早晨，還是因為同事的錯，自己卻受到上司沒來由責罵的午後，只要和她打聲招呼，心情就能平靜下來。

賢一的母親——智代，雖然現在因為生病的關係時常在發呆，但是過去對於賢一的管教可是非常嚴厲。只要他吃飯不好好吃，下一餐就會沒有著落。也曾有過衣服沒好好穿，剛買的運動外套就被母親沒收。賢一從未有過無條件地對母親撒嬌的記憶。

倫子的溫暖，也會讓賢一聯想到「母親」。

賢一後來才聽說，舊姓為滝本的倫子，在短大畢業後本來要進入一家中型貿易公司，然而那間公司卻在她到職前就倒閉了。無奈之下，她只好去應徵誠南 Medicine 當時正在招聘的約聘員工一職。只是沒想到會在那時，受到臨時起意參加招聘面試的執行董事喜愛，突然就被提拔為正式員工。

因為這件事情是特例，所以在員工之間似乎滿多人知道。反而是不知道此事的賢一，太不了解公司的內部事情。

倫子在高中時期，曾與父母在美國生活了兩年，因此能夠進行日常的英語對話。而且她在讀短大的時候，也取得了幾張商業類的證照。

兩人在南田誠會長策劃的公司內部運動會上，一同負責午餐的準備工作，這也成為了他們開始私下交流的契機。對方就在接待處，只要有心，一天都能聊上幾句。漸漸地，彼此開始聊起一些與工作無關的話題。最後賢一也開口邀請倫子去看電影。

那天，兩人在一間不起眼的餐廳，吃完飯後便各自回家。

後來賢一又邀請倫子去公園參加活動，陪倫子逛街以及聽著不習慣的音樂會。兩人也從有服裝要求的餐廳吃到了居酒屋。終於在幾個月後，一同入住了外資企業的 THE TOWER HOTEL。

讓兩人關係變好的運動會，也因為「強迫員工在勞務上有問題」的聲音越來越多，在隔年就被廢止。

今年是他們相識以來整整二十年，婚後也過了十七個年頭。直到現在賢一還是會不禁想道：「為什麼倫子會選擇自己？」她身邊的追求者一定是多到數不清。

賢一也嘗試問過倫子本人。

「因為如果我沒牽你的手，你連碰都不碰我。再說，你還是第一個與我初次約會卻沒有邀我去旅館的人。」這就是她的回答。由於倫子是笑著說的，所以賢一有種被岔開話題的感覺，但是應該也有幾分是真的吧。

賢一在婚後得知的也不全然是開心的事。

那是在他們婚後又過了三年左右的事。當時賢一看著電視上播放的婚外情劇，聊到「誠南」的辦公室戀愛，還有那些漫無邊際的傳聞，這時倫子忽然說道。

——我以前還待在接待櫃檯的時候，弟弟那方的南田先生，曾經約我出去過。

那時隆司還不是常務。而面試當天也在場，並推薦倫子為正式員工的執行董事，便是南田隆司。

這就所謂的晴天霹靂吧，賢一實在無法笑笑地當作沒聽見。

——約妳出去？為了什麼？

——嗯，簡單來說就是約會，這是在認識你以前的事。

——呃……這我可是第一次聽說。

——你不管什麼都是第一次聽說呀。

——先別管這個，他約妳出去，後來真的有去哪裡嗎？

——嗯，有啊。因為他實在太纏人了。我們一起去聽當時來日本的著名爵士三人組的演奏，說了名字可能你也不會曉得。總之，還一起吃了頓飯。

——然後你們該不會……

倫子隨即放聲大笑。

——怎麼會，我討厭那種裝模作樣的人。我只不過被那又貴又難入手的演奏會門票吸引了。還有，那個法式套餐也有一點啦。欸，你是在吃醋嗎？

——沒有啊。

——真的？

倫子低頭偷看著賢一，兩人便同時笑了出來，對話就這麼結束。

賢一信了倫子只有聽音樂會跟吃飯的說詞。畢竟要是真的做了什麼虧心事，一開始就不會自己說出來。

而倫子卻殺了那個南田隆司——？

「那麼走吧，藤井先生。」

賢一就在附近居民的好奇視線下，手還被那名叫做磐田的刑警抓著，從自家門前坐上了便衣警車。

他並不是因為瞭解到事情全貌，也不是接受了全部事實。不如說是完全相反。由於睡眠不足，腦袋都還沒有清醒，一下子接收了太多訊息導致大腦難以負荷，近乎停止思考，所以才會這麼聽話。

賢一被夾在體格結實、一身菸味的磐田，以及身形瘦弱、散發濃烈髮妝水味的刑警之間，剛才好不容易緩解的噁心感又回來了。

無言的車內，播送著生硬的聲音。這就是所謂的警用無線電嗎？其餘就只剩左轉跟右轉時會發出滴答滴答聲的方向燈。令人感覺越來越窒息。

正當賢一想問問是否能開個窗時，小姨子優子打來了。

「喂？」

賢一的聲音無精打采到自己都覺得丟人。

〈姊夫？〉

「小優。」

賢一平常就是這麼喊優子的名字。

『我現在到了姊夫家剛好跟你錯過，聽說你去警察那裡了？』

「嗯，現在正坐車過去。」

『姊夫很沒精神呢。還好嗎？你已經知道案件的事了？昨晚我這裡也是一片慌亂，抱歉。』

「不會、沒有關係的——詳情我接下來會向警方詢問……」

「咳咳。」磐田像是故意似地咳了一聲。賢一懶得跟他爭吵，便無視他繼續道。

「我想問的事情實在是太多了，但還沒有辦法整理好頭緒。那個，我想先知道我母親跟香純她們現在在呢？」

〈她們倆現在都在我家。雖然小香一開始堅持說要去朋友家，但是我們一大早就要去警察那裡，所以她也一起住下了。然後……〉

「那我母親的情況如何？」

〈——該怎麼說呢，也不知道是幸運還是不幸，她好像不是很理解。〉

「案件的事？」

〈是啊。伯母之前不就把我當成她的舊識嗎？她很開心，以為來到朋友家玩。她剛剛才睡著，所以我才想說來看一下情況。〉

「真的很抱歉，給妳添麻煩了。」

〈不要這麼說。我和之前去的日托中心商量過，之後可能要看情況，將伯母送去某個安養機構請他們照顧。雖然我今天也請假了，但也不能每天都能這樣。〉

賢一碰觸了他最想知道的事。

「倫子，她到底做了什麼？警察說的那些……」

車子在此時抵達了警署。磐田刑警便要求賢一結束通話，他也只好掛掉，並順勢將手機關機。

賢一被帶到一間偵訊室。

賢一原本就沒有特別期待，裡頭會像接待室那樣擺放著沙發，他甚至不清楚警署裡會有如此文雅的物品嗎？房間內除了鐵桌之外，剩下的只有掛鐘和年曆，沒有其他裝飾。不過在這殺風景的房間內，坐上硬邦邦的折疊椅，彷彿能直接感覺到地板的寒意。

磐田跟著進來坐在桌子的對面。他打開一本薄薄類似活頁夾的本子，看也沒看他一眼地隨即說道。

「可以麻煩你先告訴我，名字、住址還有職業嗎？」

他的用詞看似禮貌，但對於直至昨天為止都還在低聲下氣勤跑住家的賢一來說，這種問法聽起來非常傲慢無禮。

「在這之前，可以先讓我見我太太嗎？」

磐田把手中的原子筆放在活頁夾上，稍稍地彎下身子，椅背隨即發出「嘰」的一聲。

「雖然我無法向你保證，但我想只要偵訊結束，應該就可以會面。不過在那之前我會先問你一些基本問題，希望你能配合。」

對方的語氣一點也沒有請求的意味，但賢一也沒辦法，只得點頭。

「那麼就先從你的名字跟現在住址開始問起吧。」

每當賢一認真回答被問到的問題時，磐田就會在資料夾內類似問卷的紙上寫些什麼。這就是所謂的「筆錄」嗎？只見他一字一句用力地寫著。這會成為今後的某項證據嗎？

賢一一邊回答著看似和事件無關的問題，一邊思考著其他的事情。

像是倫子竟然打死了人，而對方還是那個南田隆司常務，犯案現場甚至還是自己家等等，直到現在他還是無法相信。不，應該說這件事實在太離譜了，這已經不是信或不信的問題，光是連那畫面他都難以想像。

就在心不在焉的同時，他被問及關於工作上的具體內容。

「我在『東北誠南醫藥品販賣』的酒田分公司裡工作，總公司在仙台市。正確來說，我仍屬於東京的『誠南 Medicine』總公司，販賣促進一課裡的一員，目前是以暫時調派的形式在那裡工作。」

賢一並未談及調派的詳細內情，只有簡單說明調動後的事情。

「請等一下。你現在說的『調派』，該不會和去年在週刊雜誌上，造成一時轟動的賄賂案件有關吧？」

若不是熟知經濟的刑警，不可能這麼快就能聯想到。他應該是事先做了一些調查吧。

「我認為那應該不算『案件』——再說，那和這次事情又有什麼關係？」

賢一發現自己的聲音透露出些許焦躁。

「不好意思啦。我們就是什麼都要問呀。畢竟被害人可是全國知名公司的常務呢。」

磐田刑警要求賢一針對「賄賂案件」之後的事情做說明，他只好不帶個人情感地陳述了事實。

「我再重申一次，那並不是一個『案件』。我認為，那只是在法律上的處理有一些瑕疵。基於公司的內部處理，我和部長、課長一樣，做為執行者也該承擔責任。這不是為了應付公司外部才擺出的樣子或是做給別人看的處罰，而是公司治理、內部控制的一環。」

賢一說道。

他故意選用生硬的詞彙來解釋，對方果然很快便感到無趣。只見磐田刑警忍住哈欠，用先前揉過眼角的指尖，搔了搔自己的太陽穴。

「原來如此——照你這麼說，那你有覺得自己被犧牲，所以怨恨起公司嗎？」

「沒有那回事。」

「為什麼？一般來說不是都會感到怨恨嗎？」

「我沒有怨恨的理由。」

「你沒有怨恨過任何人？」

對方似乎想讓賢一說出「怨恨過」的話。

「當然沒有。畢竟這也是董事會做出的決定。」

「那你太太呢？有時候太太不是會比先生還要生氣嗎？」

「這部分——」賢一頓時語塞。

他從未思考過倫子的心情。不，應該說，他都盡量不去想。倫子確實有可能怨恨他的公司。不過就算是這樣，這時候殺死董事也太不合常理了。

只是，南田隆司對倫子來說，除了是丈夫公司的董事以外，兩人還有其他關聯。但是目前聽下來，警方似乎尚未掌握到這一塊。

「應該也怨恨過吧。」

「不知道。我也不記得有聽她說過。」

「你們不是夫妻嗎？」

正當賢一思索著該如何回答時，磐田刑警接著說：「這部分已經可以了。」

之後他又詢問賢一最近多久回家一趟、和太太小孩多久聯絡一次之類的事。而賢一也老實地表示，自己與家人間的感覺越來越疏遠。此時的磐田才首次露出人情味的微笑說道：「每個家庭都對父親很冷淡呢。」

賢一見狀也趁機問道。

「我可以請教你一件事嗎？」

「什麼事？」

刑警將原本緊握在手的筆擱置一旁，接著再次倒回發出聲音的椅背，挑起半邊浮腫的眼皮看著賢一。

「剛才聽刑警先生說，我妻子——倫子將常務董事毆打致死，那個、該怎麼說呢，假如她真的殺——害死了他，有沒有可能是哪裡搞錯，或這只是一場意外之類的？」

賢一將兩度掛在嘴邊的「殺」字，硬是吞了下去。

先不論倫子殺人這件事本身，關於她的手法也讓賢一難以信服。假設隆司真的因為某個理由來到了賢一家——例如私下通知賢一復職一事——但後來兩人因為某原因起了爭執，因而扭打在一起，他還是無法將之後的「毆打致死」與倫子聯想在一塊。

「南田隆司確實是被毆打致死的。」

「那她是用什麼打的？我太太根本就沒什麼力氣，就連果醬的蓋子都時常打不開……」

「就是這個。我想讓你確認一下，就叫他們先印給我了。」

他說著，便將一張照片遞給賢一看。那是一瓶還有三分之二滿的洋酒酒瓶。在賢一還沒看清楚上頭牌子前，磐田就先讀起了資料。

「疑似凶器的威士忌酒瓶——我看看，『拉弗格』？艾雷島？這種高級酒對我們這種人來說根本沾不上邊，我還是第一次聽到這名字。」

賢一對酒也不是那麼瞭解，不過拉弗格的話還算知道。

這是艾雷島產的蘇格蘭威士忌，也是知名的代表品牌，定價大約落在五、六千日圓。當然，若是在有小姐的店裡點這支酒一定又會貴上好幾倍吧。不過比起價格，最初浮現在賢一心中的感想是，「不管怎麼看都像是南田隆司會喜歡的酒」。

「這瓶酒是你喝過的嗎？」

「不是。」賢一搖頭。

「我不記得我有喝過這瓶酒。」

「那麼，就是你太太喝的嘍？一流企業果然就是不一樣。丈夫被調到別的地方，自己就跟丈夫的上司一起享用高級威士忌呀。那你們有為此吵過架嗎？」

賢一感到一陣惱火，雙頰發燙。

「就算你是警察，難道就不覺得自己說的話有點過分嗎？」

賢一本想這麼回嘴，但最後還是打消了念頭。原因不是出自害怕，而是因為他的腦海中，不經意地浮現出某個畫面。

「講到單一麥芽威士忌，還是艾雷的好。」

隆司一臉得意地說著這句話，喝著古典杯裡的酒。彷彿自己曾經見過一樣，清晰地浮現在賢一眼前。坐在對面低著頭的是倫子，臉上不知道是什麼表情。隆司搖著酒杯裡的冰塊，發出聲響。

「妳先生都喝什麼？是從某地酒窖直接買回來的嗎？」

「不是，是燒酒或是第三類啤酒（註17）。」倫子不知為何有些羞恥地答道。

「妳指的燒酒，該不會是那種以升為單位出售的酒吧？」

註17 第三類啤酒：意指沒有使用麥芽、或是使用麥芽但有添加蒸餾酒，（如燒酎）即為所謂的「第三類啤酒」。

倫子頭又垂得更低了。

不要再想了——

這種情節根本不可能發生。再說，光是想像這件事就已經對倫子非常失禮了。

磐田一臉狐疑地出聲搭話。

「你是想到了什麼嗎？」

「拜託你。」

「什麼？」

「請你讓我和我太太見面。」

無論如何，他還是想從本人口中直接聽到，到底發生了什麼事。

磐田左右轉動他粗壯的脖子，發出喀啦喀啦的聲響。

「所以我說藤井先生……」此時，外頭傳來敲門的聲音。

10

不知道是不是賢一的錯覺，他好像聽見磐田小聲地嘖了一聲。

隨後磐田咳了一聲回道：「請進。」一名男人走了進來。

「我來晚了。」男人幾乎是面無表情，輕輕地點頭示意。

「喔，你好。」磐田也冷冷地打了聲招呼。

「我叫真壁。」

隨後進來的男人報上自己的名子，並將證件秀給賢一看。他動作緩慢，因此賢一也看到後面的名字叫做修，階級是「巡查部長」。

真壁攤開原本折起的折疊椅，放在離磐田有段距離的地方坐下。三人的位置剛好可以觀看到彼此表情。

真壁的年齡大概落在三十五歲左右，給人一種不修邊幅的印象。

他身穿黑色西裝，沒有打領帶，髮型就像原本是短髮，後來留到現在半長不短的感覺。

「他是警視廳搜查一課派來的。」磐田補充道。

真壁刑警和磐田不同，他的眼睛細長，散發出銳利的視線，在瞥了一眼賢一後，很快地又將目光移回手邊的檔案上。

賢一從口袋掏出手帕，同時想起這手帕從昨天就一直用到現在，於是又將它塞了回去。房間內的暖氣雖然不是很暖，但他脖子附近出了很多汗，襯衫也變得溼溼黏黏的。

趁著話題中斷，賢一便嘗試繼續剛才的話題。

「你能不能再詳細說明一下事情始末？」

「我剛才解釋的內容你不滿意嗎？」

磐田雖然一臉不滿，但語氣中也沒有拒絕的意思。

「如果能聽到具體一點的情況，或許我會想起什麼。」

只見磐田表情一臉不悅，嘀嘀咕咕地喃喃道：「我也是很忙的耶。」感覺他的態度跟剛才不太一樣，是受到真壁出現的影響嗎？

原本在旁邊聽著不說話的真壁刑警，稍稍向前傾了傾身子。

「那就由我來說。」

磐田表情一臉訝異地瞪向真壁，隨後又回頭看了一眼賢一。這兩人看起來關係似乎不是很好。

「好吧。」

磐田刻意將視線落在手錶上，嘆了一口氣後才開始說明。

「我們收到藤井倫子的報警電話是在昨天晚上的八點零六分。內容是說她在自家把人打到重傷，人可能已經死了……」

「請等一下。」賢一突然出聲打斷磐田的說明。「我太太有親口說出『她在自家把人打到重傷，人可能已經死了』這句話嗎？你們應該沒有搞錯吧？」

磐田的臉上明顯浮現出不悅的表情。看來是對「應該沒有搞錯吧」這句話起了反應。

「你這話是什麼意思？」

「不好意思，我不是要懷疑你們。只是我還是難以相信，所以才想確認她真的這麼說了嗎？」

只見磐田刑警的眼神瞬間布滿怒火。

「你聽好了。我們這也是很忙的，是因為你說想知道我才講給你聽，但現在你卻突然說『是不是搞錯』還是『難以相信』的話。既然這樣，那也只是在浪費時間，乾脆也不用繼續說下去了吧？」

賢一似乎觸犯了對方逆鱗，面對怒不可遏的磐田，他只能先道歉。

「如果讓你感到不愉快，真的很抱歉。」

「這可是殺人案件的搜查。我們必須盡早查明真相。在這裡跟你磨磨蹭蹭地爭論證據還是正確說法，根本就無濟於事。再說了，我們也沒有義務將詳細事情始末告訴案件關係人。」

「案件關係人？我是案件關係人嗎？」

真壁刑警在此時輕咳了一聲。磐田刑警也瞬間頓了一下，但很快地又繼續道。

「總而言之，我也要考慮之後的事，畢竟你也是家屬。聽好了，是你太太自己向我們承認她殺了人，關於這點你可別忘記。」

磐田在說話途中，有好幾次口水噴到了賢一臉上，他只好拿出微溼的手帕把它擦掉。

磐田刑警突然這麼激動，讓賢一很是不解。

眼前的磐田一臉亢奮樣，呼吸時肩膀還會隨之起伏。看他這個樣子，不禁讓賢一覺得，對方是不是在演戲？

而另一方面，真壁刑警在磐田怒吼的過程中，臉上好像還露出了笑容。原本賢一還以為他會幫忙圓場，然而他只是面無表情地觀察著賢一。

雖然說他是警視廳派來的，但或許也只是個陪襯，不會主動介入。

「很抱歉打斷了你的話。」

賢一的再度低頭，似乎也讓磐田的怒氣跟著消去。於是他把手肘撐在桌上繼續道。

「——總而言之，因為她報警了，所以我們也調派了救護車，轄區警員和救護人員幾乎是同時到場。被害人當時已是心肺停止的狀態，到院後確定死亡。藤井倫子面對警方的詢問也承認了罪行，所以我們就以殺人未遂嫌疑逮捕了她。接下來會進行驗屍，但目前看來接近當場死亡。不久嫌疑也會轉為確定吧。」

「你是指確定她『殺人』的意思？」

也不知道他是否無法給予明確的肯定，磐田只有曖昧地點了點頭。

「我們知道嫌疑人在報警前聯絡了兩個人。一個是打給妹妹滝本優子。再來是在打電話報警後，寄了訊息給你。」

與其選自己，妻子優先選擇了妹妹商量——

或許這也是無可奈何。畢竟「比起遠方的丈夫，當然會選附近的妹妹」。

「她寄給你的文字內容我們也確認過了。」

磐田話語剛落，真壁便突然插話進來。

「我可以問一下嗎？藤井先生，您讀了那封訊息之後有什麼感想嗎？」

「是的。該怎麼說呢……當然內容也是一部分，不過我很訝異我太太會傳那種不清不楚的訊息過來。我認為她應該是在驚慌失措的狀態下傳來的。」

「原來如此。」真壁點點頭。

「是這樣嗎？」

磐田也從旁插話進來。只見他左右轉動脖子，再度發出喀啦喀啦的聲音。

「——她行動可說是相當冷靜。畢竟她還洗了衣服。」

這也是賢一想向對方確認的其中一件事情。

「雖然這可能是我外行人的想法，不過她會跑去洗衣服，是不是也可以證明她在當下已經陷入了混亂？一般人要是將人打到重傷不治，才不會悠閒地跑去洗衣服，應該會先逃跑之類的吧。」

磐田再次答道。

「她可沒有悠閒喔。根據警方的報告中指出，在他們趕到時，洗衣機還在運轉。裡頭是被血回濺的牛仔褲跟毛衣，好像全是她本人的衣物。應該是想事後回收吧。而讓警方不是很開心的是，我們發現她有使用氯系漂白劑的痕跡。你知道這代表什麼意思嗎？」

「嗯——我不知道。」

「這是為了掩蓋血液反應。你應該聽過魯米諾反應吧？網路上好像有流傳『只要使用氯系漂白劑就能騙過魯米諾反應』之類的傳言。」

「血跡不見了嗎？」

賢一老實的提問讓磐田搖頭苦笑。

「身為警察我是不想把話講得太過詳細，不過簡單來說，應該是讓魯米諾過度反應造成血跡無法被正確檢測出來。只是依賴魯米諾檢測早已是過去的事，現在的最新搜查是採取更精密的方法分析。所以說到底，這也不過是外行人想出的辦法。」

「我可是第一次聽說。」

倫子從以前就知道魯米諾反應的事嗎？指尖被血沾黏的倫子，操作著手機的……賢一連忙搖頭驅逐腦中畫面。

見賢一老實地聽著，磐田也變得越來越多話。

「反正不管怎樣，她確實是有試圖隱瞞。對了對了，在洗衣機運轉期間，她還洗了酒瓶。還是用洗潔精洗的。」

「用洗潔精——」

「而且有兩個喝到一半的杯子。杯子上則分別沾有嫌疑人與被害者的指紋。不知道這部分是不是來不及處理……」

「磐田刑警，太詳細的內容……」

真壁又插話進來。

磐田的臉瞬間漲紅，視線也隨即轉為尖銳，但方向是對著賢一，而不是真壁。

「總之，就是這麼一回事。這樣你懂了沒？」

「我太太……倫子她現在情況怎麼樣？有沒有想不開鬧自殺之類的——」

磐田迅速地瞥了一眼真壁的表情，隨後用原子筆的尾端敲了桌子兩下。

「你聽好了，藤井先生。自己所殺的對象血都還沒乾，為了湮滅證據就把衣服丟進加了漂白劑的洗衣機裡，像她這種人才不會自殺呢。再說我們也會嚴加監視，不用擔心。」

真的可以那麼簡單地斷定一切嗎？前先日子不是才有一個轟動社會的連環殺人案嫌犯——正確來說好像應該要稱之為嫌疑人——不知是在拘留所還看守所裡自殺的新聞嗎？

儘管賢一心裡這麼想著，卻也無法反駁。

「那我該如何才能申請保釋呢……」

磐田嗤笑道。

「能不能保釋不是我們能決定的，而是由法院來判定。不過，一般來說，即使允許保釋，實際上也是在被起訴之後。從這次的案例看來，犯罪嫌疑人想要保釋是幾乎不可能的吧。」

賢一昨晚在夜巴上查過，因此這方面的知識還算有。雖然他也想知道關於今後的具體流程手續，但現在還是先選擇放棄。

「話說回來，你女兒——那個、香純？她現在應該正在接受偵訊。至於你母親智代，我想她那樣子警方是不會強迫她來的。」

那樣子……指的是認知障礙症嗎？

只要和她講幾句話，應該就能知道她無法作證。總之，母親沒有被帶來這裡受到各種審問，也讓賢一的心情稍稍冷靜了一些。

磐田又再度看了一眼手錶。

「大概就是這樣，差不多可以了吧——那麼，接下來想請你詳細說明一下，關於你昨晚的行蹤。你跟誰在一起？打了電話給誰或是發了訊息給誰？不管多細微的事都不可隱瞞。」

11

賢一從工作結束後，在小餐館與高森久實小酌一杯開始說明。

他單純以「同事」來稱呼高森，但就如他料想的一樣，對方可沒有那麼簡單放過他。磐田立刻針對這點說道。

「你和小你一輪的單身女性，單獨在小餐館裡？真令人羨慕。這麼一來，就變成你們夫婦倆不約而同地跟不同對象一起喝酒了呢。不、又或者我不該認為這是偶然，而是平常就是如此呢？」

「我們不是那種關係。」

「什麼是『那種關係』？我只不過說了夫妻不約而同地和不同對象一起喝酒而已。」

「不是的。反正至少我這邊是沒有外遇。」

「你說了『我這邊』，意思是說你太太那邊可能有嘍？」

這就是所謂的故意唱反調嗎？

「我相信我太太也沒有。南田常務是我公司的高層人士，所以他們應該是因為某些事情才會面。」

磐田偷偷瞥了真壁一眼。

「我剛才也說了，喝到一半的酒杯有兩個。上頭也有指紋，唾液鑑定應該也在進行中。而能讓公司高層在晚上八點，拜訪外派到異地因而不在家中的公司職員家，並與他的太太一同喝著高級威士忌的『某些事情』，到底會是什麼事呢？」

——把你立刻調回總公司。

——以形式上完成了公司內部的研修，將你晉升為課長。

賢一腦中浮現了，南田隆司常務在料亭裡向他說過的話。

萬一，倫子真有憎恨常務的可能，那就會是她因為某些原因，知道了那天的口頭約定，並且認定對方毀約了。但是賢一並沒有將常務的名字告訴倫子，就算知道，他也不覺得倫子會怨恨到需要打死對方的程度。

而且更讓人費解的是，為何常務會在自己家裡？是倫子叫對方來的？還是他自己來的？

「怎麼了嗎？」磐田直直盯著賢一。

「不、沒事。」

他還是不要多嘴的好。

「所以，你和那個叫做高森的女人是什麼關係？」

對此，賢一強調他們只是單純上司與下屬的關係，這也是兩人第一次一起去小餐館喝酒。

賢一把自己在店內收到太太的訊息、之後電話怎麼打也聯絡不上、小姨子打來、隨後坐上計程車轉夜巴、才好不容易抵達新宿車站南口的種種經過老實道出。因為磐田沒有主動詢問，所以賢一也沒有提及他是如何買到車票的過程。說了搞不好又會被對方的胡亂猜測給模糊了焦點。

「所以，當你知道這場殺人案——啊，現在還算疑似嗎？算了，總而言之，當你知道有人喪命以前，就已經先採取了行動對吧？我看你這直覺連警察都要甘拜下風了。」

「應該說有預感吧。」

「如果我也有那麼方便的預感，我們的工作就能輕鬆許多了呢。」

賢一在內心嘆了口氣。他決定放棄解釋昨晚當下的心境，反正也沒有意義。

到底這個磐田刑警是真的欠缺冷靜對談的能力，還是說——或許這個可能性還比較高——他是故意想惹火自己，等人露出馬腳。又或是，他想對警視廳派來的刑警表達什麼意思。

反正不管賢一說什麼，對方都會一直攻擊的話，那還是什麼都別說的好。

而另一方面，真壁刑警只插了兩次話，也沒見他做筆記，自始至終都沒有任何反應，還以為他是不是正在腦內複誦圓周率。

好不容易終於有解脫跡象的時候，時間已接近中午。

真壁刑警在道別的時候向賢一說道：「你太太現在在警署內的拘留所，她也是從早上就開始接受偵訊。」

賢一看見磐田正在真壁身後瞪著他，但真壁仍舊繼續道：「今後可能還會向您請教其他事。另外，您至少還有兩、三天無法進入家中，所以若您真的有什麼要事，就和在場的警察人員說。切勿擅自碰觸任何物品或是帶出任何東西。」

「兩、三天嗎？——我知道了。」

磐田從旁插入。

「在確定好住宿的地方後，也請與我們聯絡。」

「那個、如果我女兒也在這裡的話，可以讓我們見個面嗎？」

「等我一下。」磐田說完隨即步出房間，不過很快便走了回來。

「她剛才結束了偵訊，好像已經回去了。」

「這樣啊。」賢一失落地答道，隨後轉身離去。

他扶著樓梯扶手走下警署樓梯，便看見優子坐在出入口附近的大廳長椅上，讓他稍微鬆了口氣。香純看起來好像不在。

優子一發現賢一便立刻起身，輕輕地抬手示意。她身穿黑色短版羽絨外套，配上黑色高領針織衫，下半身是顯瘦的牛仔褲搭上靴子。

正因兩人是姊妹，所以她的長相也與倫子相似。不過若是把兩人分別拆開來看，還是有很大的不同。

「把這麼漂亮的太太留下會很擔心吧？」儘管倫子今年已經四十一歲了，仍舊風韻猶存。在調派前舉行的小型送別會上，同事們還是會如此調侃賢一。

不過妹妹優子更是惹人注目。硬要說的話，倫子給人印象比較偏和風，大方又穩重。而優子則是長相深邃，形似最近流行的混血藝人，是位華麗的美女。

賢一從倫子那聽說，優子一直覺得自己跟家人長得不太像，儘管步入了青春期，她仍舊堅信自己可能是養女，或是從某處撿來的孩子。雖然賢一認為這種煩惱也太過奢侈，不過對於青春期的少女來說，或許是攸關著自我主體意識或身分認同的重大事件吧。而事實上，她不僅反抗過父母和姊姊，甚至還差點走偏，所以實在無法一笑置之。

倫子稱這些行為是「養子症候群」。

眼前優子那張略顯僵硬的精緻臉蛋，想必也不全是因為寒冷的緣故。

「姊夫，你還好嗎？臉色看起來很差。」

「我只是有點睡眠不足。倒是妳也接受警方偵訊了？」

「嗯。我有傳訊息跟你說。」

賢一一聽，從斜挎包中拿出手機，打開了電源。此時也感到身體有些不穩，便順勢在大廳長椅上坐了下來。

確實有四封來自優子的訊息。

「真抱歉，我沒有時間看。」

「沒關係啦。倒是他們問了姊夫什麼？」

「我沒辦法一次說清。總之說了很多討人厭的話。」

兩名穿著制服的警察，一邊偷看著優子，一邊從兩人面前走過。

「我也是，我還在偵訊中跟他們吵架了。誰叫他們說姊姊和那個叫什麼南田的人有染——姊夫你怎麼了？」

賢一突然把手抵在額上沉思，優子見狀便上前探道。

「那個，小優，我想問妳一件事。可能妳會覺得有點奇怪。」

「什麼事？」
「雖然我覺得不太可能，但會不會其實倫子真的外遇了——」
「等一下。」
原本坐在同一張長椅上的優子，隨即轉身面對賢一。
「姊夫，我會生氣喔。如果連姊夫都不信了，那還有誰會相信姊姊？」
「不，我當然相信她，也想相信她。但是為何會發生這樣的事？為何常務會在我們家喝酒？如果他真的是被威士忌酒瓶砸死的，那又會是誰做的？而且，要是真是其他人做的，為何倫子又要說是自己做的呢？可是，說到底，倫子真的有說是她自己做的嗎？」
賢一混亂到就連爭論的點都歸納不出。
當賢一說出「外遇」這句話，臉色一秒大變的優子，似乎也能理解賢一的苦惱。她環視周遭，隨即轉為安慰的語氣道。
「我們也別待在這太久，差不多該走了。」
賢一點點頭，起身便朝建築出口方向前進。一路上也勉強聊了一些無關緊要的話題。
「很抱歉還讓妳請假。」
「討厭，姊夫真見外。這不是理所當然的事嗎？對了。我在接受偵訊以前，有先幫姊姊送了一些換洗衣物和簡單的日常用品過去。雖然有些東西因為諸多限制被當面退回，但目前來說應該是足夠的。」
「真的很謝謝妳。我根本沒有想到這些——那妳後來有見到香純嗎？」
自動門打開，二月的冷風凍住溢滿熱氣的臉頰。

「她先回去了。」

優子簡單回道，接著走下樓梯。賢一也緊跟在後。

「回去了？」

「可能是因為一大早就接受偵訊吧。剛才我在大廳遇到她，有問她要不要和爸爸一起回去？但是她只回我：『我要去朋友家。』」

賢一腦中浮現出香純板著一張臉，一邊玩著手機一邊離去的畫面。起初他感到一陣憤怒，隨即又轉為悲傷。難道真如高森久實所說，這一切只是因為她到了那個年紀的關係？還是有其他原因讓女兒如此討厭自己？

「我真搞不懂她。」

「她很不安喔。」

眼前停放的是優子那輛熟悉的紅色小車。優子打開門鎖，賢一也在她的催促下，坐進副駕駛座。

「既然這樣，我更覺得她應該要在這裡等我。我們也必須討論一下接下來的事。她到底在不開心什麼？——啊，抱歉，跟妳說這些也沒用。」

「我沒關係。倒是香純也受到了打擊。畢竟是自己的親生母親。她應該很難去接受這項事實吧？」

「或許是吧——」

真的是這樣嗎？儘管賢一想說服自己，卻還是無法隨意下定論。親生母親在現實中以殺人嫌疑被逮捕，自己卻還是優先選擇反抗父親，這就是十五歲孩子的做法嗎？

談到這話題也讓賢一想起，會不會是阿姨跟姪女的關係，所以兩人多少有些相似？因為香純也有過「養子症候群」的經驗。

就在香純要上中學那段時期，有一陣子都不跟賢一和倫子說話。聽倫子說，香純似乎覺得自己是「被領養來的孩子」，所以父母並沒有真正愛著自己。

「這是每個人的必經之路，不同的只有程度上的差異。」儘管倫子苦笑地表示，賢一卻不記得自己也有這樣的過去。或許男孩跟女孩在青春期所通過的大門不一樣吧。他只記得當時他是這麼想的。

優子嘆了一口氣。

「我說姊夫，你現在最好別再胡思亂想浪費精力了。之後我會幫你問問香純的聯絡方式啦——話說回來，倒是律師方面你打算怎麼辦？」

「律師？啊、也對。我還得要擔心這部分。」

賢一在睡不著的夜巴上早已多次想過，今後自己應該做哪些事。可是一到關鍵時刻，做出的都不是那麼一回事。

「雖然我也不願相信，但是如果姊姊都說是她自己做的，那麼想馬上被釋放應該是不可能的吧。」

「警察也是這麼跟我說的。」

倫子的個性雖然不到八面玲瓏，不過對於真心相待的人，可說是非常細心周到，實際內心比外表給人的溫和印象還要來得堅強。而另一方面，優子雖然善於交際又待人和氣，事實上卻是一切按理行事，性格較為強勢。在一旁比較馬上便能理解，「內心堅強」

和「內心強勢」是兩種似是而非的性格。

兩姊妹在個性上是如此的不同，但是只要遇上突發事故，卻比賢一還來得可靠，這點倒是完全一致。

「姊夫有認識的律師嗎？」

「沒有。只有在工作場合有過幾面之緣的律師，但是他們都是針對企業，沒有半個能夠委託處理個人刑事案件。也不知道該怎麼辦才好。」

優子點點頭。

「我有先查過關於律師值班制度（註18）的事。不過我想還是先跟姊夫討論過後再決定，所以還沒有去申請。」

「妳動作真快。」

「我從中學開始，有段時間過得很荒唐，不僅讓姊姊擔心還為她帶來不少困擾，但是她還是選擇袒護著我，所以這時候我就更該好好報答她的恩情。」

這種關係對獨生子的賢一來說很是羨慕。

「這可幫了我大忙。不過請律師這事還是由我來吧。」

「都這種時候就別見外了。我會打電話，必要時就直接過去申請。還有，我剛好有認識的人的朋友是律師，雖然不確定對方有沒有處理刑事案件，還是先詢問了一下他願不願

註18　律師值班制度：日本的律師公會事先安排每天不同之輪值律師，於遇有被逮捕之犯罪嫌疑人請求律師協助時，即派遣當班律師前往到場的制度。

意接下這案子，現在正等對方回覆。我有考慮到如果是打官司，一開始就選同一個人比較好。」

「這樣麻煩妳真的好嗎？」

「好了。」優子說著便噘起嘴來。

「姊夫你太囉唆了。現在不是忙著客套的時候吧？對我來說她也是我的親生姊姊，考量姊夫的立場，你現在該擔心的也不是這些吧。即使我現在還是覺得哪裡搞錯了，但目前事實就是姊姊殺了丈夫公司的重要人物不是嗎？一想到之後的事，不管我有幾個分身都不夠用。還有如何面對媒體也讓人很頭疼。」

優子說得沒錯。媒體固然也恐怖，但公司現在一定是一片混亂。

松田支店長肯定正歇斯底里地數落賢一的不是吧。不過最重要的還是誠南Medicine。他們是否已經召開臨時董事會了呢？

原本的專務董事——隆司的哥哥南田信一郎也收到消息了嗎？搞不好現在人正在飛往日本的飛機上。

至於隆司的父親，也就是「誠南的天皇」南田誠會長，一定是怒不可遏。還有隆司的母親——「女帝」乃夫子也是。

「那個，姊夫，雖然這麼說有些失禮，不過你還是換件衣服比較好吧？」

「嗯，說得也是。」

其實不用優子提醒，賢一也知道自己的外觀很糟。

身上的西裝襯衫和大衣都是皺褶。特別是襯衫跟內衣，從昨天早上穿到現在都是同一件。

也不知道是不是自己時不時出汗的緣故，就連賢一都覺得自己有股臭味。

「總之，我們先離開這裡吧。」

優子發動引擎，眼角流露出疲憊的神情。

12

守在外頭的制服警察幫忙他們開門，車子跟著來到外頭。

事情變得不得了了。待在局裡的感覺和平常沒什麼不同，但那其實是因為警方有即時阻止外界侵入。

路邊到處停著廂型車，除了駕駛座以外，車窗通通都被黑色薄紙覆蓋住。一看就知道是媒體記者，他們把警署團團包圍，手裡還拿著相機到處拍攝，興奮地不知在談論什麼。

賢一乘坐的車子也被他們簇擁而上。

「你們是藤井倫子的關係人嗎？」

一股怒吼聲，越過車窗傳來。

「不是！」優子按著喇叭，吼了回去。

「看來差不多可以抬頭了。」

就在車子駛離了幾百公尺後優子說道。此時，賢一的手機也跟著響起。

賢一看了一眼來電顯示，是高森久實用私人手機打來的。

「喂?我是藤井。」

〈啊、代理先生嗎?終於打通了。我很擔心您呢。我打了好幾次電話給您卻一直打不通。〉

從背景的聲音聽來，她似乎不在辦公室裡。

「真抱歉。因為警察什麼的……發生了很多事。」

〈警察也來過這裡了，還有電視媒體之類的。搞不好晚上的新聞節目也有稍微照到我。〉

賢一有些訝異。如果是警察就算了，沒想到竟然連媒體也來了。

「很抱歉給你們添麻煩了。」

〈跑外勤的人倒是逃得很快，但是我們內勤根本無法工作。電話一直響，電視臺的人還擅自闖進辦公室裡。〉

「真的非常抱歉。」賢一不停地重複說道。

「松田支店長有說什麼嗎?」

〈松田之店長已經完全陷入慌亂。他原本還在那邊怒吼說:「快點打電話聯絡藤井!」結果媒體一來又脫口說出「藤井只是調來這裡，嚴格來說既不是我的部下也不是我們公司的員工」這種話。〉

賢一覺得不可思議，這種狀況下自己竟然還笑得出來。

「我可以想像那畫面。真的很抱歉，不過妳能幫我傳個話給支店長嗎?告訴他『我待會會打電話給他』。我怕如果現在直接對話，雙方都會失去理性，也理不出個好結果。」

〈瞭解！〉賢一本來想著自己是不是丟了一個討厭的工作給高森，沒想到她反而用開朗的語氣回道。是為自己參與其中感到高興嗎？

「還有，夜間巴士的票也謝謝妳。那可幫了我一個大忙。」

〈不用客氣。我可是代理先生的盟友喔。〉

原以為高森又要提到之前那個話題，不過她只說了一句加油之後，便掛斷了電話。看來她似乎也覺得這種情況下不適合說這些。

賢一慶幸著還好她不是在警察在的時候打來，同時腦中也浮現出一個疑問——自己又不是嫌疑人，為何他的上班地點會這麼快就被媒體知道？

「那麼接下來該怎麼辦呢？」優子望向賢一。

「先和母親還有……妳可能會覺得我很煩，但我還是想和香純說話。我擔心她會不會做出什麼草率的舉動。」

「我是覺得應該不用那麼擔心啦。等等我們就繞去伯母那邊吧。還有……等我一下。」剛好車子正在等紅綠燈，優子便迅速地打了通電話。

「啊，喂？是我——嗯嗯，我們剛出來。妳爸爸也在旁邊。」

「香純？」賢一用嘴形問道。用耳朵抵著電話的優子隨即點頭。

「妳現在在哪？嗯——新宿？可是……」

賢一從優子手中搶過手機。

「香純妳現在在哪裡？還好嗎？都這時候了……」

電話立刻被掛斷。

「我不是說了，你那樣講也沒用。」

「抱歉，我忍不住。」

「我還記得這年紀的孩子，只要對他們搬出『這是常識』或『我是你爸媽』這類道理，他們就聽不進去了。」

「妳說得也是。」

就算在這裡跟優子爭辯也沒有意義。

「沒事的。小香是個乖孩子，姊夫不妨就相信她，讓她暫時安靜一下吧。晚一點我再幫你說些好話。」

「那就——麻煩妳了。」

儘管有優子的保證，賢一還是無法消除心中的擔憂，只是現在也是束手無策。

由於沒什麼食慾，也不想在外頭吃飯，兩人便繞去大型超市買了一些輕食以及賢一的換洗衣物，之後順道繞回優子公寓一趟。

優子獨自居住的公寓大廈雖然是1LDK（註19）的格局，不過房間算是寬敞，給人一種開放感。賢一和倫子先前也來過好幾次。

「這裡還是一樣的驚人呢。」

有好幾個矮寬的櫻桃木餐具架被固定在其中一個牆面上，像是要填滿整面牆一樣。

註19　1LDK：L代表客廳，D代表用餐區，K代表廚房的英文縮寫。即為有一間臥室、一間客廳、一間用餐區的公寓。

裡頭還擺有許多杯子和盤子，就像高級餐具店的櫥櫃。

根據本人說法，這些似乎都是在「工作告一段落時」還有「想要犒賞自己時」分別買來收藏的。賢一記得，這個牌子是以一個很長的外國都市名字來命名的，不過現在想不起來了。可能也是因為沒有興趣，所以一開始就沒有記下名字。

賢一先和優子借了浴室洗澡。他把熱水溫度調高，用最強的水柱沖著肩膀和脖子，感覺滯留在裡頭的血液也跟著流出。

隨後他換上剛買的衣服。優子也拿出一件男用毛衣外套給賢一，他便乖乖地套進穿上。

「我先吃了。」

優子坐在接近客廳中心的矮桌旁，一邊吃著三明治，一邊操作著筆電。這張桌子也是優子的收藏品。桌面是用將近五公分厚的素面櫻桃木製成。聽說為了配合這間房間，還特意裁成小尺寸、做了倒角（註20），再放到特別訂製的底座上。也因為和一旁的餐具櫃用的是同樣的素材，所以看起來非常時尚。

原本還在敲打筆電的優子，忽然眼睛一亮。

「對方說願意接下！」

「接下什麼？」坐在矮桌對面的賢一問道。

註20 倒角：源自英語：Chamfering。是使具有較銳利的稜角或邊緣之物件稜角變得和緩的工藝。

「我剛才說的律師呀。據說他平常就在積極接洽公設辯護人（註21）的案子，也經手過許多刑事案件。」

「這樣啊。真是太好了。」

「我本來打算如果是值班律師就由我來處理，但考慮到之後都要委任對方的話，姊夫也一起露面打聲招呼比較好。」

「那當然。妳告訴我事務所地址，我會去拜訪。」

「那我問問看對方時間。」

優子再度敲打起鍵盤。

此刻的藤井賢一莫名地想看看外頭景色。他起身走向面向陽臺的窗戶，拉開了窗簾。從三樓望下去的景色視野很好。

隔著一條狹窄的馬路對面，是一排排的房屋。在早春的微弱陽光中，能瞧見一些路人縮著肩膀走路，看起來很冷。雲層沉甸甸地向下延伸，彷彿快要下雪了。

從這裡可以看到家家戶戶的窗內，呼嘯而過的車內，以及快步經過的路人，他們都有著各自的生活吧。不過在這之中，有人的處境跟現在的自己一樣嗎？

賢一感覺自己就像是被強迫在雨雪交加的夜晚中，光著腳站在潮溼的馬路上——想到這裡，他又突然回想起夜巴內所感受到的寒意，便搓著手走到優子對面坐下。

「像這樣寫成清單，才發現要做的事情好多呢。」

註21　公設辯護人：為國家為符合一定資格的刑事訴訟被告所設置、為其辯護之人。

「小優。」
「怎麼了？」優子仍舊盯著筆電畫面回道。
「雖然我剛才也問了妳類似的問題，我家人……最近如何啊？」
「又問這個？」
優子輕輕地瞪了一眼賢一，不過從她的眼神中可以看出一絲同情。
「說起來還真有點慚愧，最近我和家人間幾乎沒什麼對話。特別是在我調派後，不知怎麼的關係又變得更生疏。之前能回家的日子也只有年末年初那幾天，該怎麼說呢——」
賢一差點講出自己和倫子之間也什麼都沒做。「——好像就只是『回到家』。香純也一直是那種態度，根本沒有大家一起悠閒地圍在桌邊聊天的氛圍。」
「某方面也是無可奈何的吧。畢竟隻身被外派到不習慣的工作崗位，自然也無暇顧慮家人。」
「我心中就是有這種僥倖的想法，才會讓倫子幫我照顧那樣狀態的母親，卻沒能好好地對她說一句慰問的話。」
為了照顧智代，倫子便把當時的工作辭去。雖然雇用型態是外聘，但也是她喜愛的雜貨店副店長的工作。
儘管兩人是夫妻，倫子也不可能從未怨過賢一。
「我明白姊夫說的話，但我不知道你想表達什麼？」
優子輕輕地聳聳肩。和倫子相比，優子乾脆許多。或許也是因為這樣，賢一才會把夫妻之間的事情一併道出。

「總而言之，就是那些事情會不會和這次事件有關？」

優子皺起端正的眉毛。

「也就是說，姊夫覺得姊姊對你有所不滿，所以才殺害你公司的上司嗎？」

「不，我沒有那麼說。」

賢一連忙否認，不過若將自己的發言直白解釋的話，確實就如優子說的那樣。不行了，他的腦袋一片混亂。

「姊夫，我看你好像非常疲憊。」

賢一老實地點頭。

「我在巴士裡幾乎睡不著，覺得整個腦袋都在搖晃。」

「要睡一下嗎？」

「雖然很想，但我應該睡不著。」

優子點點頭。

「假如、我是說假如喔。就算姊姊真的打了那個人，也可能是出自正當防衛或是其他理由吧？更別說她絕對是沒有殺人的意思。剛才那些話，除了我以外，姊夫可千萬別和其他人說。如果把家庭內的問題拿出來講，那不就正中警方下懷了嗎？」

確實是如此。

不過為何南田隆司會在那個時間造訪自己的家呢？而倫子又為何會讓他進來，還一起喝了威士忌？關於這部分別說是推測了，就連解開謎團的頭緒都沒有。

「總而言之，這些話就不要再說了。我們應該快點決定今後的事。首先就是律師。」

「說得也是。」

「現在我正在等待對方回覆預約的時間。」

「謝謝。」

關於律師費用，優子也幫賢一大致查好了價格。

「不是今天支付也沒關係。委託費大概需要三十萬到五十萬日幣左右。」

「明白。我來準備。」

警察應該會願意歸還存摺、印鑑或卡片之類的東西吧。

「也不知道倫子現在怎麼樣了。」

賢一這句話沒有其他含意，他只是擔心倫子的身體才脫口而出。不過優子倒是起了反應回道。

「我是有查過，一旦被拘留，就會遭受到不人道的對待。想聽嗎？」

「我不想聽。」

這也是賢一在巴士上睡不著時得知的。他查了一些關於逮捕以及拘留後的相關流程，裡頭就有詳細載明，他一不小心就全讀了。

【首先，嫌疑人必須以全裸或是接近全裸的方式接受檢查。這當然也是為了確認是否有藏匿危險物品及藥物。而也正因為如此，才需要將『可能隱藏的地方』，從頭到腳的搜查一遍。上廁所也是完全沒有個人隱私，只會被叫號碼，還會被無上限地限制自由，受到的待遇就跟受刑人沒什麼兩樣。但也因為還沒有受到起訴，所以原本就連被告也不是。另外，飲食上也很簡陋，能換的衣服種類也受到限制——】

從昨晚收到奇怪訊息到回到東京這段期間，賢一的腦中一直有個「這一定是哪裡搞錯了」的私心期盼。然而，現在的倫子已被關進一個稱為拘留所的空間裡，人都還沒有被起訴，似乎就被當作受刑人般對待了。

賢一光是想起她的身影，胸口便是一陣揪心。更別說如果這一切都是誤會，那自己會有多懊悔——

嗡——嗡——

「……夫、姊夫。」

「——啊、啊啊。」

「你手機在響。」

賢一連忙取出手機，上頭顯示的是他怎麼也不會忘的誠南 Medicine 內的電話號碼。而且還是公司高層所在的樓層專屬號碼。賢一的心臟跟著猛烈地跳動。

「不好意思，我離開一下。」

賢一起身走向玄關，並保持通話狀態。

「喂？」

〈請問是藤井支店長代理嗎？〉

這種感覺不到任何情感的語氣，如今令人感到十分懷念。

「沒錯，是我。」

〈請您稍候。〉

心臟的鼓動變得越來越快。

〈我是南田。〉

「啊，專務。」

果然是南田信一郎。賢一雖然害怕被客廳的優子聽見，卻還是不自覺放大了聲量。

「這次真的——那個、該怎麼說才好呢。」

〈那些話就免了。而且我現在也不是專務。倒是我請人去問了酒田那邊，他們說你回到東京了？〉

「是的。」

〈現在是在警署嗎？〉

「剛才才接受完偵訊。」

〈這樣子啊，那我想盡快跟你見面談一下。不過當然也是以你協助警方為優先。〉

看來他似乎已經回國了。如果是因為案件報導才從當地飛回來的話，未免也太快了。說不定是為了其他事情——譬如決定未來體制的重要董事會——而回來的。

「我才是。無論如何我一定會排出時間來的。」

儘管心情沉重，真相也尚未明朗，但賢一還是得去道歉。

〈——那麼今晚五點如何？〉

「沒有問題。」

〈你現在在哪？我看你應該也進不了家門吧？〉

「我剛才才離開警署，現在正在自家附近的親戚家裡。」

〈那裡能讓你待上一陣子嗎？〉

「沒有。我打算找找看哪裡有商務旅館。」

〈聽說你家離新宿很近。我幫你在新宿西口附近的城市飯店訂個房間吧。待會再讓祕書跟你聯絡。〉

「但是專務，我不能這樣勞煩您呀。」

信一郎的語氣轉為不悅。

〈我不是全都為了你才做的。我是為了公司對外問題以及今後的事情。〉

他是在說如何對付媒體的事嗎？眼看著電話即將被掛斷，賢一趕緊連忙追問。

「那個、專務。」

〈怎麼了？〉

信一郎已經不再否定「專務」這個稱呼。

「那個、該怎麼說呢……這次引起如此嚴重的事件，還有先前的公司的內部調查一事，我也沒有向您好好道……」

〈我說你啊——〉

這次信一郎的語氣明顯帶有憤怒。

〈現在在電話裡說這些有什麼用？〉

「真的非常抱歉。」

賢一把手機貼在耳邊，深深地低下頭。只是，通話早已結束。

13

賢一回到客廳，優子正在看電視新聞。

畫面顯現的是熟悉的自家。這感覺很奇妙。

怪的地方還不只這些。家裡的周圍被拉起黃色封鎖線，玄關門口也不知為何蓋上一塊藍色防水布。馬路上擠滿拿著手機拍照看熱鬧的人群，以及阻擋他們的警員們。似曾相識的記者正手持麥克風，興奮地說道：「這裡就是犯罪現場的民宅。」

與前幾個小時前相比，騷動又更大了。

「看來暫時沒有辦法靠近了。」

「啊，抱歉。」

優子連忙拿起遙控器關掉電視。應該是考慮到自己的感受吧，賢一想道。

「妳可以不用關啊。」

「還是算了，感覺不是很舒服。」

與其說是習慣了，倒不如說單純只是感覺麻痺了吧。現在就算看到這些影片，賢一也不會有什麼反應。反正不管自己的想法如何，情勢依舊會自行發展下去。

「啊，又是我爸媽。」優子說著便將手機關機。

倫子姊妹倆的父母住在神奈川縣的橫濱市。一開始似乎是優子先通知他們，後來知道造成這麼大的新聞後就一直打電話來。據說優子已極力阻止，告訴他們就算現在來不僅麻煩，還會被媒體追著跑。或許這也是明智的判斷。

母親部分暫且不提，父親正弘的性格相當強烈。在這種情況下，即使被丈人逼問：「你做為一家之長，打算怎麼應對？」自己恐怕也是一句話也答不出來。

信一郎的祕書與賢一取得了聯繫，下午四點半會開車來優子的公寓接他。而另一方面，律師那裡還沒有任何聯絡。

按照賢一的希望，他們決定在這期間去探望母親智代。畢竟錯失這次機會，以後可能就會很難。

時間來到下午一點半左右，賢一再次乘坐優子的紅色小車，前往日托中心。

「或許是我多管閒事，但是姊夫見了面想說什麼？」

優子熟稔地操作方向盤，一邊歪頭疑惑。「對不起。」賢一隨即道歉。

「要妳陪我到這地步，真的非常抱歉。可是我還是想先見見她。」

優子在不影響駕駛的情況下，看了賢一兩次。接著又恍然大悟般點頭道。

「不是啦。我不是指伯母的事，而是在說南田專務那個人。如果沒有要你道歉，那他想知道什麼？」

「我是覺得，幸好對方有和我聯絡。不然的話，就變得是我要主動去申請會面了。」

「我說，賢一先生。」

雖然倫子與優子這對姊妹長得很像卻有很多不一樣的地方，但是對賢一說教時的語氣卻是如出一轍。稱呼也不知不覺從「姊夫」變成了「賢一先生」。

「——請你別忘了，姊姊的案件別說是審判，就連送檢都還沒有進行。就算對方提出賠償問題，你也不能隨隨便便就答應喔。尤其不管是什麼東西，你絕對不可以在紙上簽名或是蓋章。」

賢一腦中浮現隆司命令自己寫下自白文件的事。

「妳太誇張了啦。總之，我只是道義上去道個歉而已。」

智代所在的日托中心只需幾分鐘便能抵達。

那是一棟十樓建築的中型規模大廈，一樓部分有幾間店鋪出租，其中一間的窗戶貼著「阿茲海默症對應型綜合護理設施——日托中心太陽之家」這樣落落長的名稱貼紙。給人一種，原本是寬敞的美容院或其他店家，在經過裝潢後直接營業的感覺。

幸好沒有看見媒體還有湊熱鬧的人，優子隨即把車停進建築物旁的停車場。就在兩人前往入口處的時候，賢一向優子拜託道。

「妳可以幫我打電話或是傳訊息給香純嗎？雖然她說去朋友家，但是對方也會感到困擾吧。」

優子點點頭，立刻便傳了封訊息給香純。

「我打了【跟爸爸或是我聯絡】。」

「謝謝。」賢一想著，女兒應該是不會跟自己聯絡吧。

他們打開大門，在玄關處換上拖鞋。

「您好。」

優子似乎是常來慣了，沒有要求帶路，迅速地往裡頭走去。

賢一雖然有意識到自己把照顧母親一事丟給了倫子一人，說不定不知不覺間，也給優子帶來了負擔。

被觀葉植物與及腰隔板隔開的對面，站著十幾個人。

那裡放了四張員工餐廳內常見的大桌子，旁邊是類似幼稚園的遊戲室。大概有十二、三名老人正在接受照護。有四個人坐在桌子旁，其餘則是圍成一圈地坐在地板上，沉迷在各自的遊戲中。賢一稍微掃視一下，一共有四名穿著類似護理師制服、圍著圍裙的職員。

「哎呀、你們好。」

一位五十歲左右，身形豐腴的女職員認出了優子，便出聲向她打了招呼。

「今天我帶了藤井太太的兒子一起來了。」優子也回應對方並介紹道。

「初次見面，我是藤井。我母親承蒙您照顧了。」

「我是這個中心的主任，德永。沒想到這次會發生這麼大的事情。」

她推起厚重的紫色眼鏡。厚厚的一層粉底上，微微冒著汗。

「希望沒有為你們帶來困擾。」

「說什麼困擾的話呢。我剛才才和我們的員工聊到，倫子太太是絕對不會做出那種事的。是吧？我相信這之中一定是哪裡搞錯了。」

「謝謝妳。」賢一的頭低得比剛才更低了。

賢一從坐在桌邊的那群人當中，看見了母親智代的身影。她穿著白色襯衫，上頭還披著一件深藍色的毛衣外套，所有的釦子都扣得整整齊齊。儘管記憶力跟判斷力逐漸消退，原本的習慣也不會消失嗎？

包含智代在內有四個人，兩人一組面對面地坐著。他們手裡拿著畫有圖案的卡片，似乎在玩什麼遊戲。

「那麼，接下來是動物。」職員說道。坐在智代對面的女性思考了一會，接著便把畫有香蕉的卡片放在桌上。

「哎呀，香蕉不是動物唷。」職員溫柔地說明。

如果母親還能玩遊戲，就表示她並未受到案件的打擊吧。只是反過來想，這麼嚴重的事情她都無法理解，便也無法由衷地感到開心。

賢一只知道，痴呆症中病徵最多的就是阿茲海默症。

「智代太太。」德永主任喊了一聲，然而智代卻沒有任何反應。

德永走近智代，輕輕地碰觸她的肩膀。這時她才終於意識到，抬頭看著德永。

「——您兒子來了唷。」

「兒子？在哪裡？」

「妳看，在這裡呀。」

德永揮手指向賢一。智代一看見賢一的臉，隨即露出些許不悅的表情。

「討厭。妳一直說謊，我才不會上當呢。」

智代說完便把視線轉回手中的卡片，接著抽出畫有蘋果的卡片。她似乎認得出每天接觸的德永。

「哎呀，智代太太。蘋果不是動物吧？」

「香蕉也是水果呀。」

「現在是要拿出動物唷。」

儘管職員解釋給智代聽，她仍舊不願讓步。

「我沒有耍賴啊。是那個人從剛才開始就一直在搞小動作。」

她指著拿出香蕉卡的女人。

「我才沒有搞小動作。」

「雅美太太才沒有搞小動作。」

一名坐在智代斜對面，將稀疏白髮理得整整齊齊的老人從旁插了進來。他挺直腰桿，撇嘴瞪著智代。

「這也不關方彥先生的事喔。」職員壓著他的手。

「我沒有搞小動作。」似乎是雅美的女性抗議地道。

「好了~各位，這個遊戲不是在比誰輸誰贏，應該要開開心心地一起玩才對呀。」

看不下去的德永插話進來。

此時，坐在智代旁邊的男性，一臉驕傲地挺起胸膛，同時拿出了獅子與警車的紙牌卡。大夥又接著吵了起來，幾乎快無法收拾了。

德永把現場交給其他三名職員，隨後扶著智代的手跟腰，讓她能緩緩起身。

「我們到對面去談吧。」

賢一等人被帶到一間單人房，大概是為了不讓他們被打擾吧。房內裝飾著一些陳舊的小熊玩偶，還有用折紙做成的鳥和花。

智代的症狀，看來比過年見面時還要嚴重。

即便如此，她也沒有變成步履蹣跚的老人。也許是雜念跟煩惱一併消失了吧，感覺她的肌膚與血色，比賢一確定要調派的時期還要來得好。

當初她還能隱約瞭解「賢一即將要到遠方」的事實。也知道賢一並不是中學生。還記得智代當下一臉落寞，不停地追問賢一，「你要去哪裡？」、「明天會來嗎？」等問句，令他感到十分為難。

「智代太太一直到去年秋天左右，會時不時地突然恢復，然後問我們『為什麼我會在這裡？』，著實嚇了我們一跳。」

德永主任把手交錯地放在桌上說道。

「那最近如何呢？」

面對賢一的問題，德永輕輕地閉上眼睛搖頭。

「對於現狀的把握資訊極少。思考方面倒是沒問題。像是剛才那個遊戲，她的反應算是良好。只不過她無法想起上一刻的事情。我們告訴她『動物』，她就會拿出『小狗』，但是前面的人如果拿出『香蕉』，她就會拿出『蘋果』。神奇的是，她好像知道這是一個拿出卡片的遊戲。對於賢一先生的記憶，也大概停留在中學生或高中生的階段。」

「所謂的認知障礙，便是意味著一路走來的人生逐漸消失。」賢一記得他在哪裡聽過這說法。

當時他還覺得這譬喻過於直接又很無情，不過最近倒是時常覺得也有說中的地方。講出這句話的人，或許也是根據自身經驗才會這麼說吧。

賢一聽說過某個出處來源不明，就算稱為謠傳依舊有所顧忌的公司內部傳聞——「『誠南』準備針對治療阿茲海默症，實施劃時代的新藥臨床實驗。」如果這是真的，賢一打算讓智代以被實驗者的身分參加實驗。

新藥從獲得許可到實際投藥，最快都要花上好幾年。在這以前，母親心中的自己就會先消失得無影無蹤——

「太陽之家」的正常營業時間只到下午四點半，不過他們也表示可以延長至七點。聽說還可以提早托付。

「話說回來，剛才……」就在賢一準備回去時，德永像是想起什麼似地說道。

「——我有看見智代太太的孫子。」

明明孫子這個單字，指的就是自己的女兒，但賢一仍舊花了一點時間才反應過來。

「香純嗎？」

「是啊。她一邊和智代太太聊著天，一邊幫她揉揉手腳，之後就回去了。」

賢一坐進優子的座車，一個衝動便脫口道。

「香純那丫頭，來了也跟我說一聲啊。」

「可能是因為害羞吧。她還幫忙按摩伯母的手跟腳，不是很孝順嗎？——對了，晚上七點我會去接伯母讓她睡在我公寓。明天早上再把伯母交給早托的巡迴車，之後才會去上班。」

優子在某家大企業的WEB製作公司中，擔任設計一職。公司就位在澀谷區的代代木內。賢一記得優子曾提過，她的上班時間很彈性——

「這麼依賴妳真的好嗎？」

「姊夫剛才不也看到了？智代伯母可是把你當成了陌生人。如果你們真的跑去外面的飯店住一定很麻煩。之前伯母有時半夜醒來，只要有不認識的人在，她反應就會很大。」

賢一能夠想像，感覺她會丟東西或胡亂敲打。

「——而這部分，因為伯母也把我當作她的老朋友，所以我這裡是沒有問題的。」

「真是抱歉。就連現在我也是一路依賴妳的幫忙……」

「所以我說沒有關係啦。」

自己對母親來說，最後還是變成了「陌生人」嗎？賢一在道謝的同時，心裡也湧上一股悲傷之情。「呼——」他對著車頂吐出一口氣。

「老實說，在回到東京以前，我以為光靠自己就能應付過去。我真的小看了現實。結果現在根本無想像，如果妳沒有住在附近我該怎麼辦。我其實就只是隻無頭蒼蠅。」

「也沒有呀。早上我聽附近的人說，你不是跟警察為了能不能進門的事吵了起來嗎？」

「沒有那麼嚴重啦。」

「不管怎麼樣，打起精神來！現在可不是消沉的時候。」

「瞭解。」

就在這時候，優子的電話響起。

「喂？我是滝本——啊，您好。這次承蒙關照了——是的，麻煩了——五點是嗎？請您稍等我一下。」

優子把手機從耳邊移開，看著賢一。

「是白石律師打來的。對方說今天下午五點之後可以抽些時間出來，不行的話就要等到明天下午。」

「有點麻煩，我四點半已經跟人有約了。」

賢一指的當然是與南田專務的約定。優子盯著賢一的眼睛可能還不到一秒，便立刻回到電話上。

「不好意思讓您久等了。那麼就由我代替本人過去拜訪。我需要帶的東西是——？」

優子在途中將車停在賢一家附近，賢一便拜託優子詢問警方，是否可以將存摺或卡片拿出來。而對方表示，那些東西似乎已交由警署來保管，需要經過申請才行。

如果現在申請也是來不及了。還好優子手頭還有一些錢，賢一不得已只好先向她借。

14

兩人回到了優子的公寓，賢一站在入口處，正猶豫著要不要進去時，電話便響起。那是他沒看過的電話號碼。雖然不是很想面對，但最後還是接了。而優子則是決定先回家中。

「喂？」

〈我是真壁。剛才在若宮警署我們見過面。〉

一聽到這沒有抑揚頓挫的聲音，賢一馬上便想了起來。

他是站在那個態度傲慢的磐田刑警旁邊，幾乎沒有插嘴聽到最後的那名刑警。也不知道磐田是有什麼意圖，當時還刻意意味深長地強調，「他是警視廳搜查一課派來的」。兩人看起來關係不是很好。

「有什麼事嗎？」

〈今天方便再跟您詢問一些事情嗎？〉

「我很願意配合，但是我等會跟人有約。」

〈不會花您太多時間，很快就結束。〉

「我四點半一定要待在公寓等人，如果現在再去警署一趟的話……」

〈關於這點您不用擔心，我人已經在附近了。〉

賢一回頭一看，電話也忘了掛，手就這麼無力地垂下。他是何時站在那裡的？只見真壁手持電話貼著耳朵，站在公寓入口處的大門前，朝賢一方向輕輕地點了點頭。

【我出去一下。】賢一傳了一封訊息給優子。兩人隨後走進一家步行約五分鐘，一樓是經過改建的民宅喫茶店內。

店內還有另一組客人。四名六十歲左右的男人們，似乎正熱切地討論著旅行的趣事。兩人走到另一邊的角落位置坐下。店內播放的古典音樂聲恰好適中，看來不用擔心兩人對話會被別人聽見。

「嚇了我一跳。」

賢一老實地說道。關於今後的落腳處，他有先將優子的公寓告訴對方。但是他是怎麼知道自己何時出去又何時回來的呢？

「我並不是事先知道的。」

「那你怎麼會在那？」

「我在等你。」

真壁若無其事地說著。儘管已經過了立春，但現在的溫度應該也只有十二、三度吧。所以他在外面等了一個不知何時回來的人嗎？

真壁似乎對這話題不感興趣地繼續說道。

「您似乎沒有時間，所以我就直接進入正題好嗎？」

「啊，好的。麻煩了。」

「首先，勞煩您兩次非常抱歉。」

「是漏問了什麼嗎？」

「您要這麼想也可以。」

不對，賢一心想。他想問的話，是不想讓剛才那位磐田刑警聽見吧。雖然不是很清楚，或許以民間企業來說，轄區刑警跟總署刑警的關係，就像總公司跟分公司那樣，多少會有一些不合吧。

真壁突然拿出老舊的筆記式手冊，念出裡頭寫的東西。

「家裡出事了。我衣服洗到一半，但和妹妹討論後，她說在警察來以前最好不要打掃——」

這和倫子傳給賢一的訊息一模一樣。

「您先前對於我的質問曾表示，由於您太太傳來了不清不楚的訊息讓你嚇了一跳，因此認為她應該陷入了混亂之中。所以倫子小姐平常就很冷靜嗎？」

「是的。或許這種時候用這樣的比喻不太適合，但她是儘管被菜刀切到手指流血，依舊悶不吭聲自行處理的人。就連我在客廳看報紙都不會發現。」

「原來如此。不過關於這段文字，硬要說的話，也可以把它認為是冷靜的人故意裝作自己慌亂的樣子。」

「你這話是什麼意思？」

「儘管訊息的內容意思不通順，但是文字卻是正確，且沒有任何打錯的地方。恕我冒味一問，您在把人打死之後，能夠打出這樣冷靜的訊息嗎？」

賢一回答不出來。

真壁指出的地方，其實早在一開始賢一就察覺到了。

賢一一直覺得哪裡不太對勁。這也是他無法輕易接受事實的最大理由之一。即便他從未認真思考過其中的原因，不過真壁現在倒是輕易地說了出來。

賢一偷瞥了一眼真壁，他仍舊用著讀不出表情的眼神看著賢一。

「讓您久等了。」

店長端來了咖啡，緊張的氣氛瞬間緩和了下來。

在等待杯子放上桌子的時候，賢一腦中突然浮現「一丘之貉」這個過氣用語。

這個叫真壁的刑警，與上午接觸到的磐田刑警相比，氛圍可說是截然不同。磐田總是一副瞧不起人——不、感覺故意就是要瞧不起人的樣子。但是這個真壁卻沒有。而是給人一種他只是在執行工作的感覺。不過說到底，他們都是警方的人。優子也警告過自己，發言要慎重——

眼前視線突然一陣模糊。

是因為待在暖氣房裡，身體也跟著變暖的關係嗎？賢一感覺自己的睏意就快壓過緊張感。可能是昨晚持續緊張的反作用力，讓他不由自主地鬆懈下來。

「請慢用。」

店長走後，賢一輕輕晃了晃頭，先行開口道。

「你剛剛是問我，對於那封訊息內容是怎麼想的對吧？——或許這麼說很狡猾，但是我沒有殺過人，也不是倫子本人，所以沒有辦法做任何回答。」

真壁一直將視線放在賢一的嘴角附近，不過他聽完也僅是點點頭，說了一句：「我明白了。」接著便用平靜的語氣繼續道。

「那麼，倫子小姐與被殺的南田常務之間，存在著親密關係一事，您瞭解到多少呢？」

賢一需要一點時間理解真壁的意思。

就在他聽懂的同時，睏意也跟著消去。賢一也曉得自己的臉瞬間漲紅。

像是要趁勝追擊一般，真壁又再次詢問了一次。

「到底如何呢？關於那兩人的關係，請告訴我您所知道的部分。不管是什麼樣的事情都可以。」

賢一深吸一口氣，接著緩緩吐出。

他用著些許顫抖的指尖，拿起剛才送上的咖啡，喝了一口。

雖然溫度燙到可能會灼傷，但他仍毫不在意地喝下。喉嚨的灼熱也讓腦海中的迷霧逐漸散去。

這與賢一相信並主張這次事件是哪裡搞錯的最大理由息息相關。

從現場情況看來，她應該不是為了反抗對方闖入，因而失手殺人。

而另一方面，不管是南田常務在晚上造訪自己不在的家中，還是他在自家客廳愜意地喝著威士忌的理由，以及倫子從後方把他打死的動機，都讓賢一完全無法想像。

這一切都無法得到解釋，只能認為自己正在做一場漫長的惡夢。

賢一語氣加重地回道。

「你們沒有證據證明他們有親密關係吧？你們這種做法，或許叫做虛張聲勢，但我認為這沒有任何意義。即使想使我動搖，我也不知道你們在期待什麼。」

「看來您是誤會了什麼。我只是詢問您所知道的事情而已。」

「我相信倫子是無辜的。順便告訴你，如果你認為她是因為我被調走一事懷恨在心，才把常務叫來打死的話，那可就大錯特錯了。如果你有時間做這種事，倒不如去找真凶還比較有意義。」

賢一本以為多少有反擊成功，但真壁卻是面不改色，又丟了一塊石頭過來。

「那您女兒呢？您說她的名字叫做香純吧？假設她以金錢為目的，與被害者發生了親密關係。而知道此事的母親便把對方叫來家裡，讓他鬆懈下來後再把他打死——如果這情節是有可能的話，你會怎樣呢？」

賢一感到視野縮減，周遭越來越暗。趕緊用手撐著桌子，調整呼吸。他第一次，知道原來憤怒也會引起暈眩。等到呼吸逐漸平穩之後，他抬起了頭。

「我剛才應該已經和你說過了。你就算想讓我動搖也不會有任何結果。」

賢一話說到這裡，原先在警局面對磐出那失禮的態度，好不容易勉強撐過的感情堤壩，終於開始崩塌。

「你們這些人——」

賢一看著手中緊握的拳頭，正微微顫抖著。如果想要發飆是很容易，但是面對警察失去理智，那可就正中對方下懷了。雖然不知道情節是什麼，但賢一仍舊被他們編織的故事所吸引。但自己若先亂成一團，支撐家人的基礎也就蕩然無存了。

「或許對你們來說，這只是你們一年所處理的眾多案件中的其中一個。可是對我家來說，不，是對我來說，那可是足以動搖其生活本身——也就是我人生的重大事件。我會努力認真地去面對。或許這是你們的搜查手法，但是請你也盡量不要做出玩弄他人感情的言行。如果你們非得要這麼做，那就乾脆把我也逮捕，調查一下如何？」

雖然賢一的聲音聽起來有些激動，但是以現在的立場來說，他算是有忍住了吧。

賢一和真壁對上眼睛。真壁仍舊維持那一貫冷淡的表情，沒有想要反論或是辯解的樣子。賢一沒有辦法只好繼續說下去。

「總而言之，我太太、更別說我女兒和南田常務會有什麼關係，我完全沒有任何頭緒也無從想像。不，連想都不願去想。」

真壁在小冊子裡短短地記入幾筆，隨後輕輕地點頭。

「感謝您。接下來下一個問題。您昨晚在八點左右收到剛才那封訊息，之後便買了夜巴車票回到東京。關於這個車票，我問了當地許多家巴士營運公司，得到都是相同的回覆。也就是，座位全採預約制，而且很快就滿了。加上如果是晚上八點早就過了售票時間，每一間公司也都表示，『我們公司在那個時間應該是沒有在賣票了』。」

這個真壁刑警向賢一刺探磐田漏聽的事情。賢一下意識地想著該如何隱瞞高森的事，但又覺得在這男人面前說謊似乎是行不通的。再說，自己也沒做什麼虧心事，所以也沒有說謊的必要。

於是賢一便把他拜託下屬高森久實幫忙，請她從熟人那裡弄來一張原本被取消的車票一事，如實道出。

「是剛才磐田在意的那名女性吧。您是透過她才取得車票這件事，為何要對磐田隱瞞呢？是因為您跟她有特別的關係嗎？」

「我們之間真的什麼也沒有。這也是我們第一次一起吃飯，車票的事也只是剛好順便。」

「如果沒有那封訊息，您覺得之後會怎麼發展呢？」

「什麼怎麼發展？」

「我的意思是，您和那名叫做高森的女性會如何發展下去。」

賢一想起高森久實的豐潤嘴脣，以及她那冰涼的溼潤手指。

「什麼也沒有。我可以肯定什麼事都不會發生。」

真壁刑警面不改色地點點頭。

「原來如此。可以肯定嗎——話說回來，剛才在與磐田的說明中，您表示您是在取得票之後，才知道這次事件的具體內容對吧？」

這也是磐田之前匆匆帶過的部分。賢一和剛才一樣，再次說明了一次。

「——是的。在我收到我太太那封奇怪的訊息後，她電話就一直打不通，所以我才會拜託高森幫我弄票。然後在我搭上計程車，前往發車的山形車站途中，警方的人打電話給我，我才因此得知的。」

真壁一邊看著小冊子一邊點頭。賢一說的話應該是沒有矛盾的地方。

「不好意思，同樣的事情一直重複問您。不過在此之前，您並不知道這是一樁殺人案吧？」

「是的。」

「即便如此，您還是使用了非法手段弄到車票，並耗費不少金錢與時間，再搭計程車從酒田市趕往山形市，打算坐夜巴回東京。真是非常果斷的決心跟舉動啊。隔天不是您公司的休息日吧？」

「那是因為——」

賢一實在很難說明自己當時的心境。

如果用一句話來形容，那就是厭煩了一切。

他厭倦在那片土地上的每一天。他有著被家人排擠的寂寞感。受到高森莫名接近的影響，也讓他想起妻子的肌膚觸感。再加上女兒也成功考上了高中，或許現在的時機能修復彼此關係。他對松田支店長的挖苦也感到厭煩。他似乎也無法再忍受，自己在推銷時到處被人下逐客令的感覺。

最重要的是，他已經不想再等待，那永遠也等不到的調回通知。

那封訊息，等於是擊潰了他鬱悶的心。

「無法好好說明嗎？」真壁引導賢一說道。

「對。我只能說心裡感到某種異樣的不安。」

「我知道了。」

真壁合上他的小冊子，放進略顯陳舊的西裝口袋裡。

「非常感謝您百忙之中抽空與我會面，也謝謝您的協助。雖然說做為回禮有點奇怪，不過我可以透露一點我的真實想法給您——您是一個非常有自制力的人。大部分的人在我詢問幾個問題後都會中途發飆。特別是被捲入事件，還搞不清楚狀況的時候。我只要看見對方反應，就能知道對方參與事件的程度，以及對方知道多少事實。大部分我都能猜中。您方才提到的『虛張聲勢』也並未說錯。」

事到如今賢一也生不了氣了。他一邊苦笑一邊回答：「原來是這樣。」

「最後我想再問您一件事。」

「什麼事？」

「您是根據什麼來相信您太太是無辜的呢？單純只是因為彼此是夫妻這樣的理由嗎？還是您有確切的根據才會如此定論？」

在思考理由以前，賢一的嘴巴倒是率先脫口道出。

「因為我懂倫子這個人。雖然我也說過很多次，但是她絕對不是那種會拿威士忌酒瓶打死人的人。」

「那您知道在去年夏天到秋天之間，她發生了什麼事情嗎？例如九月的時候。」

「九月？什麼意思？」

真壁只是用著探詢的目光看著賢一，一句話也沒說。

「請你告訴我。去年九月倫子發生了什麼事嗎？」

「很抱歉。由於這攸關搜查內容，如果您不知道的話就當我沒問過。我只是覺得，就算是夫妻，彼此也還是不同個體，並非所有事情都能相互理解。」

真壁的表情沒有一絲抱歉。他稍微點頭示意，接著結帳步出店外。

最後只剩賢一一人。他盯著桌上那只喝了一口便再也沒碰過的咖啡杯。未加牛奶與砂糖的黑色表面，映照著一張中年男子的疲倦臉龐。

賢一一進門，優子便露出一臉擔心的表情問道。

「姊夫好慢。你是去買東西嗎？」

「嗯——」賢一遲疑了一會，最後還是將實情說出。「剛才和我在警署會面的刑警就站在大樓入口處，所以我們就稍微聊了一下。」

「你說門口有警察？——什麼呀，他在埋伏等你？」

雖然賢一不想說謊，但是也不想優子過於操心。

「沒有那麼誇張啦。只是上午忘了問我一些事，所以跑來向我確認而已。」

「是喔。」

看來優子接受了這個答案，沒有再多做追問。

賢一走到洗臉臺處，用剛才在超市買的刮鬍刀開始刮鬍子。包裝外明明寫著【不傷肌膚】，卻還是割出了兩個小傷口。隨後他和優子借了熨斗，準備燙他的襯衫，但在思考一番後便停下動作，反而開始弄出奇怪的皺褶。

優子在筆電的另一頭出聲向他搭話。

「果然還是很怪。」

「什麼？」

「姊夫和埋伏的刑警講完話後，說話的次數就突然變少了。表情還變得跟能面一樣。

他是不是跟你說了什麼過分的話？」

賢一原本還猶豫著要不要問優子，後來還是下定決心，便把熨斗立起來。

「其實他說了一件奇怪的事。他問我去年九月左右，倫子發生了什麼事情之類的。」

「是發生什麼事？」優子訝異地皺起眉頭。

「我也不知道。我一回問，他就說當他沒問過。」

「什麼啊。」

「先別管他們的失禮態度了。倒是小優妳知道些什麼嗎？他確實有提到是在『夏天到秋天左右』的事。」

「所以姊夫的意思是，那件事會和這次事件有關？」

「我覺得是。」

優子皺著眉頭，思考了一會後搖搖頭道。

「我完全沒有頭緒。畢竟我也沒有全盤掌握姊姊的生活。」

「其實有一件事情很巧合。倫子跟我說：『你不用特別回家也沒關係。』還有香純傳訊息跟我說不想理我也剛好是那時候。一直以來我也只是把這兩件事當作偶然發生，但說不定我家在那時就發生了什麼事情。」

「會不會是姊夫想太多了？不過我也會試著想想。」

「拜託妳了。」

沒過多久，來接賢一的車子也抵達。

15

賢一被帶到西新宿，高樓林立的一小區塊。

電梯一下子來到最上層，來到一間以高價而聞名的日本料理店。

南田信一郎就在最裡頭的個人包廂中等待他。

「真的非常抱歉，這次出了這麼大的意外。」

賢一彷彿是來訪問公司的學生。

「廢話不多說，快坐吧。」

幸好是桌式的位子。賢一和隆司在一起的時候，已經嘗過了苦果。和式座位無法讓腳放鬆，桌子又低到沒有容身之處。

一旁的木椅厚重到要是有人說這是大久保利通用過的椅子，他也會相信。就在他畢恭畢敬地入座後，信一郎便開口道：「我話先說在前頭。

「我們彼此都很忙，什麼『這些陣子』、『深感歉意』這種話也就省了吧。說這些膚淺的話也沒有任何意義。」

信一郎講話很直這部分與隆司很像。

「真的很抱歉。」

「那就開始吧。」

桌上早已擺滿懷石料理類的食物。

「我不希望談話中被店裡的人打斷，所以儘管俗氣，我還是要他們先把全部料理送上桌了。酒的話這些也夠了吧。」

桌子旁邊的小推車上，放有一壺保冷壺，裡頭放著三瓶瓶裝啤酒，還有三合裝在冰鎮型玻璃酒杯裡的冷酒。

「是的。」

他將彼此的酒杯倒滿了啤酒。「說乾杯好像很怪。」由於信一郎這麼說道，賢一便形式上地喝了一口。隨後也學起信一郎拿起筷子，夾起小碗中的前菜。

「我被祕書阻止了。」

「什麼？」

「就是和你見面這件事啊。雖然她平常都不會表示意見，這次卻難得地跟我說：『請您再好好考慮一下。』」

「我也有同感。」

「所以你認為，你太太——嗯、發音是 noriko 不是 rinko 對吧？你覺得你太太倫子，真的對隆司下手了？」

「不，我並不這麼認為。」

「那是誰做的？」

「我不知道。」

「所以我說，關於這部分，我想聽聽看你的意見。」

「是。」

「你就把你的想法通通告訴我。那些警察啊，一旦搞錯了調查方向，之後就很難修正了。畢竟他們也算是個龐大組織。有些案件是可以靠人海戰術來解決，但也是有人多反倒礙事的案例。」

大家都認為他是位待人和善的紳士，其實他也有講話直接的一面。

「是。」

「你也別光說『是』，我就是要聽你的意見啊。先不論實情為何，我弟弟確實就是死在你家的。」

「儘管您這麼說——若要我表示意見，我也只能說，我相信我太太不是犯人。」

「這些我早就聽說了。你似乎很愛你太太，所以我也能理解你想袒護她的心情。可是我希望你現在先撇除那些感情。好歹你也是個專業的商務人士吧？我從警方那裡也聽說了一些事情，實際狀況在在顯示你太太就是凶手。不僅如此，雖然他們還沒對外公開，但據說她本人也幾乎認罪了吧？

「簡單來說，隆司那傢伙因為某些事情，選擇在那時間造訪你家。然後兩人當下起了一些爭執，最後演變成暴力事件——我並不覺得事實真是如此。如果你有其他解釋的話就告訴我。要是不希望讓警方知道的事，我也能向你保證不會說出去。所以你有知道些什麼嗎？」

賢一一直在思考這件事情。講好聽點，他相信倫子是無辜的。但這就同時代表著，真正的凶手另有其人。既然這樣那會是誰呢？在那個時間點，某個路過的陌生人潛入自家，毆打完隆司後逃逸。如果劇情真是如此，那該有多好。然而，這也太不切實際了。

他應該要冷靜……不、該說要冷酷點嗎？如果只靠實際情況來推論，在那個家中，有一個人幾乎可說是喪失了正義與道德倫理。用消去法來看，答案就只有一個。只是他實在無法親口出賣自己的母親。

「老實說，我一開始很訝異常務與我太太會有關聯。」

信一郎明顯地用鼻子冷哼一聲，隨即將酒杯放在桌上。聲音聽起來格外大聲。

「有關聯的並不僅限於你『太太』吧。還有你母親跟女兒。」

「可是我認為她們的可能性比我太太還要薄弱。」

信一郎吃著其他料理，同時用他那帶點棕色的瞳孔直盯著賢一。

「是說，隆司那傢伙以前就對你太太下過手了吧。」

賢一不小心做出老實的反應。

「為什麼你會知道那件事？」

儘管賢一沒有故意隱瞞，但那也已經是二十年前的事。

信一郎像是瞧不起賢一似的，再度嗤之以鼻。端正的臉龐也扭曲了起來。

「這種事，就算不用我親自調查，想和我報告的人多到都要排隊了。」

「我只聽說在我們結婚前，兩人有一起去聽音樂會還有吃飯而已。」

「在那之後呢？」

「沒有了——我相信是沒有。」

「相信、是吧。」

信一郎一口喝光玻璃杯裡的啤酒。賢一正打算倒酒，信一郎卻揮開他的手，朝自己的深酒杯中注滿冷酒。

「會長情緒太過激動，病倒了。」

「南田會長嗎？」

「這陣子他也因為血壓高，才剛被主治醫師叮囑過要他最好退休。要復原恐怕也很難了。我也是很忙的，如果要辦喪禮最好一次就好。」

賢一原本就沒什麼食慾，現在胃感覺越來越沉重，連拿筷子的心情都沒了。即使想著應該說些什麼，但只要他一開口，就會被信一郎講到啞口無言。他的咄咄逼人和那個真壁刑警是屬於完全不同的類型。

「我說你啊，照這情況下去，你不僅會被我們公司開除，就連一般企業都進不去了呢。雖然說隆司那傢伙只把錢花在官員還有政治人物上，不過我和我老爸可是在業界認識很多人喔。順便告訴你一聲，最可怕的乃夫子好像也氣瘋了呢。」

他得意地笑著，隨即啜飲杯中的酒。心中的不好預感幾乎都中了。

「我會被解雇嗎？」

「你該不會就這樣坐以待斃吧？」信一郎停下手邊動作，一臉詫異地看著賢一。

「難道隆司告訴你，他會『馬上調你回總公司』你就信了？」

「我——」賢一沒有接話。

信一郎拿起新手巾擦了擦嘴，那條手巾似乎只為他準備。

「喂喂，不會被我說中了吧？真叫人受不了。你就是因為想法太天真才會上了那傢伙的當，結果扯了大家後腿，自己也被踢走。」

賢一想起自己當時也被隆司嘲笑「太天真」。

「我不是很想說那些威脅你的話，不過恨你的人可不只一、兩個。說到自白書那件事，尤其是磯部課長，最後責任全變成他來扛，他肯定對你恨之入骨。我也很訝異這次的案件竟然不是發生在你們身上。還有那個被調到大阪的山川部長、北九州那個叫什麼來著的次長也是。不過，等我正式回到這裡，我打算好好慰勞一下他們。」

「請求您能諒解我。」

雖然沒有到下跪，但賢一還是往後退開椅子，彎腰道歉。他把頭低得比桌子還低，同時也在心裡想著，自己到底在幹麼？

妻子被懷疑有殺人及傷害致死的可能，現在人在拘留所，連面都見不到，自己卻還在為派系之爭所闖出的禍道歉。儘管覺得丟人，但賢一還是有話要說。

「我並非故意要為專務及其他人帶來麻煩，但我當時實在是無法拒絕常務提出的要求。」

事實上，他也只有接受隆司常務的提案，或是乾脆辭職這兩種選擇。

「我是沒有恨你啦，只是其他人會怎麼想呢？」

「如果有機會的話，我一定會親自向他們道歉。」

信一郎將玻璃深酒杯內的冷酒一飲而盡。

「嗯，至少我相信這次事件並不是你策劃的。你看起來也沒那本事。既然如此，我也給你一個忠告——」

賢一感到喉嚨十分乾渴，卻無法伸手拿杯子。

「關於這件事，除了警方以外，不准對外洩漏出去。不管是你現在知道的事，還是今後會知道的事。即便對公司裡的人，也是一個字都不許說。」

「是的」這句話卡在賢一的喉嚨裡，他只好吞了吞口水。信一郎繼續道。

「就算今後傳出任何謠言也是。」

「您所謂的謠言是？」

「例如拿隆司來說好了。譬如說他故意把『招待醫院關係人士的事情，加油添醋後再洩漏出去，藉以掌握公司人事調動的權力，接著濫用職權跟女性職員或是被降職的員工妻子外遇。也正是因為這些桃色糾紛才導致了這場悲劇。』之類的。」

「但是這樣倫子就是外遇的……」

「你不要廢話那麼多。」

賢一被信一郎的聲音震懾住，話才剛到嘴邊就消失不見。

「這樣對你太太也好，她可以酌情減刑啊。還是說……怎樣？你要我幫你告訴大家，她是為了讓自己丈夫能夠解除調派，才會自己向隆司打開雙腿？」

果然紳士都是假的。南田誠僅靠他那一代便開創出如此巨大的企業，而兩兄弟的母親儘管不同，也還是承襲了他的ＤＮＡ。看賢一無法反駁，信一郎便稍微壓低聲調繼續。

「今明兩天我會讓人事部門的人聯繫你，你就暫時在家待命。你也不用回酒田了。殺人犯的丈夫還到處賣藥也太難看了。就像我剛才說的，我會幫你準備飯店。希望你不要隨便到你家附近亂晃，也不要被媒體纏上。」

賢一不管公司內部怎麼傳，他只針對斷定倫子是凶手一事表達了抗議。

「可是訴訟都還沒有開始……」

「你如果在電視新聞上，看見嫌犯被逮捕收押會怎麼想？基本上都不會去懷疑，只會覺得『那個人就是凶手呀。』這樣吧。會從藥局架上眾多類似商品中，挑選我們家產品的人，不會是法官——你聽好了，你只要乖乖的別作怪，就算無法讓你回總公司，我還是能把你安插到某個相關企業裡。對了！乾脆讓你跟磯部交換如何？北海誠南醫藥品販賣的北見支店長代理。那裡的海產跟空氣好像不錯唷。」

信一郎笑得很開心，張嘴就把包在果凍上的海膽一口吞掉。

賢一好想把自己喝到失去意識，大睡一場。

但是他需要做的事情，實在是多到數不清。

在和信一郎分開之後，人事部的管理課馬上就打電話給賢一，彷彿在旁觀看完這一切。對方表示已幫賢一在西新宿靠近都廳舍的城市飯店訂了房間。交代完必要事項後，也不讓賢一有問話的機會，便迅速地切斷電話。

賢一也和優子取得了聯繫，約好晚上八點在池袋車站的西口處，白石律師事務所的大樓前和對方會面。據優子說，白石律師在此之前會先與倫子會面，預定在那時間會回來。

現在時刻六點二十分左右，剛好是半長不短的空檔。賢一決定先前往公司為他準備的飯店。大約徒步幾分鐘即可到達。

他在大廳報出自己大名，順利取得了鑰匙。儘管見到身上背著陳舊挎包，穿著狼狽西裝，甚至臉色也是疲憊不堪的賢一，大廳人員依舊面不改色地笑臉迎人。不知道他們到底知道多少實情？

儘管覺得自己應該睡不著，賢一還是把鬧鐘設在晚上七點鐘。他躺在彈性極佳的床鋪上，很快地便進入了夢鄉。

16

白石法律事務所，大約位在池袋車站西口的東京藝術劇場與立教大學的中間。

從車站徒步過去只要幾分鐘。賢一剛好站在一處名為劇場路的寬敞大馬路旁，正等待紅綠燈時，手機便傳來了震動。是優子打來的。

〈姊夫現在到哪裡了？〉

「我在附近快到了。」

〈姊夫知道地方吧？乾脆你就直接來事務所，我也還在這裡，既然機會難得就一起打個照面吧。〉

賢一表示知道了便掛斷電話。

他搭乘電梯來到舊大樓的五樓。敲了敲事務所大門後，門隨即打開。

「您好。」

一名身穿黑色西裝的女性，微笑地站在裡頭。賢一一度以為是拘謹風格的優子，結果是別人。

「請進。」

賢一被招進事務所裡，裡頭沒有想像中的寬敞。

好幾個併在一起的辦公桌上，堆滿著隨時會崩塌的文件及雜誌。不管是內部裝潢還是書櫃，看起來都很有年紀了。

一名初老男性和優子正坐在接待處的老舊沙發上。賢一被帶到兩人附近，所有人跟著起身。

「我來介紹一下。」優子朝賢一方向伸手示意道。

「他就是藤井倫子的丈夫，也是我的姊夫，藤井賢一。」

「初次見面您好。」

白髮的男性名叫白石慎次郎，是這間事務所的所長，也是這裡的首席律師。而一開始與賢一對應的年輕女性則是他的女兒，同樣也是律師的白石真琴。

「聽說真琴小姐以前還上過雜誌，被評為是『美女律師』呢。」

聽見優子如此說明，真琴也露出些許苦笑揮手道。

「我們別聊這話題了。畢竟這也和訴訟沒什麼關係，我也不想再提這些往事了。」

一旁的父親慎次郎露出淺淺微笑，馬上被真琴瞪視，於是話題就這麼結束。她的美貌確實不比優子遜色。如果不是在這種非常時期，賢一很可能也會看到入迷。

「我們談了很多，聽說姊姊的案子會交由真琴小姐來負責。」

「請多多指教。」優子向賢一說明完，真琴也跟著低頭道。正準備起身沏茶的慎次郎也補充道。

「我們事務所也是有其他律師，不過畢竟嫌疑人是女性，所以我打算把這案子交給真琴。以我的立場這麼說或許不太恰當，但您可別因為她的外貌或性別就輕易評斷她。就算是保守估計，她也是擁有比我高兩倍的機動力與三倍的戰鬥力喔。」

真琴只是輕輕瞥了父親一眼，立刻進入正題。

「剛才我已和本人見過面，事情概要也與您的小姨子——滝本小姐大致說過了。不過我還是大概跟您解釋一下。」

看來她的確很有行動力。

「麻煩妳了。」

「我先從最基本的地方開始說，現在她被禁止會客，除了委任律師以外，就算是家人也無法和她見面。」

「我和我女兒也是嗎？」

「是的。」真琴點頭道。一旁的所長慎次郎律師把裝有日本茶的杯子放在桌上。

「——其理由是，第一，犯罪現場是在自家處，其次是被害者為丈夫前上司，所以你也有動機憎恨對方，加上檢調也還沒有完全結束等等。」

「妳意思是，他們認為我有可能會和我太太串供，意圖湮滅證據是嗎？」

「就是那個意思。」

賢一感到胃裡湧上一股熱意，卻沒有東西可吐。

「那她禁止會客到什麼時候呢？」

賢一注意到自己的聲音有些沙啞，便喝了一口日本茶。

「今後她恐怕也會轉為殺人嫌疑犯，社會的輿論反應似乎也很大。我想最快到檢察官起訴為止，應該都無法解除禁見。在過去漫長的案例中，也有等到一審下來才能見面的情況。雖然時間長短是由法院來決定，我們也無法斷定，但如果被告能積極協助調查，且警方也發現大量客觀物證時，是有可能提早解除的。」

「我是有聽說我太太承認是她做的——對了，我太太倫子她人感覺怎樣？有沒有精神……這樣問好像有點奇怪，是說她臉色看起來如何呢？」

見賢一身體往前一傾，真琴律師也盡量挑選適合的詞彙答道。

「感覺有點憔悴，不過只要不是那種把拘留所當免費住宿的慣犯，大部分的人都是大同小異。她的情緒也沒有特別起伏，反而給人一種淡漠的感覺。」

「淡漠嗎？」

賢一跟著重複默念，真琴也歪頭思考。

「雖然我沒有辦法正確地表達，不過該怎麼說呢，感覺好像很早以前就做好覺悟的樣子。」

「妳說的做好覺悟，是指她是計畫犯罪嗎？」

「我沒有那個意思。抱歉，是我解釋不當。我收回剛才憑藉印象的發言。我們還是關注眼前事實吧——」

接著她將今後流程盡可能簡單明瞭地解釋給賢一聽。

只是有些法律用詞的細項部分，賢一還是無法理解。不過在聽到不同罪狀重複逮捕可將拘留期限延長一至兩個月時，他不由得想起磐田那張臉，心情也跟著沉重起來。

「雖然話是這麼說，實際上我想差不多是一個月左右。畢竟檢方身上也有很多其他案件。當然，若在開庭以前能證明自己是清白的，那他們就會放人。」

所長像是要安慰賢一一般，從旁補充道。不過真琴彷彿要毀了他的好意，冷不防地又從中插了進來。

「我能理解您想收集證據來證明您太太是清白的，但是我認為您最好還別做出太惹人注目的舉動。」

「什麼意思？」

「雖然有點難以啟齒，不過檢方與警方可能會把她的丈夫——也就是賢一先生的『教唆殺人』納入考量中。具體來說，根據刑法第六十一條『教唆他人犯罪者，處以正犯之刑罰』。」

「妳意思是說，他們可能懷疑我指使我太太殺人？」

「沒有錯。雖然這只是我的假設，但是賢一先生也有可能會和倫子小姐以同等的量刑被送檢起訴。」

其實從刑警們的態度中，賢一早已隱約感覺到。或許他們從未把自己當作「嫌疑人的丈夫」，而是「主嫌」。

殺人凶手藤井賢一。他在心底嘗試念了一遍。

他感受不到一絲實感。

17

在離開大樓的時候，賢一看了一眼手錶。

已經超過晚上九點半。他也累了。

儘管覺得腦袋異常清醒，不過可能也只是神經麻痺，所以才感覺不到睏意。

「姊夫之後要去住飯店吧？」

在優子的詢問下，賢一便把自己住的飯店名和房間號碼告訴她。

「我開車來的，那我們就在這裡道別吧。」

優子表示她的車子就停在附近的停車場。

「從早上開始就不知道跟妳道謝過幾次了。不過，真的很謝謝妳，幫了我一個大忙。」

優子噗哧笑出。

「姊夫也聽說過我的『養子症候群』的故事吧？」

「嗯。」

就在香純說出類似的話，讓賢一他們為難的同一時期，優子的狀況似乎更嚴重。雖然不是很清楚具體狀況，但聽說發生了很多事——在我看來，爸爸跟優子的性格根本一模一樣，但是她本人卻又一直強調：「我一定是沒有血緣關係的養女。」就算我回她：「戶籍上又沒有那樣寫。」她就會回我：「那是因為爸爸是公務員的關係，若想竄改也是可以。」完全不願聽我說話。我想，那也是她不和家人一起去美國，而是選擇待在日本的主要原因吧。

倫子這麼解釋著，接著又補充道：「現在就只是個笑話。」

優子挑起半邊眉毛，露出苦笑。

「現在回想起來，姊姊是不是模範過頭了呢。舉例來說，假設我不小心把我爸用來喝湯的愛碗打破，姊姊那個人就會先跑去跟我爸道歉。她會說：『爸爸對不起。是我叫優子幫忙洗碗的。』而我爸也會回她：『算了，這也是沒辦法的事。下次注意一點。』然後事情就這麼結束。」

「真令人羨慕。因為我是獨生子，所以也很想要有一個會包庇我的哥哥或姊姊。」

「可是，小時候不是都會對這種偽善感到不爽嗎？有時候姊姊不在，我只要一做錯事，我爸媽他們就會說：『就是因為妳平常不夠沉著冷靜。』然後一直向我說教。因為我太不爽了，所以有幾次就故意選跟姊姊在一起的時候打破玻璃杯。」

「我大概猜得到結局。」

「就是姊夫想的那樣。我媽是生氣了，但我爸反而是問姊姊：『有沒有受傷？』這讓我當下更覺得，一定是因為我不是親生的，他們根本對我沒有愛，所以後來我就有點學壞——不過在這之中最困擾的人，也許是夾在中間的姊姊吧。」

「或許是吧。」

賢一聽著優子的故事，腦中浮現的臉龐竟然不是倫子，而是香純。

如果香純也有一個像那樣的姊姊，現在的狀況會不一樣嗎？

「——這次的事情，該說是贖了當時的罪嗎？感覺我總算能償還對姊姊的債了。所以姊夫你也別跟我一一道謝了。如果這件事能順利結束，就讓姊夫請我吃燒肉好了。」

優子表示明天會將智代送去「太陽之家」的「早托」，之後就直接去上班。說完後，她便離開前往投幣式停車場。賢一對著她的背影再次低頭鞠躬。

他感到十分疲憊。

回到飯店房間，賢一先沖了個澡，在便利商店買的罐裝啤酒都還沒喝完，眼皮就沉重了起來。

香純最終還是沒有和賢一聯絡。

賢一做了一個夢。在沒完沒了莫名其妙的夢境最後，某個似曾相識的女人登場，接著她突然用怪鳥般的叫聲開始唱起歌來。

賢一正想高喊「住手！」的聲音卡在他的喉間，也因此讓他醒了過來。

他慌忙坐起身，奮力地左右搖頭。鬱悶的感覺都還沒完全消去，便發現室內電話在響。原來這就是歌聲的真面目。

賢一連拖鞋也懶得穿便直接下床，光著腳走到書桌前，拿起話筒。

「喂？」

他的聲音就像昨夜經過狂咳後的沙啞。

〈早安。我這裡是大廳，請問是藤井賢一先生的房間嗎？〉

「嗯。我是藤井。」

〈非常抱歉在您休息時間打擾您。櫃檯有您的客人。〉

賢一看了一眼房內配置的時鐘，才剛過八點不久。他竟然睡過頭了。

「請問對方是？」

賢一毫不掩飾自己的戒心。首先浮現在他腦海中的，就是昨天見到的那位真壁刑警的眼睛。

〈是藤井香純小姐。〉

「呃？」

原本有一半還在恍神的腦袋瞬間清醒。

「香純嗎？我現在馬上下去——不，等等，可以請妳轉告她，叫她直接來我房間嗎？」

〈請您稍等。〉

電話那頭在簡短交談後，傳來了同意的回答。

現在這個時間點，大廳周圍應該都是吃完早餐正在休息的客人，以及等待退房的客人吧。不管怎麼想，他們一定會談到不希望被人聽見的話題。

雖然身上還穿著替代睡衣的運動服，不過自己女兒就別那麼在意了，至少先去洗把臉吧。賢一心想。

賢一站在洗手臺前，用冷水嘩啦嘩啦地潑在臉上，正當他用毛巾擦拭的同時，門鈴響了。他透過貓眼，看見香純一臉不悅地撇過頭去。

「怎麼了嗎？」賢一一邊說著一邊打開房門，沒想到優子也在。她推著香純的背也跟著一起進來。

「原來小優也來啦。」

仔細想想，香純確實不可能一個人來。

「早安。」

優子昨天消耗的精力應該不比賢一少，但是此時的她看起來精神很好，一點也不累。

「昨天謝謝妳了，多虧有妳的幫忙。」

優子點點頭，表示要賢一不用在意，隨後便環視了一眼房間。

「這房間滿好的耶，真不愧是天下的誠南Medicine。」

他能感覺這其中參雜著幾分挖苦。

「以各種層面來講，還是有點不太自在。」

賢一回道。隨後他又轉向板著一張臉，站在一旁的香純說道。

「隨便坐吧。」

優子也催促著香純，兩人便各自坐在兩張單人沙發椅上。賢一則是拉開書桌旁的椅子坐下，椅子隨即發出「吱」的不愉快聲音。

「要喝點什麼嗎？」

賢一順口詢問，優子表示不需要，香純則是完全無視他。

優子很快切入正題。

「我果然還是很在意，所以想說上班前讓你們先見個面。」

「謝謝……妳昨晚住哪裡？」

賢一後面那句話是對著香純問的，不過香純依舊沉默不語，優子便代替她來回答。

「結果她還是睡我公寓。伯母睡床，我和香純用備用棉被鋪在地上一起睡。如果是一般女生聚會的話，或許會很開心，只是實際卻沒有那種氣氛就是了。」

「我也不是不懂妳的不安，但妳應該多為家人……」

「等一下。」優子突然從旁打斷。

「──麻煩姊夫現在先別講這些。畢竟我也不能待在這裡太久，而且現在又是非常時刻，才更需要『家人』一起同心協力呀。你應該懂吧？」

賢一雖然不滿，但是受到優子這麼多關照之下，既然她都這麼說了，他也只好點頭。

「我們時間也有限，那就趕緊切入正題吧。我讓小香來這裡，是想要她把前天晚上看到的事情，還有知道的事情告訴姊夫。」

優子講到這裡話就打住，她看著香純催促她繼續。賢一也忍住不插嘴，靜靜地等待。但是香純還是一如既往地盯著窗外，結果變成還是由優子繼續。

「那就由我來說明昨天從小香那聽來的事情。如果我有說錯再告訴我唷──事件發生當時，小香並不在家。她和朋友在家庭餐廳閒晃了一會才回家。她回到家的時候，剛好是事件發生後不久。他是叫南田是吧？那個人趴在客廳的桌子上，後腦勺滿是血。那時小香身邊又沒有別人，在這種情況下，任誰都會陷入混亂吧。就在她要放聲尖叫的同時，她發現姊姊站在水槽旁──也就是注意到倫子也在。她開著水龍頭，好像正在洗什麼東西。後來才知道那就是凶器的威士忌酒瓶。當然小香也是一陣混亂，問了姊姊『怎麼了？發生什麼事了？』之類的，正當小香想要報警時，姊姊就告訴她『我已經報警了。』對吧？」

賢一見香純沉默不語地點頭，隨後跟著問道。

「那個時候媽媽看起來怎樣？如果是一時激動打死人，情緒上應該還很激動吧？」

儘管如此，香純依舊無言，仍是由優子代替回答。

「她說看上去好像很冷靜，只不過她好像沒有把這件事告訴警察。」

「很冷靜——？」

這句話好像在哪裡聽過。就在賢一想著是在哪裡聽到時，優子說出了答案。

「昨天，老白石律師的女兒，在談到和姊姊會面時的印象，也說了這樣的話吧。」

「沒錯。她說倫子給人一種『淡漠的感覺』、還有『很早以前就做好覺悟』之類的話。」

「不過也可能是因為打擊過大，所以才會那樣悵然若失吧——總之，沒過多久，穿著制服的警察還有急救人員便趕來，家裡變得一片混亂。之後就像警方告訴我們的那樣。不過小香說，她還有其他事情沒有跟警察說。」

「所以是什麼？」

賢一看著香純的臉，但是她依舊不願和他對上視線。

「這是在那些警察抵達之前的事。小香發現自己的手也沾上了一些血。她想著可能是驚慌失措時，不小心碰到了什麼——你也知道那是什麼吧？所以她頓時覺得很不舒服，便走去洗臉臺打算拿肥皂洗掉。此時的她便發現洗衣機正在轉，而伯母、不對，該說是奶奶吧——算了好複雜，就叫智代伯母吧。總之，智代伯母就在旁邊讓小香嚇了一跳。」

「我媽媽在那裡？」

「她好像一直盯著發出隆隆聲的洗衣機，在看到香純之後又突然緊張地躲回房間——是這樣吧？」

優子尋求香純附和，香純也微微點點頭。

「這是怎麼一回事？」

「我有嘗試問過智代伯母，但姊夫應該也想像得到答案吧。畢竟她是連昨天跟前天都無法分辨差別的人——所以這頂多也只是我的猜想。最有可能的就是，她只是單純在看運轉中的洗衣機。我之前也聽說過，智代伯母好像有這種該說是癖好嗎……就是這類習慣。」

是倫子說的嗎？賢一的母親確實從以前開始就有這個習慣。在父親還健在時，兩人只要一吵架，她就會不停地洗衣服。賢一知道她會把家中所有衣物集結起來，再把自己關進洗衣服的地方，然後在旁邊站個數十分鐘，等待洗衣機轉完一輪。如果是彼此平等的爭辯，輸了也無可奈何。但是若是因為「丈夫和妻子」或是「男人和女人」這類立場，因而不得不讓步的話，可想而之，不服輸的母親會有多麼不甘心。

母親原本就有一點潔癖，對沒有其他容身之處的她來說，或許那裡曾是她唯一能恢復平靜的地方吧。

「還有另一個可能是，她並不是單純盯著看，而是智代伯母把被血弄髒的衣服拿去洗了。」

「妳的意思是，不是倫子拿去洗的？」

根據磐田刑警所說，把「被血回濺的牛仔褲跟毛衣」拿去洗的人是倫子。但也很有可能其實是倫子打算抱起瀕臨死亡——或是早已死亡的南田隆司，所以她的衣服才會沾上血。而一陷入不安情緒就想洗衣服的智代，便把倫子慌忙脫下的衣物丟進了洗衣機裡，然後一股腦地將氯系漂白劑倒入，接著開始洗衣服的情節也不是不可能。

「如果是這樣，那為什麼倫子不和警察說呢？」

按照磐田的說法，他早就認定倫子是為了毀滅證據才洗的。

「我能想到的理由只有一個。就是姊姊是在包庇伯母。就算有認知障礙，如果想湮滅證據的行為屬實，即代表她有判斷能力，警方當然會懷疑她是不是在詐病。也許姊姊不忍心讓伯母做精神鑑定，所以才會說是自己做的吧。畢竟不管是洗酒瓶還是洗衣服，以結果來看，可能沒什麼太大改變。」

在聽完優子有條不紊的說明後，賢一一直耿耿於懷的事情，終於有了雛型。

「其實有件事我一直覺得很奇怪。就是南田常務被毆打之後，關於倫子的行動。為什麼……」

原本撇頭沉默的香純，第一次看向賢一。

「你現在在這裡一直講那些事情也沒用啊，像個傻子一樣。」

雖然賢一並不想理會香純孩子氣的頂撞，但他還是忍不住地回嘴。

「妳說什麼傻子？」

賢一瞪著香純，結果對方不但沒有畏懼，反而還瞪了回來。

「我很想問爸爸一件事。如果你覺得自己沒錯的話，那為什麼不說你『不想調派』呢？」

湧上。

賢一能聽見自己的聲音在說：「不要再理她了。」只是一旦起了反應，情緒就會跟著

「妳才是事到如今說這些做什麼。這跟這次事件又有什麼關係？」

「看吧，你每次都這樣敷衍過去。」

「我才沒有敷衍，而且那又不是調職，是臨時調派。」

「嗯，就是這樣才說不下去。」

「等一下。」香純正準備起身，優子趕緊上前阻止。

「姊夫。」

就連優子也帶著責備眼神盯著賢一。賢一不解，為什麼自己要被責怪？他到底做了什麼？又是哪裡做錯了呢……

最後，他還是屈服了。

「我知道了。我不會再糾結妳問的事跟這次事件有沒有關係——至於妳剛才說的……對於公司職員來說，人事即是絕對的命令。如果我拒絕的話，那就勢必得離職。」

只見優子「啊」的一聲，看來是想說些什麼，只是後來還是打消了念頭。賢一便繼續道。

「那間公司雖然有一部分上市，但實際還是皇親國戚的公司。也就是說，如果被南田父子盯上，一輩子都別想出頭了。這樣一來，我要怎麼養妳和媽媽……」

「又來了、又來了。反正全都是為了我跟媽媽吧。」

「我有哪裡不對嗎？」

「所以不管被下什麼命令，你都會乖乖聽話嗎？那不就跟奴隸一樣。我是奴隸的女兒嗎？媽媽是奴隸的妻子嗎？」

「小香，妳那樣說有點過分了。」

優子把手搭在香純大腿上，接著乘勢說教道。

「沒有工作過的人是不會懂的，以勞力來獲得回報就是這麼一回事。在法律上——」

優子原本想說：「只要不觸法，就要對公司忠誠。」這句話，但後來還是硬生生地吞了回去。

此時的香純，用著比先前任何一刻都還要冷淡的語氣道。

「那傢伙，去年讓媽媽懷孕了。」

18

周遭一片鴉雀無聲，在所有人靜止不動的房間內，賢一感覺自己的心跳彷彿停止了。

賢一更希望優子是在這種情況下，責備香純一句：「小香，妳那樣說有點過分了。」

賢一感到口乾舌燥，只好勉強嚥下幾口口水，冰箱也在此時發出低鳴。

「這句話——是什麼意思？妳是在挖苦我？還是在跟我開玩笑？」

賢一的視線無助地在香純與優子間來回穿梭。冰箱的低鳴聲消失，室內也跟著恢復寂靜。

優子小聲地答道。

「我很抱歉，這是真的。」

「很抱歉？她真的懷孕了？怎麼可能？這是騙人的吧。是吧？小優？」

即使說話對象是優子，賢一的語氣不免還是有些粗魯。

「姊姊拜託過我，要我不要告訴姊夫。」

賢一一時找不到適當的字句。

「什麼拜託？我、我根本沒聽她說過。因、因為這也太奇怪了吧？怎麼會這樣……」

賢一也知道自己在胡言亂語，他終究敵不過動搖的心。香純也自虐似地嗤笑道。

「奇怪的是你吧？現在才在那邊驚慌失措。」
「我——？什麼現在不現在，這根本是亂七八糟吧！怎麼可能有這麼愚蠢的事？」
「因為你是奴隸啊。不管人家怎樣對待你都無法反抗不是嗎？」
賢一差點就要動手。只見他把拳頭握得很緊，緊咬牙根調整呼吸。
「注意妳的用詞。」
「你們兩個夠了！」
優子表情臉嚴肅地說道。
「一、二……」賢一嘴裡數著數字，一邊做深呼吸。
「我之前受到姊姊拜託，原本沒有打算將這件事情說出來。可是事情演變成這樣，警方也一定會調查。這樣一來，姊夫總有一天也會知道。加上這件事不管怎麼看，都是對姊姊不利的證據。而我一人又實在是說不出口，才會讓小香跟我一起來——對不起。」
優子低下頭，短髮也隨之飄動。
「可是、但……」
他找不到能接下去的話。
賢一終於知道，如此討厭自己的香純，為何會突然願意來見他了。她一直在等待機會責怪他。不、現在的問題不是這個。那懷孕是怎麼一回事？是懷有孩子的那種懷孕嗎？倫子懷有隆司的小孩？
賢一陷入一片混亂。抱著頭胡亂搔著。
「小香妳可以先離開一下嗎？」優子轉向香純說。而香純也彷佛正等著這句話，只見她迅速起身，走去盥洗室的門後便消失蹤影。

「姊夫打擊很大吧。」優子安慰道。

打擊？此刻的這份心情就叫做打擊嗎？

「我該怎麼說才好？這種事比自己的太太被當作殺人犯還要令人難以置信。妳剛剛提到懷孕——那孩子後來怎麼樣了？該不會——」

賢一無法冷靜地計算日子。難道在自己不知情的情況下，孩子已經出生了嗎？

畢竟賢一從倫子本人那聽說過隆司過去的內幕，想起隆司本身男女關係就很亂的事。而且更重要的是，考量到案發現場的情況，儘管賢一嘴上否定，心底某處卻是想著：

「搞不好兩人因為一時衝動，不小心擦槍走火了。」

賢一不願承認，只是想要抹滅卻又抹滅不了。

然而，糟糕的情況還不只這些。除夕那天晚上，倫子把他伸出的手……賢一想起被倫子拒絕的那晚。那個時候，倫子肚裡已經懷有隆司的孩子了嗎？

他感覺胃裡好像有東西倒流，但還是勉強忍住了。

「請醫生幫忙處理掉了。」優子平靜地說。

「所以是拿掉了？」

優子一臉歉疚地點頭，眼前的身影逐漸暗淡下來。賢一一邊調整呼吸，一邊努力地嘗試問道。

「何時？」

「去年九月。一知道懷孕馬上就拿掉了。」

九月？好像有誰——對了，那個叫真壁的刑警也說過。去年九月好像發生了什麼事。

「在哪裡拿的？」

「大久保的一家婦產科醫院。」

「所以說怎麼會這樣？是你情我願？還是被強迫的？」

「姊夫你不要生氣聽我說。」

「妳快點告訴我啊！」

「聽說是被弄暈，強迫發生的。」

眼前的視野一片模糊。他緊咬牙根，眼前突然變得越來越暗。

「姊夫？你還好嗎？」

「…………」

「姊夫？」

「什麼？」

「小優，妳公司呢？」

好不容易視界終於恢復了明亮。

「妳不去公司沒關係嗎？」

優子臉上露出困惑的表情。

「我差不多要去了，怎麼了嗎？」

「我想要一個人待著。我沒辦法一下子承受這麼多東西，甚至不知道自己該怎麼辦。也不曉得該說些什麼才好——請讓我一個人靜一靜。可以的話，也把香純一起帶出去……」

眼見賢一一副快吐出來的樣子，優子連忙起身。

「我知道了。」

她走了幾步後又道。

「姊夫可別做出衝動的事。」

賢一努力地咬牙點頭，這已經是他的極限。

優子敲了敲盥洗室的門，對香純說了幾句。沒過多久，兩人便離開了房間。

房內響起門被關上的聲音，同時間，賢一也衝進了廁所。

19

賢一吐到胃都要翻出來了，臉也是洗到皮膚都發疼，隨後便倒臥在床上。

他真想這麼睡去，但腦袋卻是異常清醒。

「那傢伙讓媽媽懷孕了。」香純這句話，就像無數的礫石從天花板往下砸落。而為了避開那些石子，賢一只好在床上不停地翻身。

他用拳頭敲打自己的前額和太陽穴附近，試圖想起記憶中的倫子，她的發言、她的表情，以及南田隆司的一切。

賢一被勸說調派的那晚，隆司說了一句「那麼漂亮的太太」之類的話。他本以為是為了說服自己才講那些客套話。現在回想起來，這開場白也太過唐突，總覺得有點不太自然。那口氣彷彿很瞭解倫子最近的情況。

如果他接受了倫子懷孕跟墮胎這項事實，那麼「被弄暈後強迫發生」的事情始末，反而讓人更難信服。難道不是優子在乎賢一的感受，情急之下才會這麼說，其實兩人老早就是這種關係了？

自己今後該怎麼辦才好呢？

被警察告知不准進入家中，又被南田信一郎命令不要隨意亂晃，難道他只能在原地苦惱，坐等時間流逝嗎？

等到稍微冷靜下來後，賢一才想起自己的手機一直處在關機狀態。

儘管不是很想開機，但是如此一來自己就和外界完全斷了聯繫。他這麼想著，便打開手機，沒想到立刻就有人打了過來。那是賢一沒有儲存也沒有印象的電話號碼。雖然有些遲疑，但他還是接了起來。

「你好。」

電話那頭突然傳來小小聲的：「接了、接了。」

「喂？」

〈啊，組長。是我小杉。〉

是賢一以前的下屬——他至今仍然這麼覺得——小杉康大主任。

「怎麼了嗎？」

一陣沙沙聲響起，感覺周圍聚集著一堆人在聽。

〈也沒有什麼特別的事，不過組長你還好嗎？我們這裡簡直一片混亂。我看電視也拍到組長的家，那樣根本無法好好睡吧？聽說你睡在飯店是真的嗎？我們也打算志願幫忙組長募款……〉

「抱歉，先掛了。」

不到十分鐘，這次是從高森久實的手機打來的。賢一將手機轉至靜音，塞入枕頭底下。

房間裡除了偶而聽見的冰箱馬達聲以外，幾乎什麼都聽不見。賢一坐在床上，呆呆地望著窗外的天空。

對於時間的流逝，他已感到麻痺。

自己這樣已經過了多久呢？賢一看了一眼時鐘，時間已經來到上午十點。總覺得心裡有些不安，於是他便把手機從枕頭底下拿出來。高森似乎又打了第二通電話給他。其他是兩通不知道的電話號碼。沒有公司打來的。

他偶然間注意到，地上散落了幾張傳單。好像是從桌上掉下去的。

其中有一張是「家庭住宿方案」的印刷品。由父母、女兒還有祖母組成的家庭，在類似公園的地方洋溢幸福的微笑。

乍看之下是個幸福的家庭，但笑容看起來卻有些疏遠。這也是當然。畢竟這是將一群陌生的模特兒聚集起來拍下的照片。

真正的家庭照應該要再更自然一點——

賢一打開存在手機裡的照片文件夾。這是在他調派前拍的照片，是妻子、女兒及母親三人的站姿照。照片裡倫子和智代笑著，就連香純也沒有賭氣地噘嘴。

他記得那天是智代狀況不錯的日子，三人也想趁假日去哪走走，便在玄關前拍了照片——

賢一拿起丟在桌上的挎包。

他伸手進去找了一番。沒有？他記得他有放進去。

賢一的手指被某個尖銳的東西刺到，他便粗魯地把裡頭的東西通通倒出來。

裡頭有錢包、駕照夾、筆記用手帳、原子筆、ＦＲＩＳＫ薄荷糖、空的塑膠袋、以為不見的置物櫃預備鑰匙、隨身指甲剪等等。只是在散落一地的物品中，並未看見他要找的東西。

他又把手伸進去從頭開始找起。好不容易，終於在隱藏內袋處找到了。

不知道是不是因為被塞進去的緣故，中間呈現彎曲狀，上面還黏著類似食物殘渣的東西。弄成這樣應該也不會有好運了。

——來，這是給爸爸的御守。

結果最後三人來到離家約三站距離的新井藥師，為隻身調到外地工作的賢一祈求身體健康平安。

——反正爸爸一定不會自己煮飯吧？希望你不要偏食弄壞了身體。

倫子這麼說著，便把這個御守遞給賢一。

「反正是為了祈求香純考試合格，我只是順便的吧。」為了掩飾害羞，賢一故意這麼回道。倫子一聽隨即吐舌笑說：「被發現啦。」

香純在一旁聽著，嘴角附近也揚起微笑。

至少在那個時候，彼此的關係還未崩壞。可是，就在短短幾個月後，態度就變得如此冷淡。賢一也覺得很不可思議。

他現在終於知道答案了。如果可以的話，真希望永遠不想知道這答案。

——奇怪的是你吧？現在才在那邊驚慌失措。

香純說得沒錯。最奇怪的就是自己。懷疑家人的心情、懷疑她們的行動，感嘆家庭已分崩離析的自己，才是最可笑的那個。

一顆水滴不知不覺地落在膝蓋上，弄溼了他的褲子。
賢一隨即打開通訊軟體，將打好的內容傳送給優子。不到十分鐘，優子便傳來了回信。
【姊夫問這些想做什麼？】
可能是因為太過慌張，賢一字打錯的比平常還多，但他還是盡快回覆了訊息。
【我想去打聽一下。像是當時的檔案還有沒有留著之類的。】
【什麼檔案？】
【如果有DNA的資料，或許能發現什麼。】
【你是想確認那是否真的是南田隆司的孩子？】
【我也不知道。我只是想為倫子做點什麼。】
當賢一正覺得似乎有點久時，便收到優子一長串的回覆。
【我不是很懂姊夫的意思，也不覺得那種東西會被留下來。假設真的有，就算姊夫是姊姊的丈夫，他們也不會跟你說吧。】
【不去試試又怎麼會知道呢？】
又過了一陣——
【楠婦產科醫院。】
從那短短的文字上，似乎能聽見優子的嘆息聲。
賢一會扯到DNA只是一時想到的說詞。雖然不全然是騙人的，但這並不是他真正的目的。畢竟要是自己不記得的話，那就一定是別的男人。被卑劣的丈夫上司凌辱，完成復仇的人妻。事情的始末會是這樣的走向嗎？

有一件事情，是賢一現在無論如何都想知道的事。而且即使知道了，也不會對審判有任何幫助。

賢一從新大久保車站往大久保車站方向步行幾分鐘後，在商業街稍微靠裡一點的角落處，發現了楠婦產科醫院的建築物。

這是一棟三層樓的建築，看起來是兼自家住的房子。一樓的醫院看起來很舊。

他先站在建築物前，環視了整個建築。

如果賢一聽到的事情都是真的，那麼幾個月以前，倫子應該也是站在這裡。

那時的倫子在想什麼？她是抱持著怎樣的心情？心中又在怨恨著誰呢？在她心裡，存在的是絕望還是怒火？

他想知道的就是這個。

若沒有考慮倫子的心情，只針對事件來判斷，便嚷著這是「冤罪」還是「正當防衛」等等，只會讓人覺得是一種離譜的行為。

但是，無論他站在那裡多久，倫子的心情也早就不存在了。

賢一看了一眼倫子送他的手錶。時間是十一點三十分，根據招牌上顯示，目前還算是上午診的時間。

賢一拉開大門進到裡頭，立刻聞到熟悉的醫院味道。

狹窄的候診室及走廊都鋪有木質地板。幾位女性坐在一旁的老舊椅子上，正在排隊等候。周遭沒有任何男性。賢一在換拖鞋的時候，幾乎可以感受到全部人的視線。門口掛號處有一扇狹窄的玻璃拉門。一名年約三十五歲左右的白衣女性打開窗戶看著他。賢一便率先開口道。

「去年九月左右，有一位藤井倫子在你們醫院這裡接受治療，我想請教一些關於她的事情。」

雖然賢一也覺得自己太過唐突，但是這種時候客套也沒有任何意義。

一聽見藤井倫子的名字，櫃檯女性的表情瞬間一僵。

「請您稍等一會。」

「那個……」

對方也不等賢一解釋，便直接躲回裡頭。原先從賢一身上消失一會的女性們視線，又再度聚集回來。

不一會兒，一位穿著白衣，看起來年過六十的女性從走廊深處快步走來。

「不好意思，請問您是哪位？」

她的表情與語氣充滿著警戒。感覺也很強勢。

「我是藤井倫子的丈夫。」

「您是她丈夫？」

賢一不僅沒讓對方放下警戒，反而還讓她皺緊眉頭。

「我有駕照也有保險證，需要的話可以給妳看。」

「請跟我來。」對方帶賢一走到掛號櫃檯的門後。裡頭是不到四張榻榻米大小的狹窄空間。

「警方有交代我們，不許透露任何有關病人的訊息。」

白衣女人吐出的氣息中，有漱口水的味道。

和優子講的一樣。賢一有想過警察可能已經介入調查，只是沒想到他們會下封口令。

「妳是指倫子的事吧？」

「這也無可奉告。」

「我是她的丈夫。」

「警方告訴我們『無論是誰』都一樣。」

她隨即轉身，彷彿想表示「到此為止」。

「請等一下！妳只要告訴我是或不是就好。我想知道，倫子懷孕並且接受過墮胎手術這件事是真的嗎？」

「真的非常抱歉，我無法告訴您。」

「當時倫子寫的就診申請表那類資料還有留存嗎？」

「我無法回答您。」

她的語氣顯示拒絕所有問答。

「我知道了。」

既然如此，他也只好之後再向白石真琴律師商量，看有沒有其他正式管道能取得這些資訊。如果情況允許，他原本想親自確認，但是事到如今也沒其他辦法了。

賢一道謝完後，隨即走出掛號處的大門。原本在偷看他們的患者們也一同移開了視線。

賢一離開醫院，在狹窄的道路上走沒幾步，便聽見身後有人出聲向他搭話。

「藤井先生。」

這是賢一聽過的聲音。他停下腳步轉頭一看，結果是他不願看見的人。他該不會一直跟在後面吧？

「又有什麼事？」

「你想知道的事情他們告訴你了嗎？」

真壁刑警瞥了一眼醫院建築物，隨即反問賢一。真希望對方能聽得出他在嘲諷他。賢一心想，便故意答道。

「聽說他們被警方下達了封口令，態度可真是冷淡至極——是說，如果你早就知道懷孕的事，那時候為什麼不直接跟我說？」

「我也有我的苦衷，請您諒解。」

他乾脆的回答，令人不由得感到掃興。

賢一老實地將昨天白石律師給他的忠告和盤托出。真壁的表情略顯驚訝。

「因為我有可能是主嫌嗎？」

「是這樣嗎？」

他看起來並沒有在開玩笑。從賢一第一次和他見面時，他就一直對這個男人抱有不舒服的感覺，現在他忽然明白那是什麼了。雖然他的個性似乎不是喜歡欺負人的那種人，但是或許他身上也少了一點人類該有的心。

既然如此，動之以情大概也是沒用，可能連嘲諷也是行不通的。

「我還有其他事情，告辭。」

賢一低頭後，隨即轉身離去。想要跟在後面就隨便他吧。他可是有要事在身。

然而真壁並沒有追上來。

20

賢一直接前往JR新大久保車站。

他還不清楚自己具體想做什麼，不過目的地已經確定了。

儘管前往的路線有很多條，但賢一幾乎是不自覺地選擇了長年以來，早已習慣的上班路線。

賢一在高田馬場車站轉搭乘地鐵東西線。他站在車廂門旁，看著照映在玻璃車窗上的自己。

——警方有交代我們，不許透露任何有關病人的訊息。

醫院那名女人拒絕賢一的時間非常短。她也沒要賢一「再說一次名字」或是問「字要怎麼寫」。她的反應就像在等待賢一出現一樣。

想像無限擴張。

假如那女人的性格跟賢一料想的一樣，那麼就算她真的被警方下達了封口令，若是毫無根據的事實，應該會趁機挖苦人幾句吧。

「明明跟我們沒有任何關係，警方的人卻在這裡出入，真令人困擾。」之類的。

而她沒有顯露這樣的態度，就代表倫子真的「接受了手術」嗎？

賢一忽然發現，自己映在車窗上的那張半透明臉龐邊，浮現出倫子的臉。

賢一差點開口喊了一聲：「喂！」只見倫子面無表情，像是在拒絕他。雖然看不見脖子以下的部位，但不知為何，她似乎是全身赤裸著。

突然間，他彷彿聽見了隆司的嘲笑聲。而笑聲的衝擊波，也一同掀開了記憶的蓋子。

你太太配你這種人實在太浪費了——你真的有好好滿足她嗎？我是指各方面喔——你有和你太太以外的人睡過嗎？什麼？沒有嗎？這樣你也開心？——就算是吃飯，要你每天吃同一道菜也會膩吧。難道不會偶爾想試試甜點或是辛辣口味嗎？——要不要給你介紹一個不會事後糾纏的女人？——不過我和你太太也算認識，為何她會和你這樣的男人在一起，至今還是個謎啊——不甘心嗎？這樣啊。不過，懊悔正是人類的原動力，你就好好努力逆轉這一切給我看看吧——

過去賢一與隆司間的對話都被自己封印在腦海中，現在他全都想起來了。

事到如今，賢一也非常後悔。那天晚上，自己在那家料亭，被隆司當作茶餘飯後的話題將近一個多小時的那晚，為何沒有狠狠毆打隆司一頓再直接辭職呢？如果賢一家有一個人必須要殺掉隆司，那應該要是自己才對。

車內廣播，大手町車站到了。

賢一下了車，接著穿過剪票口。為了不擋到穿著西裝來來往往的男女，他沿著通道的牆壁前進。也許是習慣了在遼闊土地上的生活，地面下總讓人有種窒息感。賢一渴望快點呼吸新鮮空氣，便走上第一個看到的樓梯，回到了地面。

好刺眼——

雲層散去了。

賢一毫無防備地仰望天空，春日的陽光穿過樓群，照射到他的眼睛。

這一帶高樓林立，進駐在此的大型企業，與其說是代表日本，在世界上的業績也是名列前茅。而要把這整個區域進行再建的宏偉計畫，從開始到現在已經過了多少年了呢？賢一還沒被調派前，他曾在地下美食街吃午餐的時候聽聞，整個開發事業差不多要進入尾聲了。

周遭圍繞著巨型銀行、綜合商社，還有著名新聞社大樓的「誠南 Medicine」總公司，也是在這些企業之中，最先起頭重建的大樓。

總公司的大樓外牆是一整面耀眼奪目的玻璃，一部分也是因為南田會長的興趣。其成果也很符合南田會長的期望，達到「與周遭相比不能遜色」，散發出強烈的存在感。

賢一好不容易踏進總公司腹地，隨即仰望最上層的窗戶。座落那一角的便是公司高層們的辦公室。

他一邊環視著修剪得很漂亮的植物造景以及附有噴泉的小水池，一邊緩步靠近大樓入口。兩名利用午休時間，在皇居護城河畔旁慢跑的一對男女，邊笑邊擦拭著汗水，從旁與賢一交錯而過。

雖然總公司的保安方面非常嚴謹，不過位於一樓處，也就是職員們口中常講的「大廳」，則是有便利商店及咖啡廳進駐，所以公司以外的人也可以自由進出。

大廳裡，有幾張沿著煙燻色玻璃擺放的沙發，以前賢一常在這裡看到因為公司沒有休息區，所以飯後便在此歇息的附近上班族。

賢一做了一、兩次深呼吸後，再度將大廳環視了一遍。

現在還勉強算是午休時間，但人潮已明顯減少。反倒是身穿制服的警衛還比較顯眼，人數似乎比平常多了三倍左右。可能是自從案件發生之後，以媒體為首的外部人士進出變多，所以他們才會這麼警戒吧。

儘管他們沒有上前搭話，但是尖銳的目光從未離開過賢一。感覺只要一做出可疑行為，就會立刻被他們制伏。

「冷靜點，又沒有做什麼虧心事。」賢一這麼告訴自己，便繼續前進。

在靠近大廳內側的地方，設有類似剪票口的地方。如果沒有ＩＤ卡就無法進去搭乘通往辦公室的電梯。能夠通過的只有公司職員、獲得許可的業者或是公司訪客。就連過去每天都會經過這裡的賢一也是。只是現在他沒有卡片。

賢一盡量不和瞪視自己的警衛對上眼，走向帶著尷尬笑容的櫃檯女性。

「我想見南田專務——不對、是北美總分公司的執行董事，南田信一郎先生。」

櫃檯有兩名女性。其中一個是沒見過的新面孔，另一個則是賢一見過的人。她的名字叫做野崎尚美，是　名派遣員工。在賢一調派以前，兩年多來兩人每天都會見到面。雖然是不同大樓，但她也知道二十年前，賢一的太太也在同個職位上待過。有好幾次賢一中午在外用餐時，兩人都剛好坐在附近，他也曾聊著聊著便把倫子跟香純的照片拿給對方看過。

有一次，她不小心把同名同姓的訪客弄錯，引起了一些麻煩事。而賢一剛好是另一方的當事者便幫她扛了下來。當時，她還用著非常感激的口吻向賢一道謝。

然而，現在卻是用著冷淡的視線看著賢一。

不知道是不是因為提到了信一郎的名字，就連假笑也沒有了。

「請問您有事先預約嗎？」

身上的名牌寫著西山的新人，公式化地回答道。也不知道對方知不知道賢一的事情。不管怎樣，有反問的話代表人就在公司裡吧。

「我沒有預約。不過妳可以幫我轉告一下，是藤井賢一要求會面嗎？」

西山隨即轉向野崎，一臉不知該如何是好的表情。野崎便輕輕點頭，接手回道。

「非常抱歉。若您沒有事先預約，我們也難以代為轉告。還請您……」

她的眼神游移，肯定是在向賢一身後的警衛發送訊息。

如果他快吵起來就麻煩你們了——

我做了什麼嗎？

「我知道這些都是場面話。妳也很清楚我不是暴徒也不是來推銷的人。妳只要幫我打個內線問一下就好。拜託妳了。如果不行的話我就離開。」

「發生什麼事了嗎？」

賢一回頭一看，兩名警衛正站在後頭，緊貼著自己。不遠處還有兩名、不對，應該是三名警衛。其中一人正對著無線電講些什麼。賢一認得這個男人。應該說，他還在這裡工作的時候，只要碰到面就會簡單地打聲招呼。像是「早安」或是「辛苦了」。現在他的表情裡，看不見任何情分存在。

我做了什麼嗎？

賢一將視線調回野崎尚美。

「拜託妳了。我不會給野崎小姐帶來麻煩的。」

只見野崎的眼角微微下垂。

「上頭有交代過，若是有訪客求見課長職位以上的人，如果沒有事先預約一律不准傳達。」

「那是誰的命令？該不會是專務本人？」

野崎露出一臉痛苦的表情，隨即轉移了視線。

「聽說是董事會的決定。沒有任何例外。就算是關係企業的公司職員也是。」

「就算是關係企業的——」

這對賢一來說是個非常汙辱的稱呼，但比這更嚴重的問題是，這擺明就是針對自己的命令。昨天兩人明明就面談過，為何今天會突然拒絕會面？是因為賢一已經沒有利用價值了嗎？

「需要我們怎麼做呢？」

身材魁梧的警衛仍舊貼在賢一身邊，等待野崎的指示。

在大樓改建前，賢一曾經目擊一名男子，嚷著自己吃了誠南Medicine的藥，因為副作用胖了三十公斤，大吵大鬧地將大廳的觀葉植物盆栽弄倒。那名暴力男隨後被數名警衛上前制伏，就像對待逃出牢籠的浣熊一樣，最後被趕來的制服警察帶走。

一片吵吵鬧鬧的喧鬧聲傳來。好像有幾群結束午休的公司員工回來了。當他們一發現被圍在中心的賢一，隨即降低對話音量，像是怕被牽扯其中似地快步通過。其中也有幾名賢一認識的臉孔。

我到底做了什麼？你們跟我到底有何差別？

不就只是一張辭令就決定了幸與不幸嗎？不就是剛好接了那工作才會淪落到這地步嗎？你們聽好了，發生在他人身上的事，也許哪天就會發生在你們身上——

不、不對。這並不是決定性的理由。

他們會採取那樣的態度，是因為賢一的太太是「殺人凶手」的關係。

「藤井先生，在事情鬧大以前，今天就先這樣吧。」

剛才那名認識的警衛，抓著賢一的手腕道。語氣中絲毫沒有一點同情心。

「我沒有在鬧事啊。」

「總而言之，今天就先這樣吧。」

另一名警衛也用著相當大的力氣，抓住賢一的另一側手臂。

「很痛，放開我。」

「喂！怎麼了？」

一旁傳來粗魯的男性聲音。

賢一轉向聲音方向。原來是身邊圍繞著三名馬屁精的園田守通副社長。

那三名部下都穿著類似的黑色系西裝，感覺急著想先離開。不過園田卻是一副吃飽準備去散步一般的悠閒表情看著賢一。

「我記得你是——」

「我是以前販賣促進一課的藤井。」

「啊啊，沒錯沒錯。果然是你。」他態度直率地點點頭，隨後壓低些許音量道。
「我記得，是將隆司給那、個、的女人的……」
「不是的，副社長，那恐怕是哪裡出錯了。」
看起來最年長的黑衣西裝男，刻意把視線從賢一身上移開，輕輕拉了一下園田的衣袖，催促著他。「嗯——」園田轉過去看了一眼回答，不過隨即又將身體轉向賢一。
「你在這地方閒晃好嗎？我聽說你也差不多要被逮捕了？是吧？」
突然被要求附和的下屬眨著眼睛，不知該如何回答。
「我嗎？」
謠言已經傳成這樣了嗎？事情真的就如白石真琴律師說的那樣，謠言的等級似乎已從「嫌疑人丈夫」升級到「共犯」了。這麼一想，賢一便不可思議地感到稍稍鎮定了些。
「那個、其實我是有事想跟南田專務說，所以才來公司的。」
信一郎專務與眼前這個園田，在派系上應該是敵對關係。賢一打算利用這點，搞不好他會為此感到一點興趣。雖然他還沒想好之後該怎麼辦，不過至少比被趕出這裡好。
「和信一郎？」
「是的。」
「是什麼事？」
果然上鉤了。
「除了本人以外……」
「他不在。他為了喪禮的事正忙著呢。」

「那麼我之後再……」

園田向年長的黑衣西裝男命令道。

「你們坐別輛車先去。」

「那副社長呢？」

「我和他有些話要說。你幫我跟他們打聲招呼，說我會晚點到。」

「可是副社長，對方……」

「他們不會在意的。你們就先進行，反正最後結帳也是由我們來付。好了，我們走吧。」

園田對賢一這麼說道。也沒等他回覆，頭也不回地迅速步出。

賢一看見野崎尚美的臉上，從原先拒絕賢一入館時的冷漠眼神，轉為浮現同情的神色。

21

他們乘坐的車子可能是凌志裡最高級的車款，座位也是皮革的。

由於南田誠會長的主張，公司裡的車都是國產車，不過聽說園田和死去的隆司以及信一郎私下都是乘坐高級進口車。賢一也看過一次隆司的全紅賓士。他忘記是在接待政府官員，還是議員打高爾夫球的回程途中，順道去公司時看到的。

話說回來，前天晚上隆司是利用什麼交通工具來的？

如果是搭乘公務車，那麼司機就會是證人吧。或許司機多少也知道一些內情，還能順便證明他是因為公事才登門拜訪。要是開他那臺紅色賓士來，感覺就比較偏私事。

如果是賓士車，肯定會引人注目。賢一家也沒有多餘的停車位，前面的馬路也不夠大，無法長時間停車。這樣的話，最近的付費停車場會是在哪裡？那邊的監視器會不會拍到什麼？之後繞去看一下吧──

「你就暫時在附近轉一轉。」

園田命令道。司機也沒有多做詢問，只點頭回了一句：「知道了。」

一下子只剩園田與賢一兩人，賢一一時也想不出該開啟什麼話題。剛才只是為了度過難關才想著或許可以利用他。

「既然如此，我就帶你去信一郎那裡吧。」

如果是園田的話，搞不好會這麼說？賢一曾抱有這樣天真的想法，果不其然，最後只是讓自己陷入了尷尬窘境。

「請問您之後是不是有什麼安排？」

賢一好不容易找到了對話的契機，園田卻是嗤之以鼻地笑了出來。

「沒事。那些人也只是因為隆司的事想來弔唁，我們才安排午餐的聚會。反正都是一群抓到機會就想探問究竟的烏鴉和黃鼠狼。讓他們自己去刺探彼此就好。」

「這樣啊。」

「對了。你說你是來見信一郎的吧？不過在我看來，你剛才在門口可是差點被趕走呢。」

「由於事出突然，我也沒有事先預約。」

「所以，你是有什麼事？」

賢一看著園田的側臉。

他把稀疏的頭髮通通向後梳，脂肪堆積的臉看起來就像某個小行星的立體模型。他轉動眼珠看向賢一，讓賢一不自覺地移開了視線。

「怎麼？是可以向信一郎說，卻不能向我說的事？」

園田那因為脂肪堆積導致沉重的眼皮，稍稍地上揚。

「不、不是那樣的。」

要選擇現任副社長，且同樣是下一任社長的確定人選園田；還是不久的將來，或許會掌握長期安定政權的信一郎呢？

如果是平時的賢一，一定會選擇年輕的那一方。然而現在的賢一，別說是兩年了，就連兩個月後都不知道自己會在哪裡。幾乎無法判斷誰可以相信又或者是依賴了。

不過，都已經走到這地步了。賢一心一橫地想著。

「其實我是想問關於去世的常務一事，看看南田專務是不是知道一些事實真相。」

「信一郎會知道隆司事件的真相？」

他的語氣像在表示，你到底在說什麼？

「是的。而且我也實在想不出常務造訪我家的理由。」

「哪會有什麼理由？不就是為了處理你太太懷孕的事嗎？」

園田直截了當地道。

賢一漸漸覺得，或許除了自己以外，大家都曉得倫子與隆司間的關係。甚至是夫婦間的閨房祕事，以及香純正在叛逆期的事情，大家也都知道。

「包括這項傳言的真偽，我也想一併詢問。」

「事到如今，是真是假也沒什麼意義了吧？我聽說，是隆司生前跟自己親近的人說溜了嘴。」

「倫、您是指他跟倫子的關係嗎？」

「他也沒有笨到會說出名字啊。不過是有聽說，他提到類似的事情，所以覺得很麻煩。」

「類似的事情……」

儘管討厭，他仍舊無法不去想像。

被弄暈這點，應該是不用考慮了。如果對方有做出淩辱行為，倫子也不可能忍氣吞聲的。只要提出告訴，然後再把此事揭露給週刊雜誌，隆司在社會上的地位也就玩完了。而倫子沒有那麼做不就代表著，儘管不是她主動，最後卻也是接受了不是嗎？

不對。這些都只是賢一的擅自妄想。也許倫子是受到了什麼無法言喻的傷痛——

賢一什麼都不知道。明明什麼都無法確信，那些景象卻擅自浮現出來。

在那瞬間，倫子是閉起眼睛？還是打開的呢？如果是打開著，那麼那雙眼睛是看著天花板嗎？還是看著對方的眼睛呢？是躺在一旁身體僵直地進行，還是自己主動的——

賢一越來越無法控制自己的思考。再加上原本就是如此親近的枕邊人，不管他如何驅趕，各式各樣的表情和身體部位的記憶仍舊一一甦醒。

司機打算在十字路口右轉。方向燈的喀嗟喀嗟聲，在賢一聽來格外刺耳。

「副社長。」

賢一擦去汗水。

「什麼事？」

「如果您知道的話，希望您可以告訴我。有什麼具體證據能顯示我太太跟常務之間的關係嗎？或是證人之類的。」

「警方是不太願意透露細節。不過隆司的司機表示，他曾經有一次載隆司到你家。之後他好像就開自己的車子。不過我看隆司外表那樣，沒想到手法那麼拙劣。面對一般人還闖出這種禍。」

「可是，那個……」此時的賢一就是怎麼也說不出「懷孕」這個單字。

「──那也無法證明，讓她變成那樣的人就是常務吧。」

「那你的意思是，讓她懷孕的另有其人嘍？」

話題轉到了賢一不希望的方向。

「照你剛才的說法，就是那個呀、代表你老婆跟很多男人睡過的意思喔。那就不是單純的主婦玩火了。不過，以前的女人賣身是有相當覺悟或是一定的背景，現在似乎只是為了小錢兼賺取生活費，很輕易的就脫了呢。但是妻子被別的男人到處睡遍，回程路上在超市買了鰤魚燉蘿蔔給自己吃的那位丈夫也真夠可憐的──啊，等我一下。」

園田吃力地彎起肥胖的身軀，將手機拿出。賢一沒有注意到，原來他的手機正在響。

「喂，是我──嗯、我正要去那個聚會──嗯，也是──我知道了。」

正當園田和類似他下屬的人說話時，不知從哪裡飄來一股鰤魚燉蘿蔔的腥味。不管賢一揮了幾次手，討厭的氣味都不會消失。

「你在做什麼？」

通話結束的園田對著揮手的賢一問道，接著又說：「你現在住哪？」賢一老實地說出飯店名字，包括他的房間號碼。

「喔，還有，聽說明天是守靈的日子。」

告別式則是在隔天舉行。

「你還是別露臉的好。」

「好的。」

儘管賢一覺得在道義上似乎說不過去，但是當他看見總公司大樓的那場騷動後，要是真的露面恐怕會一發不可收拾，還有可能會毀了喪禮。不管是道歉還是上香，還是等事情明朗後，再去也不遲。

園田曉得賢一似乎並未掌握自己未知的情報後，對於事情的真相也就失去了興趣。

「停在那邊就好。占用你的時間真抱歉。」

車子停下的地方，是地鐵築地車站的出入口附近。也就是從公司走到這裡，順利的話只需十分鐘的距離，他卻被帶去繞了將近三十分鐘。

「啊，對了。」賢一才剛告辭，正準備下車時，園田忽然說道。

「你曾經希望調去總務對吧？」

「是的。」

賢一已不再訝異。大概是在董事會議上，自己的個人簡歷被分發給大家傳閱了吧。

「我有一個認識多年的朋友，他是公司相關企業的董事，最近正想要一個總務課長。你可以考慮看看。」

這樣一來，想回總公司的希望可說是完全被扼殺了。

「謝謝副社長，我會好好考慮的。」

「你猶豫也沒用。」

賢一不自覺地看著園田的臉。被遮蓋一半以上的眼皮深處，渾濁的眼睛閃爍著銳利的光芒。

「您的意思是……」

「信一郎隨時等著把你宰掉。」
「怎麼會——」
「你想想。如果現在把你放出去，也無法保證你不會將去年的事情說出去不是嗎？他當然不會自找麻煩。以信一郎的立場來看，好不容易和董事們商量好，正準備東山再起之際，卻因為這樣的事情被扳倒，那他可吞不下這口氣。乾脆暫時先將你放在視線所及之處，好讓你求生不得求死不能。再說了，對殺了自己弟弟的女人的丈夫施以恩情，股票也會跟著上漲呢。」
「恩情……嗎？」
「對信一郎來說，弟弟被殺的仇一點也不重要。搞不好他還暗地裡感謝你幫他解決了礙眼的東西。只是信一郎還是不會給你好臉色看就是了。」
見賢一不知該如何回應，園田便繼續道。
「我可以先告訴你，但我也不知道幾年之後會怎樣。」
「那我應該怎麼辦才好？」
「剛才我跟你提到，在我介紹的地方先忍個三年，或許能開啟別條路。不過這是有條件的。」
「那您的意思是？」
「你不准把去年公司疑似行賄的事件始末說出去。」
「當然不會。」
那可是超越派系，讓公司顏面掃地的醜聞。就算沒被下達封口令，賢一也沒打算到處亂講。再說，現在這些事情對他來說，一點也不重要。

「尤其是包庇信一郎，還有被隆司哄騙的事情。」

「我知道了。」

「總而言之，所有事情都要放長遠一點來看。」

將賢一放下之後，載著園田的凌志隨即駛去。是要去附近的料亭嗎？

他的腦中一片空白。現在自己首要面對的問題在哪？好像越來越模糊了。明明是想證明妻子的清白，卻被捲入權力的爭鬥當中。疑惑行賄的事情，對他來說早已無所謂了。

真的有人死在我家嗎——？

事到如今，賢一心裡還在思考這個問題。就在他一邊想著，一邊緩緩走下通往地鐵車站的樓梯時，電話響了。

那是賢一沒見過的號碼。他隨即走回人行道上，接起電話。

「喂？」

〈請問是藤井先生嗎？我是櫃檯的野崎，剛才真的很抱歉。〉

「啊，嗯。」

意料之外的人。不過事情都過去了，她打來做什麼呢？賢一不覺想道。

野崎尚美辯解似地說道。

〈藤井先生的手機號碼，是我向促販一課的小杉先生問來的。因為我現在也沒什麼時間，可以直接挑重點講嗎？〉

「嗯嗯。」

〈我打電話給你的事，也請你別和任何人提起。〉

「我答應妳。」

奇妙的是，明明賢一也沒有講出去的意思，但是大家都對他下了封口令。

〈其實我在去年十月左右，看見了藤井先生的太太。〉

「妳看見倫子？在哪裡？」她在說什麼？

〈在丸之內。那陣子我正在減肥，所以中午都只喝野菜汁果腹。多出來的時間我就會到丸之內那裡走走，順便散散心。那天也是，我記得從日比谷大道往東京車站內只有一條步道，我走在路上就在對面看見了你太太。〉

「會不會是長得很像的人？」

〈如果想到之後發生的事情，我想應該是沒有錯。之前藤井先生不是有把你家人的照片拿給我看嗎？〉

「確實有過。不過就那麼一次妳就記得了？」

〈這就是我的工作，而且我本來也就很會認人。〉

「然後呢？妳說之後的事是指？」

〈因為她起初好像在等人。很抱歉，我知道這樣有點不禮貌，但是我偷偷觀察了她一陣子，對不起。〉

賢一並沒有給倫子看過野崎尚美的照片，假如真是本人，倫子也不會發現吧。

「不用道歉，沒有關係的。」賢一在乎的是之後的發展。

〈後來不到五分鐘，就有輛車停下來載你太太，車子一下子就開走了。〉

背後的汗毛豎起。賢一其實不想再聽下去了，但是野崎沒有停下來，他只好繼續側耳傾聽。

〈雖然時間很短，但我有看見開車的人。〉

「那——是誰呢？」

賢一感覺喉嚨的黏膜有點癢，便乾咳了一聲。

〈藤井先生不太開心嗎？還是我不要說比較好？〉

「不，我沒事。妳可以告訴我是誰嗎？」

〈是專務。南田信一郎先生。〉

賢一身邊響起大聲的喇叭聲，讓他嚇了一跳回頭看。看來是一臺廂型車不爽另一臺突然變換車道的計程車。

他注意到拿著手機的手麻掉了，便換了另一隻手拿。

〈喂？〉

「啊，抱歉。我有在聽。不過妳該不會看錯，那其實是專務的弟弟——隆司吧？畢竟那兩個人雖然關係那樣，但是遠看感覺還是很像的。」

——你老婆跟很多男人睡過的意思喔。

〈這個我是不會弄錯的。第一、車子不一樣。常務是開左駕的紅色賓士，專務開的則是白色的捷豹。也因為是右駕我才能看見他的臉。後來我查了一下，車牌是對的沒錯。那是信一郎專務的私家車。〉

「看來是沒錯呢。」賢一的聲音沙啞得有些可悲。

〈抱歉。〉

——妻子被別的男人到處睡遍，回程路上……

〈事情還不只如此。〉

他已經不想再聽了。

〈在車子開走之後，我發現有一個女人看著他們離開。說是看著他們，感覺上倒不如說是瞪著他們。〉

他已經不想再聽任何事了。

〈喂？〉

「啊，抱歉。我有在聽。」

〈雖然我不認識她，不過我還記得她的穿著。感覺不像那附近的ＯＬ。她穿著纖細的牛仔褲配上墨綠色的夾克，頭髮全部往後綁，戴著跟外套一樣色系的帽子。她發現我在看她時便立刻快步離去。看上去是位漂亮的女性。〉

在聽的過程中，賢一腦內浮現一名女性的笑容。

「我問妳一個奇怪的問題，現在妳跟我說話是用妳個人的手機嗎？」

〈是的沒錯。〉

「我現在傳一張照片給妳，可以幫我確認一下妳看見的那名女性是不是她嗎？」對方沉默了一會。

〈我知道了。那我把我的郵件地址告訴你——那個、我也差不多要回去了。〉

「啊，也是。謝謝妳告訴我——這件事情妳還有跟誰說過嗎？」

〈我和警察的人說過。不過他們交代我不要跟任何人說。〉

警方明明掌握了這個線索，對賢一卻是隻字不提。

「那妳為什麼要跟我說呢？」

〈畢竟我以前也受到藤井先生的關照，而且這件事我也覺得會不會是哪裡搞錯，如果能幫上你一點忙就好了。也希望告訴你的事情，你能幫我保密。〉

「我知道。如果警察和我說了什麼，我會蒙混過去的。總之，謝謝妳。」

賢一自認只有聲音的話，他還能冷靜應答，不過當他要按下結束通話鍵時，指尖卻顫抖得無法確定目標。不久，野崎尚美便用訊息傳來了自己的郵件地址。

賢一坐在護欄上，慢慢地調整呼吸，等到心情稍稍平靜下來後，才再次操作起手機。好不容易在照片庫裡找到他要的那張照片，寄去剛才要到的地址。

沒過多久，對方就回信了。

【是這個女人。我想應該是她沒錯。】

這是去年四月時的事。大家一起去小金井公園賞花，包含賢一的母親智代也有一起去。香純雖然不情願，但還是被優子半強迫地帶來參加。

他寄給野崎的，就是當時拍的照片。

照片裡，優子笑著站在一臉不開心的香純背後，豎起手指在香純的頭上比出角。在一旁瞪視倫子坐上南田信一郎的車子離開的女人，就是優子。這代表什麼意思呢——

一陣訊息聲響起。

賢一原以為是野崎為了補充什麼，看了之後發現正是當事人優子傳來的。

他連忙確認內容。

【養護中心向我聯絡，說伯母不見了。看到請回電。】

「真是的，這種時候到底在搞什麼。」

賢一不小心遷怒到母親，同時也對這樣的自己感到生氣。

原本想立刻打給優子的賢一，卻在下一秒打消了念頭。因為他想起剛才從櫃檯的野崎尚美那裡聽來的事情。

倫子坐上信一郎的白色捷豹離開，而優子在背後瞪視這一切——

到底發生了什麼事？不對、是發生過什麼事？

為什麼倫子會跟信一郎見面？而且還需要上他的車？如果是在東京車站附近，那就跟誠南Medicine的總公司大樓只有一箭之地。自然會認為兩人是事先約好的。昨天和信一郎會面的時候，他還一副不知道的樣子，問是「rinko」還是「noriko」。這麼看來，他演了一場無聊的戲碼。就算兩人是為了隆司的事情見面談了什麼，也沒有必要蒙混賢一吧。那麼意思就是——

——你老婆跟很多男人睡過的意思喔。

難道就如園田副社長講的那樣，倫子不只跟死去的隆司有交情，就連信一郎也是嗎？

然而關於這件事情，優子對賢一卻是隻字不提。這也不是能一時忘記的事，看來是故意不說的吧。如果真是這樣，或許還有其他隱情。她可能是為了包庇姊姊，也可能有其他考量。

可能、可能，這些通通都是賢一的疑問和猜測。

不管怎樣，賢一開始對一直以來非常信賴的優子感到疑雲重重。他不想用電話和她說，便改用文字回覆。

【我現在在電車裡。現在就趕去養護中心。】

【瞭解。我正在工作，有什麼事情再聯絡我。】

賢一隨即快步走下通往地鐵剪票口的狹窄階梯。

22

賢一在都立家政車站前坐上計程車，正告知完對方要去「日托中心太陽之家」時，電話又再次響起。這次是從真壁的手機打來的。

「有什麼事嗎？我現在有點忙。」

〈智代太太出現在你們家門口，聽說她一直在吵鬧，要我們放她進去。〉

「我母親？」

賢一不覺放大了音量，司機聽見後也透過後照鏡看著賢一。

〈您打算怎麼做？警方這裡是可以幫忙照顧她，不過您很快就能趕來的話，我就指示他們把人留在那裡。〉

「我現在剛從車站坐上計程車。立刻就趕過去。」

賢一掛斷電話後，便跟司機道歉並表示要更改目的地，把自家地址告訴了司機。

就在下一個轉角即可看見賢一家的地方，真壁站在那裡。

賢一讓司機停下車，並把車窗搖下來。

真壁湊上前，接著將視線瞥向賢一家方向。

「附近還有媒體。」

「我母親呢？」

「我們現在就把她帶過來。」

賢一把錢交給司機後，就先下了車。

「她闖了什麼禍嗎？」

「倒是沒有特別做了什麼，不過她好像一直嚷著類似『賢一沒有做』的這類發言，還嘗試想進去屋內。您知道這是怎麼一回事嗎？」

真壁用探問的眼神看著賢一，賢一則是左右搖頭。

「我才想知道。」

沒過多久，轉彎處隨即出現三個人影。

那是兩手被警察攙扶的智代，看起來不像是被帶著走。

一名年輕警員正一邊苦笑，一邊安慰嘴裡正嚷嚷著什麼的智代；另一名年紀比較大的警員也發現真壁和賢一，露出一臉困擾的表情。

「媽。」

賢一叫了一聲，但智代卻不理會賢一。

「賢一那孩子是不會做出那種事的。」

「做什麼事？」

賢一的聲音再次被無視。

「辛苦了，之後就由我來處理吧。」

真壁讓兩名警員回去了他們的工作崗位。

「媽。」

賢一加強呼喊的語氣，智代才終於轉頭看他。

「你是老師。」智代看見賢一表情瞬間一亮，但很快又沉了下來。「你不是老師。」

「妳不應該待在這裡，我們回養護中心吧。」

賢一一把抓住智代的手腕，她的表情瞬間轉為凶狠，隨即甩掉賢一的手。

「不要碰我！」

她瞪完賢一後，才注意到真壁的存在。

「啊，老師。」她用請求般的視線看著真壁。

「——請你不要告訴警察。」

「什麼事？」真壁溫柔地問道。

「老師，賢一沒有偷別人的東西。」

賢一瞬間感到臉頰發燙。

他的臉現在一定很紅。這次換真壁向賢一問道。

「她就是一直這樣。您聽得懂她的意思嗎？」

「我怎麼可能會知道。這只是老人家的胡言亂語。」賢一的用詞也變得粗俗。

「是嗎？」

真壁點了點頭，也不知道他是否真的理解。賢一隨即把百般不願的智代強壓進計程車的後座裡。

真壁跟著探頭上前。

「我可以一同前往嗎？我也有些事情想跟您說。」
「我和你可沒話好說。」
「例如，您和園田副社長都說了些什麼呢？」

23

賢一向養護中心的主任道歉，隨後便把智代交給「太陽之家」的職員。

儘管智代看起來有些不滿，還是被其他職員帶到裡頭去了。

剛才的話題似乎已經在她體內消化掉。現在她不停地重複著，她把喜歡的帽子弄丟的事。

這已經是大家聽到耳熟能詳的故事。大概是二十五年前，那時全家一起去溫泉旅行，她就把帽子忘在中午去的那家蕎麥麵店裡，現在的她似乎偶爾會想起。

「我們才是真的非常抱歉。」德永低頭道。

「——我們知道不可以離開視線，就算是一瞬間也是，但她是趁新進員工不注意的時候……」

面對頻頻拭汗道歉的德永，賢一表示，「那麼再麻煩您了。」隨後便離開了設施。

【讓妳擔心了。人我已經安全接到，也送去養護中心了。】

賢一傳了訊息給優子。他旁邊就是真壁，所以也不想打電話被他聽見。

「風感覺有點冷。不介意的話，要不要去哪裡的喫茶店坐坐？」

面對真壁的提議，賢一點了點頭。

大約步行五分鐘左右，有間像是個人經營的喫茶店餐廳。

叮噹叮噹，門口的風鈴響起。這是一家只有吧檯和三張桌子的小店。最裡面的桌子，坐著一名身穿套裝的女人，以及一名穿著防寒夾克的男人，兩人看起來都是三十幾歲。他們正坐在一堆資料前，熱烈地相互討論。這景象有時會在喫茶店看見，聽說那是派遣公司的面談。其餘座位沒有看見其他客人的身影。店內的背景音樂聲放得恰到好處。

賢一向前來招呼的年輕女店員點了一杯咖啡，真壁則是點了一個拿坡里義大利麵套餐。

「其實我中午還沒吃，不好意思。」

聽見真壁這麼說，他才注意到自己也還沒吃。時間已接近兩點半，肚子確實也餓了，但是他實在不想跟這個刑警一起吃。

賢一喝了一口放在面前的玻璃杯的水，真壁突然切入正題。

「你去總公司拜訪有什麼收穫嗎？」

他壓低音量地說，似乎是顧慮到周圍的人。

「你跟蹤我？我都沒發現。」

「真是抱歉。不過跟蹤你的是別的調查員。我因為還有事情要打聽，所以待在『楠婦產科醫院』。」

賢一不由自主地環視周圍。沒看見類似跟蹤他的人。真壁見狀便輕輕地揮了揮手。

「現在只有我一個人。因為我又交接了。」

「這是你的工作嗎？」

賢一指的是採取輪班制的尾隨嫌疑人丈夫的這件事。這次他也故意帶點嘲諷的意味問道，但是真壁的表情仍舊沒有改變。

「是的。這就是我、們、的、工作。先不提這個了。剛才您母親說的話是什麼意思呢？」

賢一皺起眉毛歪著頭，表示自己什麼都不知道。然而罕見的是，真壁忽然笑了出來。

「我知道了。那就不談這個話題了。」

「你到底是誰？」

「我是隸屬於警視廳搜查一課的警察。」

「我不是很瞭解細節，不過像這次的案件，應該是由當地——是叫轄區嗎？應該是由轄區警員來負責的不是嗎？」

賢一硬是擠出了一句抱怨。他想起在白石法律事務所諮商的時候，老白石律師向他說明的話。

——這次嫌疑人很快就被逮捕，基本上也承認了罪行，所以搜查本部應該是不會成立吧。

那時賢一只是聽過去，並沒有特別放在心上。

真壁舀了兩匙砂糖，加入送來的咖啡裡。

「藤井先生說的的確沒錯。雖然我覺得沒必要一一說明，不過我是隸屬於搜查一課內，一個叫『特務班』的部門。雖然沒有達到設立搜查本部的標準，但是本廳想介入的時候，就會先得到轄區的同意，再獨自進行調查。『同意』只是表面上的意思，實際上等同於強迫。之後如果真的需要一課加入的話，就會和主力部隊交換。就像是偵察兵嗎？抱歉我用詞不太好，反正就是個礙手礙腳的人、外人、惹人厭的人。」

賢一這才明白，一開始負責偵訊的磐田刑警，為何會對真壁擺出那樣的態度了。雖然不多，卻也讓賢一對真壁有種親近感。於是他稍微點了點頭，將實情告訴了真壁。

「我不是去見副社長，我是有些事情想要問之前的南田信一郎專務，但是卻被委婉拒絕了。」

「您是要問被殺的隆司先生，真的跟您太太有外遇的事嗎？」

賢一慌忙地看著四周。不管是在吧檯裡，把剛煮好的拿坡里義大利麵放到盤中類似店長的男人，還是在旁等待的店員，裡頭的兩位客人，都沒有人注意到這裡。

「你是為了說這種討人厭的話才來這裡嗎？」

「我並沒有挖苦您的意思。」

「讓您久等了。」

真壁點的拿坡里義大利麵被端上了桌。

「抱歉，我邊吃邊說。」

真壁簡單打聲招呼，接著用叉子開始捲麵。他發出大聲的吸麵聲，把麵吸進嘴裡後，咬了幾口便吞了下去。

「看來藤井先生正四處打探消息。這樣說可能有些失禮，不過似乎沒什麼成果呢。」

賢一老實地點頭。這樣的事情就算持續個一百年，似乎也無法解釋出什麼東西。在談什麼調查權之類的複雜話題以前，賢一很清楚自己根本缺乏這種資質。所以他決定直接拋出問題。

「既然你都這麼說了，可以告訴我一件事嗎？」

真壁抬起頭，吞下吃到一半的拿坡里義大利麵。

「什麼事？」

「我太太——倫子她，那個、你們說她懷孕又墮胎的事情，是真的嗎？」

真壁反而以詢問代替了回答。

「藤井先生會去『楠婦產科醫院』的理由，難道不是覺得或許有另一名同名同姓，也叫做藤井倫子的人去了那裡嗎？」

賢一頓時回答不出來，完全被他看穿了。真壁繼續道。

「其實我也想過同樣的事。所以為了以防萬一，才會又去了那家醫院確認了一次。把您趕走的那位很凶的女人，其實是院長的妻子，就像護士長兼事務長般的存在。她也向我們證實，當初的就診資料也還在。住址沒錯，保險卡存根也是本人的。」

單靠一己之力，賢一實在難以洗刷倫子傷害致死或殺人的嫌疑。但是他心中仍抱有一絲期待，或許懷孕的人其實是別人？又或者這一切只是誤診？不過也多虧了真壁刑警，讓他能乾脆地做個了斷。

「這樣啊。」

「我能理解您的心情。」

「你嘴巴上這麼說，但醫院對待我的態度卻是如此冷淡。這難道不是你們把我們夫婦倆塑造成極惡之人的關係嗎？」

真壁淡淡地答道。

「我認為沒有那回事。只是那個護士長兼事務長，好像是因為個人的信念，所以痛恨墮胎這種行為。」

此刻的賢一，似乎能理解秉持著這類主義的人們。畢竟連他自身都認為，倫子懷了別的男人的小孩還墮胎一事，比她涉嫌殺人還要讓人難以接受。

如果能洗刷殺人的嫌疑，一切就會雨過天晴吧。但是小孩可不是墮胎就能解決的問題。

夫妻倆再也回不去了——

賢一內心充滿這樣的想法。加上他儘管嘴巴上否定，心中卻早已慢慢接受這項事實。然而奇妙的是，賢一完全沒有想要責怪倫子的意思。

有的只是寂寞，以及造成這些原因的，也許就是自己的愧疚感。

他們之後會離婚嗎？就算真是如此，在這次事件得到解決之前，賢一必須支撐倫子。他想幫倫子爭取無罪釋放或減刑。他相信倫子是無辜的，或是背後有值得酌量減刑的重大情節。賢一心中漸漸開始有這樣的想法。

這無關愛情或是信賴的問題。真的要說的話，也許比較接近義務和贖罪。

轉眼間，真壁就把拿坡里義大利麵吃完了。他用餐巾擦了擦嘴角。

「她隱藏了那麼多祕密可能會讓您很生氣，不過也正因為是夫妻，所以才無法坦白吧。」

聽著不像真壁會說的安慰話語，賢一轉向看著他。

「刑警先生，你結婚了嗎？」

「以前結過。」

「是離婚了嗎？」

「她去世了。我太太死的時候已經懷有身孕，只是她還沒來得及告訴我。」

「去世了——是生病還是意外嗎？」

「不是。」

「該不會是被——」賢一將之後的話吞了回去。

「嗯，就是這麼一回事。」

真壁的表情變得有些痛苦。這是賢一第一次看見真壁露出一般人的表情。

「她沒有跟你說的意思，也就是……」

他嘴裡說著自己是「被討厭的人」，又一頭栽進調查，難道是因為他覺得這和發生在自己身上的事很相似？賢一不禁如此懷疑，不過真壁倒是直接否認。

「如果是指懷孕的事，恐怕與您想的不同。她好像是想在結婚紀念日那天給我一個驚喜，所以才保密的。只不過在和我表明前就死了。」

「這樣啊——那兇手抓到了嗎？」

「嗯。」

不管賢一怎麼等，真壁都沒有意思再繼續說下去。這個神經像是鐵打的刑警，也有不願想起的過去嗎？

「我想問你一件事。你想親手殺了凶手嗎？」
真壁一臉訝異地看著賢一。
「——你不想復仇嗎？就算要你拋棄刑警的身分。」
「我在追捕凶手的時候，腦袋裡全是這些念頭。就算要我拿一切去交換，我也想要親手殺了那個凶手。但是，隨著時間的流逝，我開始自責自己沒能保護好我的太太。」
「刑警先生。」
「怎麼了嗎？」
真壁又向店員續了一杯免費的咖啡，他用沒有感情的眼神看著賢一。
「你和倫子見面了嗎？」
「我沒有和她直接說到話。就算是刑警，也無法隨心所欲地調查。」
「但是你有在旁邊聽吧？」
「嗯，就只有那樣。」
「那請告訴我你的真實意見。你覺得我太太真的有外遇嗎？她是為了結束一切才會動手殺了南田隆司常務嗎？不是有一種說法，叫做刑警的直覺嗎？」
真壁沒有立刻回答，而是緩緩地啜了一口剛送上來的第二杯咖啡。
「至今為止，我見過好幾個犯下殺人重罪的人。有些是眼神非常凶殘的暴力集團成員，還有位是不禁讓人懷疑，她到底是怎麼用那纖細雙手，殺死體重是自己兩倍丈夫的女性？可以說是形形色色各種人都有。但是他們都給我一個共同的感覺，那就是開始招供的凶手都會露出相似的表情。」

「什麼樣的表情？」

「簡單來說，就是鬆了一口氣的表情。就像終於放下肩上大石的感覺。」

「那倫子呢？她露出了怎樣的表情？」

那正是賢一最想知道的其中一件事情。

「很抱歉，雖然有點像在跟您討價還價，不過在回答這個問題以前，您可以先回答我的問題嗎？」

賢一心想，都講到了這裡才提出交換條件，儘管不悅，卻還是敵不過想知道的心情。

「關於什麼事？」

「關於您在酒田市的部下，高森久實的事。」

又是那件事。

「她怎麼了嗎？」

「聽說您答應她，如果能回總公司，就會把她一起帶到東京，還會幫忙她找公寓。這是真的嗎？」

賢一差點被自己嚥下的口水嗆到。

「怎麼可能。你到底是從哪聽來這胡說八——」

「當然是從本人。這是當地警員調查後的結果。」

「騙人。這根本是騙人的。是她自己擅自妄想那些——再說，提出要把公寓鑰匙交給我保管的也是她。」

「也就是說，事實上確實有這樣的對話吧？」

「請等一下。你這話是什麼意思？」賢一感到惱怒。「你該不會是想說，我為了想快點回總公司，好讓她能做我的情人，所以拜託我太太幫我殺了礙事的常務吧？」

真壁面不改色地答道。

「我是舉出了可能性而已。我也只是想要知道真相。像是藤井先生在調派的地方是否有小三，又或者是想找一個外遇對象等等——對了，若宮警署似乎已經派了警員去當地，打算直接去問高森小姐。」

高森大概已經把案發當晚，兩人待在一家鄉土料理店的事情說出去了吧。應該也有加油添醋地聊到賢一的成績沒有起色、失去幹勁，每天還被松田支店長欺負等等事情。說不定，她還會說賢一在休息區把身體湊過來之類的。

案件曝光之後，媒體立刻便趕到自己位於酒田市的工作地。儘管訝異他們動作如此之快，不過仔細想想，很有可能是高森洩漏出去的。難道她認為只要引起騷動，被「挖角」去總公司的事情就能成真嗎？

先前她親切地向賢一打招呼，還幫忙安排買巴士的票，所以賢一對她也多少有些好感，覺得她是一位親切的女性。原來這一切都是經過精心計畫的？

「每個人都一樣，開什麼玩笑。」

賢一低聲說道。他不想在真壁面前示弱，卻還是用雙肘撐在桌上，抵著前額。

「開什麼玩笑——」

賢一張開嘴巴，呼吸紊亂。嘴角垂下的口水滴了一小滴在桌上。

當賢一回過神來，四周是一片寂靜。不知何時開始，店內的其他人也開始在聽他們說話。

「我們離開吧。」

真壁說道，賢一便點點頭，拿起手帕擦了擦臉。帳款由真壁支付。

賢一一出店外，差點就往自家走去，不過他也很快想起自己住在飯店一事，便轉往車站方向。

在一旁配合賢一步調的真壁開口說道。

「話說回來，我還沒有回答剛才的問題。」

「啊，你說那件事啊。」

賢一把交換條件的事忘得一乾二淨。

「在我印象看來，您太太似乎還沒有如釋重負的感覺。她的眼神看起來還有事情沒做完。」

「會是什麼事呢？」

「不知道。」真壁歪著頭。「說得極端一點，我們能說自己有在調查這件事嗎？」

最後，真壁停下了腳步。

「不好意思有點煩人，但是我有點在意您母親剛才說的『老師，賢一沒有偷別人的東西』的那句發言。有認知障礙的人說謊時，都會有一個共通的理由。就是為了合乎情理。他們不願承認自己有認知障礙，所以會創造出一個劇情合理的故事。剛才那句話到底意味著什麼意思，您真的一點頭緒都沒有嗎？」

說實話，賢一在聽見母親說的那句話瞬間，他就知道了。但是他還是選擇搖頭。畢竟和這次事件無關，他也有一些事情不想回答。

「刑警先生，你不是也看見了嗎？我母親甚至不認為我是她兒子。我根本不懂她在說什麼。」

「是這樣嗎？」

真壁態度曖昧地點點頭，隨後低頭說了一句：「那我就先告辭了。」便往車站另一個方向離開。

賢一心不在焉地望著他的背影。

——是你偷的吧？

他無法忘記過去那尖銳的，小小的刺。

那是將近三十年前的事情。賢一在初中一年級的時候，曾經被班上的人懷疑是小偷。當時，賢一隔壁坐著一名外號叫「瑪丹娜」的女生，班上的人認為賢一從她錢包裡偷走了現金。

瑪丹娜這個單字，在當時也幾乎沒有人說了。不過父親在大企業工作，造就她平常一副驕傲自大的態度，以及雖然不甘心，但她卻確實長得很可愛，所以大家才會故意幫她取了這麼老派的外號吧。而賢一就是偷了那位瑪丹娜的錢包。

那天體育課，賢一忘了戴頭巾，在和老師知會一聲後，便跑回教室去拿。體育課結束後，瑪丹娜便表示「錢包不見了」，班上立刻引起一陣騷動。剛好介於午餐時間，所以也只有學生，大家便開始互相檢查起鄰近同學的私人物品。如果拒絕就會被當作是小偷。

最後，錢包在教室後面被找到，就在瑪丹娜自己的置物櫃裡。只是裡面放有幾百塊現金被人抽走了。此時便有一個人跳出來說：「我看見是藤井偷的。」

那是一名外號叫做「小轟」的女孩子。據說她也是因為忘記拿東西，才會返回教室，正好撞見賢一正在翻找瑪丹娜的包包。由於牽扯到偷錢，最後話也傳到了班導耳裡。

放學後，賢一被叫去辦公室旁的小房間裡，受到班導嚴厲地追問。賢一表示自己是清白的，但是老師卻不相信他。爭論到最後，老師要賢一轉交一封信給他的父母，並要求他們要親自回信。賢一也照著老師的吩咐傳達。隔天一早，母親智代便比賢一還早到學校，直接找班導談判。

——老師，賢一沒有偷別人的東西。

母親當時挺直腰桿，目不轉睛，斬釘截鐵地說道。這是賢一後來才從班導那裡得知的。

「這可是攸關名譽的問題，麻煩您將那名目擊到現場的學生叫到這裡來。」如此堅持的智代，最後也在情勢上取得了勝利。

後來他們做出各退一步的結論。放的地方不一樣是因為瑪丹娜搞錯，而賢一則是「碰過她的背包，但是沒有碰錢包」。情勢驟變之下，目擊到現場的小轟開始受到眾人指責。而且在自主隨身物品檢查時，從她口袋裡找到了現金。

賢一平時就是一個典型的優等生，而小轟家境貧寒，長相就如她的外號一樣，所以在女生之間似乎也是格格不入的存在。

結果大家一致認為是「小轟說謊，以及自己是小偷卻把罪嫁禍到賢一身上」。

這次的騷動，大概是因為智代受到大批警員湧入自家的刺激，當時的記憶跟著復甦，才會誤以為真壁就是那時的班導。兩人的冷漠氛圍跟銳利眼神確實很像。話說回來，這麼久的古老記憶，真虧母親還能挖得出來。

不過——

雖然現在才說，其實小轟的證詞是真的。

賢一真的偷了瑪丹娜的錢包。

平時的瑪丹娜也不知道對賢一哪裡感到不滿，時常到處跟人說，「藤井會擅自使用我的原子筆」、「他在我筆記本上亂塗鴉」等無中生有的事情。因此賢一才會打算小小的報復她一下。

賢一可以發誓，他並不是想要錢。而事實上，他一塊錢也沒拿，只是把它移到後面的置物櫃而已。

賢一知道她一定會吵著說：「錢包不見。」也知道她一定會怪罪自己，所以賢一打算等到事情鬧得不可開交時，再從櫃子找出錢包，然後好好地教訓她：「在懷疑別人之前，先好好找一下吧！」

然而，計畫卻往意料之外的方向展開。也就是碰巧目擊賢一行為的小轟，似乎趁機偷了錢——

回憶到此的賢一也不禁想著，這次的騷動是否是因為過去的不誠實，才會受到處罰呢？

不，他沒有必要提起以前的事情。

雖然說自己隻身前往遠方工作，但竟然遲鈍到連妻子懷孕都沒有察覺出來，這樣的賢一，能看見倫子的內心深處嗎？

優子傳來了訊息。

【我擋不住了。我們爸媽說，無論如何都要跟賢一哥見面。】

24

頭痛的種子——雖然不是小到可以稱為種子的存在——又增加了。

關於倫子的父母，賢一有事先拜託優子去應對。在他們得知案件發生的當下，便不聽勸地表示：「我們立刻過去。」最後是讓優子阻止了他們。因為賢一很清楚，若是應付他們，尤其是倫子的父親，自己的時間和精力一定會被耗盡。

所以意思是她也阻止不了了嗎？就算見面，賢一也希望優子至少能一同出席，但是她昨天已請過假所以也沒有空抽身。另一方面，滝本姊妹的父母也早已離開位於橫濱市區內的家，正前往新宿途中。

賢一沒有辦法，只好請優子幫忙傳達自己的飯店房間號碼。

他感到心情沉重。他們的父親，就連強勢的優子都無法正面反抗，最後只能把氣遷怒在姊姊倫子身上。如果雙方起了什麼口角，像賢一這樣的人根本一句話也回不了。

「這到底是怎麼一回事？」

果不其然，倫子父親滝本正浩一進房間，就向賢一逼問道。「我也很想知道。」賢一把差點說出口的話給吞了回去。

正浩今年七十一歲。平常給人的印象就比實際年齡年輕，本人似乎也有自覺，不過今天他顯露的氣焰，已經恐怖到超越了年齡。

「你們請先坐吧。我有叫客房服務，咖啡應該很快就會送來了。」

「那我坐了。」

今年六十八歲的壽子，選擇坐在一人沙發上。她的個性原本就有些膽小，今天的眼神顯得更為不安。

正浩也是不改臭臉地坐下。

「我們沒有辦法見到倫子嗎？」

壽子用著乞憐的視線看著賢一。

「是的。」

他現學現賣，把從白石律師父女那聽來的說明如實道出。

像這樣的案子，在訴訟開始到本人承認或否認罪狀以前，應該是無法見面。現在也尚未被起訴，會面暫時會是之後的事。

正浩表示無法認同，賢一便跟著補充道。

「聽說有不少被告在偵查時很配合，但正式上法庭後，又堅稱自己是無罪。所以只要是沒有決定性的證據，像這次的案件，單靠自白似乎很難定案。」

「一開始他們說倫子對別人動手時，就一定是哪裡搞錯了啊。」

正浩是在農林水產工作到退休的國家公務員。雖然不到職業官僚，但最後也能升到課長職，再到外圍團體工作個五年，也能算是人生勝利組吧。他也有到國外工作過幾次，倫子高中時代去美國留學也是因為這個原因。

儘管和職業應該是沒什麼關係，但聽說他是個對小細節非常囉唆的父親。對門禁和服裝也是很有意見。倫子也說過，那時的她每天都覺得受到拘束，為了能快點離開家裡，快點工作快點獨立，才會選兩年即可畢業的短大。

「都讓妳讀到了私立女高，這在神奈川縣裡可是屈指可數的升學學校！」聽說在那之後有好一陣子，她父親都不跟她說話。

倫子說完父親壞話後，隨即又有點鬧彆扭地道：「所以他才會幫我取這種一點也不可愛的名字。」據說妹妹「優子」是母親壽子取的。

「我也相信倫子。但是警方認為倫子是凶手。」

而且不只如此。自己也被懷疑是「教唆殺人」的主嫌。外頭也有謠傳逮不逮捕只是時間早晚的問題——

當然賢一也不會把這話說出去。他沒必要把問題弄得更複雜。更別說懷孕的事，絕對不可以被他們察覺。

「她本人有說什麼嗎？」

「聽警方和律師說，她好像大部分都承認了。」

「那是什麼意思？你是指她明確說出『是我做的』了嗎？」

「似乎是那樣。」

客房服務的東西送達，正浩的怒氣也暫時平息。

等到飯店員工一離開房間，正浩又率先開了口。

「那個律師很厲害嗎？」

你自己問不是更好。賢一心想。

「聽說過去曾經平反過冤案，引起了話題。」

「希望不要嘗過一次甜頭就變得喜歡譁眾取寵。」

母親也加入道。

「希望不要連優子的公司都傳出奇怪的謠言。警察會幫忙保密嗎？」

為人父母那無處宣洩的憤怒與悲傷，賢一可以理解。他也知道心中過於動搖和擔心，反而讓人想發洩情緒。而賢一也是同樣……不，而是有更深刻的感受。

賢一不斷地受到氣到說話毫無顧忌的正浩，以及抽抽噎噎地拿著手帕擦拭的壽子兩人毫無脈絡的問題轟炸，終於也感到筋疲力盡。

從前天晚上收到倫子那封奇怪的訊息後，他就沒有好好吃上一頓飯，也無法好好睡上一覺。累得好想把一切都當作沒有發生過。

不過真要這麼說了，正浩一定會氣得破口大罵：「待在拘留所的倫子一定更痛苦！」至於壽子則是會哭吧。

賢一看向時鐘。快要下午五點了。

在這裡繼續這樣消磨下去好嗎？有沒有什麼能做的事？他覺得好像有很多事情可以做，但又覺得似乎什麼也沒有。

「……預計是何時？」

「什麼？」

「如果你不振作一點我會很困擾。我在問你何時開庭。」

心情感覺真糟。他剛才不是才解釋過「現在也還未被起訴」嗎？

結婚到現在都已經快要二十年了，正浩對於兩人的婚事依舊無法衷心祝福。他似乎希望倫子能成為公務員——如果可以的話就是職業官僚——的妻子。他的口頭禪是：「不管它的資本多龐大，民間企業的明天誰也不知道，馬上就會被裁員的。」

「這下懂了吧。」在賢一確定要調去「東北誠南醫藥品販賣」，正確來說連子公司也不是的地方時，他好像說了這句話。

「真的非常抱歉，我現在必須前往公司一趟。」

賢一說了謊。

「去做什麼？」

「我暫時得向公司請假，所以有些手續和後續交代事項等等。」

賢一很意外，正浩並沒有說出：「你太太都把人家公司的高層殺了，你還想交代什麼？」這種話。這或許是正浩長年在政府機關底下工作的弱項。

正浩的表情愣了一會，隨後便轉向妻子道：「我們去優子那裡吧。」

「優子不是跟我們說過，不能去她那裡嗎？」

壽子有點迂迴地責備正浩，接著她瞥了一眼賢一，辯解似地補充道。

「因為賢一的家人也啊。」

她指的是借住在那的智代與香純。

「那你問看看這間飯店還有沒有房間——不，算了，我自己去問。」

正浩逕自說完，便離開了房間。

「您們之後是有什麼計畫嗎？」

賢一之所以會這麼問，是因為正浩看起來有點匆忙。

「真是抱歉。」壽子道歉地說。

「因為他擔心到坐立不安。別看他那樣擺架子，其實膽子卻意外地小。」

「雖然這麼說不太好，但您們要不要考慮先回去呢？就算您們兩人在，事情恐怕也不會好轉。」

而且我現在非常疲憊。賢一心想。

「我也這麼說了，但是依他那個性你也知道，聽不進去的。」

壽子嘆了口氣，隨後沉默了一會。

「現在想想，她是指這件事吧。」

壽子低聲喃道。

「什麼事？」

「優子呀。大約在半年前吧，或許又是在更早之前。她打電話給我的時候曾說了：『還好我單身。如果有了家庭，就必須幫丈夫小孩還有公婆擦屁股了。』難道她是預料到會有這樣的事嗎？」

她不用「照顧」而是用「擦屁股」這個說法，確實讓人有點在意。提到半年前，剛好又跟倫子懷孕及墮胎的時期重疊到。也就是說，倫子很有可能與優子商量過。

先不論倫子與信一郎談了什麼，或者兩人之間是怎麼樣的關係。優子看著倫子坐上信一郎車子離去的證詞，也許在這裡就銜接上了。

不過話說回來，那個像剛刨好的木材般方正不苟的正浩，要是知道了這項事實會怎樣？還是說，他會找出論據證明是賢一把自己女兒弄成這樣的？賢一真想看看，他鬧出那種彷彿世界末日般的騷動。

內線電話響起。是正浩打來的。他用命令的語氣叫賢一換壽子聽電話，他便如實照做。看來是預約到這間飯店的房間了。

「麻煩你了。」

壽子再三鞠躬之後，便走了出去。

25

藤井賢一坐在床邊，發呆眺望著窗外。

他不想跟任何人接觸，便把手機電源關掉。他覺得公司和警方都掌握著自己的行蹤和動向，彷彿被現場直播一樣。

窗外的暮色越來越濃，在事件發生之後，兩天就要這麼過去了。

在這段時間裡，自己到底做了什麼？只不過就是四處奔波，結果幾乎什麼也沒做成，卻已經筋疲力盡了。

他把雙手枕在頭後，仰面躺在床上。

在岳父自顧自地說話時，賢一就一直想著一件事。

有沒有什麼更重要、更應該優先處理的事呢——

好像有，只是賢一想不到。

不知道是因為資訊量太多，還是受到的衝擊太大，不過賢一覺得兩者都有可能，他就是無法按照邏輯組織思考。只能臨時做出「去還是不去」、「說還是不說」這樣的選擇。

為了冷靜一下頭腦，釐清事實關係，賢一根據從優子、香純以及刑警們那聽來的話，試著描繪了一下迄今為止發生過的事情。

事件的起源，是從賢一調派後沒多久，南田隆司常務主動接近倫子開始吧。

不知道是什麼契機、什麼理由。不過，他們本來就見過面，對方又是丈夫公司裡高高在上的存在。若是隆司主動聯絡，以倫子立場也無法斷然拒絕，因此才會同意見面討論吧。

問題是之後的事。他們是怎樣開始陷入親密關係的？

是因為隆司的強硬個性讓倫子抵抗不了？還是說倫子對他本來就一直抱有好感呢？至少不是出自為了保全丈夫在公司的地位，因而犧牲自我的這類封建思想吧。

「被灌藥迷昏」這事，從頭到尾也只是來自優子的情報。很有可能是因為她認為只要這樣說明，賢一的怒氣多少能減輕一點。她明知道兩人的關係卻對賢一隻字不提，就知道她是在包庇倫子。今後恐怕就連優子的說明，賢一也無法全盤接受了。

不過賢一認為，就算是那個隆司，也不太可能一開始就是完全衝著倫子的身體才接近她的。

如果只是單純想洩慾，應該還有其他更多的選擇。

他大可去找一個不會有後顧之憂的人來玩——

不只園田副社長曾這麼說過。就連調派前，隆司本人也跟賢一這麼講過。如果他的外遇對象只是碰巧是倫子，而兩人直到現在還維持這段關係，這樣想想，未免也太過巧合。

雖然有些人喜歡故意走鋼索，但是考慮到他的背景，賢一總覺得這裡面似乎還有其他內情。

去年六月發生行賄事件時，在南田會長的居中斡旋下，由包括公司外部成員在內的調查委員會進行調查。賢一也有被傳喚過。

雖然說賢一身處信一郎派的底層，卻不敵隆司的遊說——或者應該說是威脅，便把真相說了出來。也就是，賢一雖然意識到這有問題，並提出了意見，但在部長和課長的命令下，不得不這麼做。他的說詞就和那封自白書裡寫的內容幾乎一致。而之後那封文件，似乎就被拿到了董事會上傳閱。提供者當然就是隆司吧。「你只要幫忙頂罪，就不會受到虧待。」對於信一郎派的遊說，賢一卻把它當耳邊風，這無疑是讓信一郎的顏面掃地。

在那之後兩方又是如何的攻防，賢一也只能單靠猜想。不過以結果看來，信一郎派輸了。也許是因為社長想要維護公司的面子吧。

從以前開始，信一郎所管的販賣促進部就一直遊走在灰色地帶，從事賄賂的行為，因此這次事件也可以說是咎由自取。不過好不容易勉強停在懸崖邊的信一郎派，就這麼被隊伍最尾端的賢一，一把推了下去。

結果，部長和下一任課長被排除在晉升道路之外，幾乎無法東山再起。信一郎也被派到地球的另一邊去「留學」——在誠南集團裡，對於含有降職意味的海外調派有如此稱呼。

另一方面，隆司也輕易地毀掉自己的口頭約定。導致賢一自己也被肅清的水花濺到，被踢到位於酒田市，應該是稱之為孫公司的企業裡。

雖然賢一也覺得這和當初說好的不同，但他還是選擇相信那些高層嘴裡的「很快」，並說服自己這只是暫時的調派，「最長應該也只到明年六月為止」。

他太天真了——

不需要南田兄弟或園田指出，這點賢一已深切地體會到了。

而賢一也發現，他們看待賢一的眼神是驚人地相似。

「只要稍微威脅一下或者撒點誘餌，這傢伙就會輕易轉向。」

賢一非常清楚他們就是這麼想的。

這當然很令人生氣，賢一也有自己的苦衷，只是從結果來看也是事實。

現在回想起來，把賢一調去連「週末回家」都很困難的偏遠地區，對隆司來說是有好處的。也就是說，只要盡量減少賢一與總公司員工的接觸，那麼要控制資訊就很容易了。不只是賢一，任何關於公司內部的資訊一旦被切斷，所有員工都會感到不安。

而松田支店長總是一逮到機會就把相當於「公司祕密」的話題，一點一點地拿出來講，讓人覺得「他跟總公司有所連結」。但實際上，隆司派可能只是把他拿來當作監視兼欺負自己的角色在使用。藉由虐待賢一，讓他越來越想回總公司，如此一來，對於一些無理的要求可能也會比較願意接受。

仔細推測的話，就連高森久實那不自然的接近也是。表面到處抱怨，背地裡或許也是受到支店長的教唆。雖然稱不上陷阱，但賢一只要一犯錯，他們就能掌握到他的關鍵弱點。

這麼一想，至今為止賢一覺得疑惑的種種跡象就說得過去了。但是謎題的碎片儘管已經拼上，新的問題卻又浮現了出來。

其一是，隆司那方既然都出謀策劃了，那他們是想讓調派後的賢一做什麼？又或者是想讓他做出什麼證詞嗎？賢一並不認為自己有如此重要。他手中也沒有其他可以打壓信一郎派的材料了。

而另一點是，隆司為了拉攏賢一，有必要去接近倫子嗎？

他是想利用與倫子認識一事，以便於籠絡丈夫嗎？還是說單純只是想調查賢一的品行？

眼前的這些疑問，賢一大致能猜得到答案。

對於隆司來說，一開始要求見面的前一、兩次，可能只是抱持著輕鬆的想法，畢竟兩人也認識，搞不好能藉此得到利於拉攏賢一的情報。

但是，說動倫子這件事本身，是不是到後來反成了他的主要目的呢？也就是說，原本不是為了美色，但後來也想要她的身體——

今年就要四十一歲的倫子，就算撇除身為丈夫的偏愛，年齡看起來也在三十五歲左右，根據穿著跟化妝甚至還能更年輕。倫子本人自己也很注重這塊，所以身材也沒有走樣，至少對於相近的年齡層，或是上個世代的男人來說，完全可以當作考慮的對象吧。

也許他是想起二十年前——如果相信倫子的說法——他們一邊聽著音樂會一邊吃飯，卻「什麼也沒做」的事情。也許又與那完全無關，單純只是對現在的倫子仍抱有遐想也說不定。又或者——奇妙的是，這是讓賢一最難以忍受的原因——他早已打好了如意算盤，認為一旦有了肉體關係，女人就會對自己百依百順。

賢一當然希望倫子拒絕了，只是隆司卻不願意放棄。儘管賢一和隆司只有在調派前的料亭筵席上，有過直接對話的經驗；但對於賢一來說，也是留下了深刻的印象。雖然他故作豪放，依舊能感受到他的執著難纏。

他想起發生在五、六年前的一件事情。

某位三十幾歲的男職員被外派到外地的分公司，一年之後就離婚了。當時他聽說了這樣的傳聞。

兩人原本是因為辦公室戀情修成正果而結婚，最後造成離婚的原因，是因為太太跟自己的同事搞上了。不，聽說不是同事而是上司。不，與其說是上司，聽說是再更上面一點的人——

原本就對公司內的八卦沒什麼興趣的賢一，只覺得他們「隨便亂講」並未放在心上。現在看來，或許那些傳聞真的曾經發生過。如果他有記得丈夫那方的名字就好了。賢一心裡如此想著，卻也不自覺地露出苦笑。就算知道又能怎樣？互相安慰？希望對方聽聽自己的抱怨嗎？

想著對方是用藥品或蠻力，讓倫子失去抵抗才發生關係，就讓賢一心裡著實難受。但賢一更不希望倫子是受到情緒的勒索，只好欣然接受這一切。也不知道是僅此一次的關係，還是對方以此為要脅，中間又發生過好幾次呢？他不想再繼續想了。總而言之，倫子在懷香純的時候，少說也花了半年以上的時間，沒想到在夏天為止這麼短的時間內，她竟然就懷孕了。

當倫子知道自己懷孕時，內心在想什麼？臉上又是浮現出什麼樣的表情呢——

賢一感到呼吸不過來，便從床上起身。

室內設定的溫度偏低，所以房間裡的空氣較冷，但賢一仍舊滿頭大汗。他用洗臉臺的毛巾擦了擦額頭和脖子上的汗。

去年夏天，知道自己懷孕的倫子，也不可能跑去和賢一商量，所以才會透露給優子知道嗎？也有可能是同樣身為女人的第六感，讓優子察覺到了。

賢一實在無法想像倫子會跟香純說，所以香純如果知情，肯定也是從兩人的樣子察覺到的。

之後，她就在那間醫院「處理」掉了。

隆司知道這件事嗎？他應該知道。

不僅如此。事情也傳入了信一郎耳裡。所以暫時回國的信一郎才會主動接觸倫子，並要求會面。其目的當然只有一個。就是抓住隆司的弱點，準備伺機反擊。

倫子答應了信一郎的見面要求。雖然不知道優子是如何發現這件事，總之，她看到了兩人密會的現場，然後再被櫃檯的野崎尚美目擊。

南田兄弟與倫子。在這樣的三角關係下，也不知道他們談了什麼。從結果看來，在那之後的數個月，並沒有興起什麼波瀾，處於維持平衡的休戰狀態。然而，隨著異動的春天將近，彼此又開始有了行動。

進入二月之後，連賢一都聽聞，南田信一郎專務可能馬上要回來的傳言。這可讓隆司不開心了。明明再過一陣子也許就能完全除掉哥哥，但是在擊垮他以前，他又回來了。

日本人，特別是公司職員，傾向肯定既成事實，討厭風波。大家都希望能清濁兼收，雨過天晴；再加上哥哥信一郎又有領袖氣質，他一回來，公司內的氛圍就會轉為「他已洗去了罪行」。可想而知，隆司一定不樂見這樣。

因此，為了給信一郎及他所拉拔的下屬們致命的一擊，隆司打算再次放出不利於他的消息——甚至根據情況捏造事實——所以才會再度嘗試拉攏賢一？

週刊雜誌揭露了誠南Medicine為了圖利，便向國立醫院機構三鷹醫療中心的醫局長，提供了高爾夫接待，還無償租借高級進口車給對方，讓此事在社會上引起不少騷動。若相信隆司本人的說法，這件事沒有被列為刑事案件，是因為他早已事前疏通好關係，才得以把事件化小，變成僅是公司的內部問題。

如果以田園副社長會喜歡的譬喻來說，那件醜聞就是燃燒不完全的——也就是所謂的「未爆彈」。隆司把賢一這個「雷管」（註22）拔掉，並埋在遠處。如此一來，即使不小心弄錯也不會被主體的火藥引燃。而現在隆司打算把他挖出來，想再次引起騷動。

這可是將公司生死都放在天平的一側，是個非常亂來的賭注。不過對他來說，應該是值得的吧。

總括來說，就是擔任總務以及販賣企劃部門要職的「主流」信一郎，與美其名是擔任新藥開發，可是近來卻沒什麼成果，發言權好像有下降趨勢的隆司之間的爭霸戰。然後，再從旁加進還不想退休的園田。如果把它做成簡單的圖表來看，就是「隆司與園田的臨時同盟軍」對上「信一郎派」吧。

從秋天到二月這數個月間，隆司沒有做出特別舉動，應該是因為和倫子之間的關係，因「處理懷孕」一事暫時冷卻了一陣。但是隨著信一郎回國一事成真，隆司也開始感

註22　雷管：用來引爆炸藥的裝置。

到焦慮，便再次接近倫子。雖然不清楚他的要求是什麼，但倫子拒絕了他，進而演變成爭吵——

這是可以想像得到，也是最穩妥的劇情。

只要不去正視不願相信的情感，一切就沒有矛盾了。恐怕警方也是站在相近的觀點上，搜查著相關證據以及犯罪動機吧。

賢一用手上的毛巾，用力地拭去額上冒出的汗水。

現在，重新思考一下。

如果……如果倫子真的將隆司打死了，自己會接受這一切，也會原諒她。不，不對，是要乞求她的原諒——再好好想想，如果一定要有一人殺掉隆司，那就勢必得是自己，要被定罪的應該是自己才對。

賢一盯著手中的毛巾，隨後環視了狹窄樸素的房內。

他想找優子和負責的律師再談一次。雖然不至於是全部，但是優子一定知道關於事情的真相。而且最重要的是，律師有見到倫子本人。

儘管不想看也不想觸碰，賢一還是打開了手機電源，先寄了一封訊息給優子。

【我有事情想跟妳說。等到工作結束也可以。請告訴我妳方便的時間及地點。】

接著他又打了通電話到白石法律事務所。「我想跟白石律師見面談話。」接電話的是負責處理庶務的女性，賢一便請對方幫忙傳話。

首先回覆的是優子。

【我先去接伯母，之後再去飯店房間找姊夫。可能會到九點多鐘。】

賢一一時太過生氣，都忘了母親的事情。就在自責感湧上的同時，白石真琴律師回撥了電話。

〈我今天也去見本人了。用電話講不太方便，希望能跟您直接談談。〉

賢一跟對方約好，下午七點會去事務所拜訪。他看了一眼時鐘，沒剩多少時間了。

中途賢一吃了一些三明治果腹，急急忙忙地沖完澡後，隨即離開房間。

26

「您太太還是承認了罪行。」

原訂下午七點會面，賢一提早五分鐘就來到位於池袋車站西口處的白石法律事務所。

賢一到了接待室才剛坐下，白石真琴律師便如此開口道。她看起來幾乎素顏，也不知道是一整天活動下來懶得補妝，還是原本就沒有化妝。不過她眉清目秀的外表，依然給人冷冰冰的感覺。

「她自己親口那樣說了？」

「她說了。」

事務員好像已經回去了，所以身為老手律師的父親慎次郎，又再度幫忙泡了日本茶。賢一打了聲招呼道謝。

「所以妳意思是，開庭之後就會確定倫子是有罪的嗎？」

「照這樣下去，百分之百會走向那樣。」

百分之百。賢一重複念了好多次。單純以數字來看，感覺沒什麼實感。

「那關於動機跟當時情況，她是怎麼說的？」

白石律師輕啜了一口茶，杯身是藏青色，上頭還帶有水珠花紋。接著她繼續道。

「雖然她不太願意告訴我細節，不過她也一直堅稱：『我已經多次拜託他想結束這段關係，但他不只不理會，還威脅我說，他可以告訴我丈夫之後再將對方開除，因此我才會憤而動手。』大概就是這樣的內容。」

「妳覺得是真的嗎？」

原本在確認筆記本上的文字，邊讀邊念的白石律師，此時抬起了視線。她看著賢一的眼睛，彷彿在詢問，您是什麼意思？不過她接著又做出有別於回答的說明。

「這只是依據我個人的經驗談，嫌疑人或被告很少會在一開始就向律師表明一切。當然很大一部分的原因，也是因為攸關有罪無罪，但是只要是人，都有說不出口或不想說的隱情。更別說是犯下殺人這樣的重罪……」

賢一想聽的不是這種一般論，便從中打斷了她的話。

「就是實際上，和調走丈夫的上司有著肉體上的關係……那個、該怎麼說呢……難道她真的寧願最後演變成那樣，甚至還殺了對方，卻不願意和丈夫說出實情嗎？」

賢一無論如何都說不出「懷孕」二字。他原以為律師會一臉不悅地回道：「就算你跟我說這些又能怎樣？」然而，她卻是一臉認真地點頭。

「到底什麼是最重要的呢？畢竟這世上有各式各樣的人。」

她似乎有點欲言又止，不過很快地又重新正視賢一的眼睛說道。

「只是，從不希望懷孕到最後墮胎的過程，對於女性來說，一定是個沉重的負擔。我認為如果能將此點當作動機提出的話，做為酌情減刑的材料應該很足夠。」

在那之後，白石律師便針對今後的諸多手續向賢一說明。

在約好的時間又遲了將近三十分鐘後，優子才終於抵達。

聽說是因為她接完智代送回自己的公寓，沒想到又被她父母叫去而無法脫身的關係。

「所以我才沒有辦法回姊夫，真的很抱歉。」

「不，我才是不好意思。」賢一說道。也不知道說了幾次的道歉跟感謝，他接著切入正題。

「其實我今天從很多人那裡聽來一些消息，也得知了幾個新的消息。」

欠她恩情是一回事，他還是想弄清事實關係。

「是怎樣的事？」

從優子微微傾頭，露出疑惑的表情中，賢一無法讀取到她的內心。

「像是——那個，小優從去年就知道倫子一些事情之類的。」

「姊姊的事？」

「就是，南田兄弟有在和倫子見面的事啊。」

「姊夫聽誰說的？」

優子似乎一點也沒有打算要掩飾，她那過於冷靜的態度，讓賢一有一瞬間還以為他們是不是已經針對此事討論過了。

「那妳為何知道卻不說？」如果這件事是發生在同事身上，或許賢一早已這麼頂撞回去。只見他緩慢地一邊吸氣，一邊吐氣，試圖讓自己沉住氣。

如果只有自己和香純就算了，但賢一還有母親。就算被優子算計或是責怪也是無可奈何。畢竟眼下他必須拜託優子幫忙照顧母親。

「其實，我們公司的人好像看到了。她說去年入秋的時候，看見妳在站在暗處，目睹倫子坐上南田信一郎專務的白色捷豹離開。」

優子突然間笑了出來。到底有什麼好笑的？賢一心想。只見她用手遮著嘴角，嗤嗤地笑著。雖然他覺得一點也不好笑，但也沒有表露不悅，僅是安靜地等待。

笑完的優子忽然抬頭，揚起垂在前頭的瀏海。

「真不愧是大企業，竟然在那裡有間諜呢。」

「沒有那麼誇張啦。聽說就在東京車站附近的丸之內那裡。我想妳應該知道，我們總公司就在大手町，走路的話可能用不著十分鐘。搞不好還有其他公司員工也有看到，只是不想受到牽連所以沒說。」

「姊夫生氣了？」

「為了什麼？」

「我瞞著你的事。」

「不。」賢一原本想笑著回覆優子，最後只有嘴脣附近稍微抽搐了一下。

「我沒有理由對小優生氣呀。而且比起這些小事，我更希望妳能告訴我。首先，倫子跟南田兄弟之間發生了什麼事？以及，前一天晚上在我家又發生了什麼事？」

「我不想說。」

「呃？」賢一身體不自主地往前一傾。

這是賢一從未想過的答案。他以為優子會一路裝傻到底，或是包庇倫子，將自己的行為正當化。

「為什麼?」

優子又再度撥起瀏海,這是她開始覺得不耐煩時的習慣動作。

「我好像說過很多次,我從初中到高中這段期間過得有點荒唐對吧?爸媽跟姊姊去了美國,而我只是一個被留在親戚家的可憐小孩。當然,這也是我自己說『我不要去的』,但是他們竟然就這樣接受了耶?所以我也因此非常不爽,儘管到了那個年紀,仍依舊沉浸在『養子症候群』裡。」

優子呵呵地笑道。

「所以妳其實是想要一起去?」

「我也不知道。有很大一部分是不想去,但在心底某處,也有一部分希望他們用綁的也要把我綁去。」

「很難相處呢。」

「那個年紀的女孩就是這麼煩呀。」

確實,賢一在香純身上也深切地感受到。

「妳昨天也說過吧。妳會幫我們這麼多,也是想償還當時妳欠的人情債。」

「就是這麼回事。我在學壞的那陣子,受到姊姊許多照顧。當時被留在日本的我,可說是做盡了各種壞事,最後親戚受不了要把我趕出家門時,姊姊便找了藉口獨自回國,親自幫我向那位親戚道歉。除了這些以外,還有一些是無法跟姊夫說的事情呢。」

「既然這樣,為了將倫子從現在的狀況中解救出來,我們就更應該分享彼此的情報……」

「我不說的理由還不只這個。姊夫雖然乍看之下人很敦厚，但也有容易衝動的地方吧？在這次事件發生後，姊夫用了相當大的自制力在控制自己，但我也不知道你什麼時候會爆發。還有一個理由是，我不能讓姊夫在不適當的場合、不適當的時間，說出不適當的話。」

此刻的賢一比起生氣，無力的感覺還比較大。

「我就這麼不值得信任嗎……不對，照妳這麼說，所以妳知道一些不可告人的事情？」

「包含這部分在內，我現在也無法跟姊夫說。」

「妳說現在不行……那什麼時候才可以？」

「我想等到證據和證詞都出來，正式開庭審理之後。到時就算姊夫做出引人注目的舉動，應該也不會影響到審判。」

「什麼叫引人注目──」

「姊夫也不用擔心。聽說裁判員（註23）都比較感情用事，姊姊一定會得到大家的同情。日本人對於乍看之下很老實的美女都沒轍的。」

之後優子也反問賢一幾個問題，關於今後他在公司的立場會如何等等。當他注意到的時候，時間已經來到十點多，優子便表示自己差不多該回去了。

註23 裁判員：此指在每場特定的刑事審判中，由選民（市民）當中選出「裁判員」與法官共同參與審理的人。

「唉～～肚子都餓了——明天早上上班前，我會再幫姊姊帶些換洗衣服和食物過去。」

「謝謝。」

「那就這樣了。我還有一些工作要回家做，先告辭了。」

「真的非常謝謝妳。」

在筋疲力盡的腦海一角，賢一也在疑惑，自己到底在對什麼道謝呢？

第二部

1

在事件發生後的兩天，賢一感到無比漫長，然而之後的每一天，幾乎沒有什麼變化。賢一只有心情焦躁，也沒有做出任何建設性的事情，四個月就要這麼過去了。月曆早已進入六月。

即便賢一的處境已從暫時待在家中等待，轉為自願留職停薪。但是不去公司這件事情本身沒有任何改變。他也無法出門閒晃，幾乎每天都在家。

雖然能親自照顧智代是件好事，但要和愛鬧彆扭的香純打照面，實在讓他非常憂鬱。然而諷刺的是，兩人完全處於絕交狀態，彼此之間也不太對話，所以也沒什麼太大衝突。

在經過一番爭論後，香純決定去報考一所第二批招生的公立高中，而她也順利考上，開始通勤上學。

至少在賢一看來——在事件過了一個月之後，他們又再度回家住了——她每天都穿著制服，從家裡出門去上課。賢一盡量不去想這件事情是好或壞。他想要把精力集中在快要開庭的倫子審判上。

或許是賢一的心情終於傳達了出去，就在開庭前一個禮拜，賢一終於得到與倫子會面的許可。原先聽說審判開始前是不可能會面的，這恐怕也是因為有白石真琴律師的幫忙吧。

從事件發生到至今為止的這段期間，賢一把如果能見面談到話，所有想問、想說的東西做成了詳細筆記。會面前的前一天晚上，他還興奮到幾乎整夜沒睡。

然而，在簡陋的會面室裡，賢一透過上頭打有通話孔的壓克力板，看見幾乎沒有化妝的倫子時，脫口而出的第一句話卻是：「妳有好好吃飯嗎？」

倫子露出無力地微笑。

「我有吃，你不用擔心。對了，其他人呢？香純跟媽媽還好嗎？你看起來也很憔悴呢。對不起。」

眼前的倫子反倒關心起自己，讓賢一沒出息地掉下眼淚。

「其實——」

賢一開口提起關於香純高中的事情。到目前為止，他寄了很多信給倫子傳達近況。每一次，他都只會收到倫子寄來的簡短道歉信函。對於香純的升學考試曾經是那樣期待的倫子，終究沒有問及考試結果。

賢一好不容易下定決心，說明香純的情況，沒想到卻得到了意外的回答。

「我早就知道了。」

據說是倫子一直追問白石律師，最後才問到了結果。但她也拜託白石律師，要將自己知道的事情向賢一保密。

「這樣啊。嗯，也是。」

「對不起，給你添麻煩了。」

賢一再次透過壓克力板，仔細地端詳倫子的臉。雖然眼睛周圍與嘴角略顯疲憊，不過倫子並沒有他想得那樣憔悴。

在來這裡以前賢一就已經想像過。倫子應該會在見到賢一的時候，遏制不了湧上的情緒，因而哭出來吧。屆時自己就會去安慰她，並對至今為止的事情向她謝罪。沒想到，心中的盤算完全反過來了。

「我知道或許妳會生氣地覺得，事到如今了還講這些做什麼。但是我發現，我有太多要向妳道歉及感謝的事情。不過這些話，就等到妳離開這裡之後再慢慢講吧。現在無論如何我都希望妳能告訴我一件事——就、就是妳真的……真的把常務給？」

面對賢一的質問，倫子低下了頭，接著才微微地點頭。

穿著制服的警員雖然背對著他們，但就坐在旁邊。根據白石律師那裡聽來的說法，如果只是普通的對話不會怎樣，只要不是明顯與湮滅證據或是串供有關的話，他們是不會打斷談話。

不過，賢一還是不自覺地壓低了音量。

「難道不是受到他們的嚴格審問，所以才脫口說『是我做的』嗎？」

「不是。」

倫子左右搖頭，同時嘴角也露出淡淡的微笑。

「還是妳在包庇誰呢？」

警員輕輕地咳了幾聲。賢一無法判斷他是故意，還是真的有痰卡在裡頭。

倫子沒有回答。

「妳倒是說說話呀。」

「我沒有包庇誰。」

賢一不懂。如同他不懂警員的咳嗽有什麼意思一樣，他也同樣無法理解，倫子那看似寂寞的微笑，到底代表著什麼。

「比起這些事，我剛才也說了，我比較擔心香純跟媽媽。」

「香純沒有不上學，她有好好去學校，媽媽也很好，也受到小優很多照顧。」

結果最後，兩人講著沒什麼重點的對話，轉眼就來到快要結束的時間。

賢一被警員催促站起身，隨後他便對著倫子的背影出聲道。

「不管發生什麼事。」

這是他今天來這裡，用過的最大音量。

警員跟倫子同時轉過頭來。警員用略帶責備的目光看著賢一，倫子的表情則是依舊維持冷靜。

「——我都相信妳！然後，我會等妳的！」

這次，倫子真正地露出了笑容。

初次開庭的日子終於來了。

早上九點開始的旁聽券抽籤，一大早就排到了門外。

畢竟打入世界的大型製藥公司的高層，與基層職員的太太——有一部分報導稱「美人太太」——的外遇糾紛殺人事件。不可能不受大眾社會的矚目。

為了不引人注目，賢一他們便遮住臉從旁走過，不過周遭也瀰漫著他從未體驗過的奇妙緊張感。

接受完隨身攜帶物品的檢查後，眾人便立刻前往電梯大廳。總覺得光是站在充滿壓力感的電梯前等待，就讓賢一的心跳開始跳動得越來越快。

賢一第一次看見法院的內部。他站在往左右延伸的長廊正中央，確認了布告內容後，便朝事前聽到的法庭走去。門前排了一長串隊伍。看來就算抽中旁聽券，座位也還沒確定。

隔著走道的斜對面，有間開放一般人進出的休息室，賢一一行人便決定在那裡等待十五分鐘後的開庭。

聽說法庭內已有預留賢一他們的座位。

就在旁聽席最前面的欄杆前，幫他們準備了關係人的位置。賢一曾想過被害人那方應該會有這樣設置，不過他並不知道竟然連加害者這方也有。或許這也是白石律師事先幫忙安排好的吧。

時間到了。

他們剛走出休息室，就看見旁聽群眾從剛打開的門中，爭先恐後地湧入。不過彼此之間幾乎沒有對話。看著他們安靜地爭奪座位，有種不合理的氛圍，彷彿象徵著這次的事件一樣。

由於法院只幫賢一他們準備三個位子，所以就由賢一及倫子的父親滝本正浩，還有本人自願參與的香純入座。另一邊則是坐著被害人南田隆司的遺族，以及公司的關係人，沒有一個人是賢一認識的。

據說南田誠會長幾乎連外出的力氣都沒有，差不多也該退休了。而另一方面，在事件發生後，特別是在週刊雜誌上，把倫子連帶賢一一起誹謗成惡魔的「女帝」乃夫子似乎不在，這讓賢一稍微鬆了口氣。或許是為了不讓她在法庭上引起騷動，所以身邊的人阻止了她吧。

賢一擔心的不只是外敵。從昨晚開始，他就一直煩惱正浩會不會在見面後不停地對他嘮叨。不過令人意外的是，無論是在計程車內，還是到了法院，正浩都只說最低限度的話。

感覺也不像是在緊張。比較像是切腹前的武士，帶有某種悲壯感。

另一方的香純，在收起原本一直滑的手機之後，幾乎不再開口。外公跟孫女也幾乎沒有對話。

三人一排地坐在狹窄的椅子上。這也讓賢一想起，過去和倫子一起去看二輪片時的座位。

接著法警、檢察官以及白石律師與助手等，大家沉默地一一就定位入座。最後是倫子，她被穿著制服的法警夾在中間，從裡面的門走了進來。

倫子身上穿著全套的運動服，就像在報紙的旁聽報導中看到的那樣。應該是優子幫她送過去的吧。據說因為禁止帶有繩子、皮帶或金屬製品的東西，所以能選擇的服裝不多。

就連在家，賢一也很少看見穿著運動服的倫子。這樣的背影讓他感到心痛。不，服裝一點也不重要，後來看到的東西更令他衝擊。

倫子擺在前方的雙手，被銬上銀色的手銬。而且還不只如此，手銬上的繩子還被纏繞在腰間。

「倫子。」

岳父正浩努力壓抑的呢喃聲，刺進了賢一的耳裡。

賢一感到自己的臉在發燙。他不知道這是怎麼樣的感情。不，他根本也不想去分析。反正就是湧起一股想要大叫，並把眼前柵欄踢壞的衝動。

倫子保持站姿，在法警將她的手銬與腰繩卸下的時候，她瞥了一眼賢一。她表情不變，彷彿完全沒有發現到他的存在。

不久，裁判員也各自就座，三名身著黑色法袍、氣氛嚴肅的法官走了進來。

「全員起立。」

喀噠聲此起彼落地響起，法庭內的人全都站了起來。當然沒有任何一人開口說話。

「敬禮。」

審判終於開始了。

倫子一開始就站上作證發言臺。

坐在最前排的賢一只要傾身向前，用力伸手就能搆到倫子。他心中湧起強烈的衝動，很想碰碰倫子的肩膀。

法官首先對倫子進行當事人確認後，便由檢察官開始宣讀起訴書。

「被告於今年二月——」

檢察官宏亮的聲音，在一片寂靜的法庭內迴盪。倫子一動也不動地聽著，讓人不禁懷疑她真的是活人嗎？

看起來頂多只有三十幾歲的檢察官，用著冷淡的言語一一揭露倫子的罪狀。

「——當天晚上同一時間，被告想與被害人結束不正當之關係時，卻在金錢上面意見不合進而引發爭執，隨後被告拿出預先準備好的進口威士忌，勸誘被害人喝下，意圖使之鬆懈——之後持酒瓶，也就是該凶器，毆打被害人後腦勺，使被害人頭部受到兩次重擊，造成腦挫傷及外傷性蛛網膜下腔出血，進而導致被害人死亡。係犯刑法第一百九十九條之殺人罪。」

法庭內起了小小騷動，不過僅是一點漣漪很快便平息。審判長首先告知，被告可行使緘默權，隨後便詢問倫子本人，剛才的起訴內容有沒有錯。

「沒錯。就是那樣。」

倫子的聲音引起了更大的騷動。

「麻煩旁聽人肅靜。若妨害法庭秩序——」

審判長的警告聲並未進到賢一的耳裡。雖然早已做好了覺悟，但此刻的他才深切感受到，一切已無法回頭了。

——在罪狀認否程序上，一旦承認了罪行，若沒有特殊事件發生，想要翻案幾乎是不可能了。

白石真琴律師曾經對賢一這樣說過。

甚至也表示，由於倫子最初就認罪的關係，審判大概也會演變成量刑之爭吧。

在那之後，經過開頭陳述和證據調查，最後終於進入詰問階段。

是因為裁判員審判的關係嗎？對比賢一對審判的模糊印象，感覺進行的速度很快。彷彿在看一場電影一樣，只要稍微發個呆，話題就進行到下個階段了。照這樣的情況下去，感覺判決很快就會下來。而那也是賢一不太期望的判決結果。

年輕的檢察官毫不掩飾自己的幹勁十足，步步進逼倫子進行各種質問。法庭內，除了隨處抄寫筆記以外聽不見其他聲音，周遭一片寂靜，彷彿吞個口水也會被聽見。

「請被告人親口詳述當時的狀況。」

「是的。」

從賢一的座位，無法看見站在作證發言臺上的倫子，不過她似乎是面對著審判長。

「就算是回答我的問題，也請妳對著審判長說話。」她一開始被檢察官如此提醒過，所以嚴守著規定。這部分很有倫子的個性。

「——剛才我也說明過，我多次拜託南田隆司先生『我想要結束這段關係』……」

「請等一下。妳是用電話嗎？還是用訊息？」

「我是在見面時直接講的。但是南田先生不願意接受，多次強行前來我家。而且他還笑著說：『如果妳無論如何都想結束這段關係，那就等到我告訴妳先生我們倆的關係為止吧。不過他目前也無法從酒田市回來，所以搞不好暫時也會是之後的事呢。』」

賢一很想閉上眼睛、摀住耳朵，但是他的眼睛與耳朵最近卻異常靈敏。

「所以態度曖昧又找理由推託的被害人，讓妳越來越無法遏止自己的怒氣？」

「不是。並不是越來越這樣，而是突然的。」

「哦？突然的。是有什麼契機嗎？」

「因為南田先生罵累了，便要我給他冰塊，我就從冰箱拿了新的冰塊出來。就在我把冰塊放進冰桶裡，越過南田先生的肩膀放在桌上時，眼睛就注意到桌上的威士忌酒瓶。」

「是這個吧？」檢察官把印出來的照片給她看。

「是的。」

一得到倫子的承認，檢察官隨即點頭，接著轉向審判官們開始說明。

「這是證據中的甲十一號證，商品名為『拉弗格』，蘇格蘭威士忌的瓶子──妳是用了這個瓶子？」

「是的。在那瞬間，我變得無法壓抑自己的感情，至今為止的一切，通通都浮現在我腦海裡。當我回神的時候，手中就已經握著威士忌酒瓶了。」

「妳是何時回神的？毆打前還是毆打後？」

「我想應該是毆打後。」

「然後，之後又再打了一次？」

「對。」

「妳能不能記得更精確一點？」

「我記憶有點模糊，想不太起來。」

「原來如此。不過根據被告自身說詞，聽好了——」檢察官把話停住，接著將視線轉向法官席的方向。「——就像剛才她自己說的那樣，被告自己也證實，她在犯行的時候毆打了對方兩次。是兩次。或許第一次是一時盛怒，但是第二次，是否可以說是持有殺意的攻擊呢？」

「或許吧。」

「或許？這可是妳自己犯下的罪。如果沒有殺意是不會再打第二次的吧。」

一直瞪著檢察官的白石真琴律師，此時迅速地站了起來。

「異議！審判長。被告已表示自己的記憶模糊，但檢方從剛才開始便意圖誘導被告……」

「那麼我換一個問題。根據被告剛才的證詞，『至今為止的一切，通通都浮現在我腦海裡』的這句話中，『至今為止的一切』是指哪些事呢？」

原本一直抬頭直視著審判長方向的倫子，首次低下了頭。彷彿配合著倫子，賢一也跟著低頭，從雙膝間凝視著地板。

隨後傳來的是檢察官的聲音。

「一開始是被害人下藥，強行與被告發生了關係，後來逐漸變成常態。儘管被告心裡知道不行這樣，卻還是一點一滴地越陷越深。最後，被告發現自己懷了孕，在墮胎的同時，便開始用這項事實威脅被害人南田隆司先生。那天晚上，南田先生會去被告家拜訪，並不是為了切斷關係，而是為了結束對自己的威脅吧？」

「異議！審判長。」

「異議有效。檢察官……」

「不是的。」

突然間，法庭內響起一名年輕女孩的聲音。

聲音主人不是倫子，而是坐在賢一隔壁的岳父——身旁的香純。

法庭內幾乎所有人的視線都轉向賢一他們這裡。不管是審判長、裁判員、律師、檢察官、旁聽的民眾等等，就連站在作證發言臺上的倫子也是。

「不是的。」

香純一邊看著自己母親的臉，一邊又喊了一次。只不過訴諸的對象是法庭內的法官們。

「香純。」

儘管賢一出聲搭話，香純依舊沒有任何反應。

「請旁聽人肅靜。」

審判長傾身向前，對著麥克風提醒道。

「不是的。毆打那個人的並不是媽媽……」

「如果妳再這樣繼續下去，我會請妳離開法庭。」

「拜託你們停止審判，因為打人的是……」

「請警備人員將旁聽人帶出法庭。」

未等審判長指示，兩名體格壯碩的法警人員便逐步靠近。一個就站在賢一身旁走道，另一個則是越過柵欄，抓住了香純的手。

「請聽我說！不是的，因為……」

「請您跟我們離開。」

對方說話很客氣，但語氣卻是不容置喙。

就在此時，賢一與香純對上了眼睛。

那雙眼睛正訴說著什麼，非常的認真。她的眼神比賢一之前見過任何一個瞬間的香純，都還來得認真。這並不是從去年秋天開始，便一直鬧彆扭的那個女兒的眼神。

「香純！」

警備人員從兩側抓住香純的手臂，朝門口走去。香純的眼神從賢一移向了倫子。賢一也跟著看向倫子。

一直站在作證發言臺上，看著香純被帶離的倫子，也同樣看著賢一。兩人對上了目光。

「倫子。」

賢一越過柵欄，探出上半身，使勁地伸出他的手。

「倫子！」

大部分的警備人員都被引起騷動的香純吸引了注意力。只有一名緊隨在倫子身側的法警注意到賢一的舉動。

察覺到賢一意圖的倫子，便往賢一方向伸出靠近他的左手。

「被告人！」

那名法警從倫子身後抱住她，想要把她拉回去。而倫子卻是弓起上半身拚命地伸手抵抗。

「倫子！」

觸碰到了。

僅僅是一瞬間。或許是幾十分之一秒，賢一的手指與倫子的手指碰觸到了彼此。

那手指是前所未有的冰冷，然而又熱得幾乎要被燙傷。無名指上的白色戒指痕跡清晰可見。結婚戒指不見了。沒想到居然連這種東西也被拿走——

「倫子！」

「賢一！」

「先將被告人暫時帶出法庭。」

審判長不帶情緒地命令道。

法警人數也在不知不覺間增多。兩名法警從倫子兩側，牢牢地抓緊她的雙臂，另外兩名則是將她重新上銬，並把拆掉的腰繩又纏了回去。倫子的身體原本就孱弱，只能任由他們動作，跟著左右搖擺。

「不准你們對她那麼粗魯！」

沒人理會賢一。

頻頻回頭的倫子，就這麼被拖進法庭內的專用門中，帶離了現場。「保護香純。」那雙眼睛，彷彿正這麼訴說著。

賢一恢復了神智。

庭內有大半視線集中在賢一這裡。剩下的視線則是對著出入口的大門，正要被帶到走廊的香純身上。賢一幾乎是第一次聽見自己的女兒在喊叫。

「住手！不要碰我！放開我！」

香純的用詞雖然粗暴，發出的聲音尖銳卻沒有魄力。儘管她扭動著全身抵抗，仍舊敵不過兩名身強力壯的法警。她的身影很快地便消失在門外。隨後，一群類似記者的人也立即追了上去。

從剛才開始，賢一就沒有聽進審判長到底下了什麼指示。法庭內的騷動也演變成無法收拾的局面。

保護。

「香純。」

他必須要保護她。

賢一也不管是媒體還是一般旁聽群眾，他只顧著將眼前的人分開，往出入口前進。

「香純。」

「喂！別那麼粗魯啊！」

「好痛、好痛！」

「我是她父親。」

賢一被人群擠得亂七八糟，好不容易才穿過狹窄的大門，來到了外頭。

香純早以被發現當作最佳獵狗的媒體陣仗團團包圍。諷刺的是，原本是要將香純趕出去的法警們，順勢變成了香純的貼身保鏢。

「請勿在此大聲喧譁。」

法警們的怒吼聲，響徹雲霄。

這棟法院的建築物，在構造上是由主要幹道呈樹枝狀延伸出去，再通往各個法庭。其他通道都是一片寂靜，只有這裡充滿著怒吼聲與人潮擁擠的悶熱感。

「妳該不會是被告的女兒吧？」

「喂！不要硬推！」

「妳剛剛那樣說是什麼意思？」

「妳的意思是凶手另有其人嗎？」

「你們動作不要那麼粗魯！」

「嘿！說一下妳的感想，只要一點點就好！」

「讓開！」

看見賢一怒吼地闖入人群中，記者也「啊」的一聲。

「是被告人的丈夫！」

視線通通集中了起來。

「真的耶！請問剛才那是什麼意思？是您讓您女兒那樣說的嗎？」

「麻煩不要再推了……」

「喂！不要那麼粗魯。」

「是我。」

聽見香純發出了近乎悲鳴的聲音，所有騷動瞬間停止。

「是我。是我殺的。是我拿酒瓶打了那傢伙的頭。」

大概間隔了一口氣的沉默，事情演變得越發不可收拾。

「妳說人是妳殺的是什麼意思？」

「所以妳母親是替妳頂罪嘍？」

「你們給我住手！可不可以停下來！」

賢一一邊護著被擠到不行的香純，一邊對著記者們怒吼道。

也不知道是誰伸出的拳頭，擊中了賢一的右邊臉頰骨。

2

這真的是發生在自己身上的事嗎——？

在被記者們擠得亂七八糟，又被好幾名法警包圍著，最後在法院前和香純坐上沿路攔的計程車為止，賢一的腦袋一角一直在想著這件事。

途中，賢一還看見岳父正對著其中一名記者使出納爾遜式鎖招式，他把對方從人群中拉了出來，接著像相撲那樣，直接把對方扔到了馬路上。賢一很訝異岳父那驚人的腕力。或許是他性急的個性使然，加上女兒因審判一事在眾人面前被指指點點，才會讓他在盛怒之下做出這樣的動作。

被摔出去的記者，嘴巴一張一合地像是在罵什麼，不過岳父絲毫不理會，繼續抓向另一名記者的襯衫。

兩人好不容易成功坐上計程車，也是多虧了岳父的幫忙。

「麻煩先開車。總之先開去新宿。」

賢一才剛鑽進車內便迅速開口道，被打中的右臉頰傳來陣陣疼痛。

「要走高速公路嗎？」

「你決定就好。」

賢一胡亂回道，隨即轉向香純。
「妳剛剛說的話是什麼意思？」
香純表情嚴肅地低著頭，一句話也不回，只是瞪著腳下。
「到底是什麼意思？」
賢一當然在意司機的存在，但他實在等不及回家了。
正前方可以看見國會議事堂。一旁穿著螢光色衣服的跑者，趁著梅雨暫時放晴，在人行道上一個接著一個跑著。是結束了午休皇居長跑的霞關官員們嗎？
眼前的景象讓賢一感到莫名火大，於是他轉向沒有回答的香純，用著更嚴厲的語氣質問道。
「妳是不是應該要說些什麼？再這樣下去恐怕無法簡單了事。畢竟妳打斷了審判，還在記者面前講出那種話，肯定會被大肆報導。搞不好警方也會找上門。妳也可能要接受問訊。」
這場訴訟原本就受到世人的矚目，甚至需要抽籤才能拿到旁聽券。看來這事會成為傍晚的電視新聞，以及明天報紙的頭條重點吧。
「妳說的不是真的吧？妳是因為想要包庇媽媽，才會脫口說出那樣的話吧？等會爸爸會去跟媒體聯絡。告訴他們妳只是一時情緒高昂……」
「是我做的。」
香純用著不帶感情的聲音小聲說道。賢一不由得看了一眼後照鏡，他感覺司機好像看了這裡一眼。

「上面好像出車禍塞車了，我們走下面。」

賢一沒有回答，而是轉向香純低聲問道。

「所以妳做了是什麼意思？妳做了什麼？」

人是我殺的這種發言，賢一壓根就不相信。因為一直以來，香純都會為了惹賢一生氣而故意說謊。等到賢一真的生氣之後，再裝模作樣地說：「反正你也不相信我。」真是夠了，不能等到一切結束後再來鬧嗎——

「我不會生氣的。妳跟我講實話，妳是為了包庇媽媽吧？」

這已經不是賢一的錯覺了。因為司機正透過後照鏡看著他們。

這下該怎麼辦才好。

車子在溜池的交叉路口向右轉，右手邊可以看見首相官邸。就算一路順暢開下去，到自家為止還要花個三十至四十分鐘吧。在這期間，賢一沒有自信能夠不去談論有關事件的話題。或許中途下車轉乘電車會比較輕鬆。

「不好意思，司機先生。麻煩在這前面……」

「所以我說了，是我做的。」

香純出聲蓋過了賢一的話。

「用酒瓶，做出了那樣的事？」賢一不由得反問。

香純緊咬下唇，點了點頭。

「兩次都是妳？」

她再度點頭。

「聽好了香純，這是一場審判，不是在班會時間問誰被霸凌……」
「這種事我當然知道。」
賢一聽見香純「嘖」了一聲，又是一陣怒火。看來在法院有那麼一瞬間，兩人彷彿心意相通的感覺，都只是自己的錯覺嗎？
「那妳為何之前都不說？如果妳只對我一人這樣就算了，我拜託妳不要給周遭帶來困擾，說出這麼不負責的話。我光是為了妳媽的訴訟就已經夠喘不過氣了。」
「我和你沒什麼好說了！」
香純看著賢一的眼神中，充滿著憎恨。一看到女兒的眼睛，賢一的身體突然發軟。已經沒有中途停車再搭電車回去這個選項了。
「接下來，該怎麼走下去呢？」
趁著紅燈，司機停下車來問道。
結果，他們決定在新宿車站西口的都廳附近下車。
仔細想想，回到自家的話，媒體很有可能又會蜂擁而上。賢一稍微猶豫了一會，便讓司機開去另一間飯店，並不是當時事件發生後，賢一住的那一家。
老實說，賢一希望能盡量省一點錢。
現在的工作單位，只支付停職期間的七成工資，而且還是以「基本薪資」來計算。去年調派的時候，賢一的薪水大略就被打了「七折」。隨後再乘以這次的七成，單純計算的話應該會是一半，但基本工資這一點是最重要的部分。在除去各種津貼後，實際到手只有三成左右。

律師費用也是一筆花費。而香純會選擇公立高中升學的其中一個理由，可能也是察覺到了這部分吧。雖然這已經是值得慶幸的事，但是儘管花費不比私立學校，該花的錢也還是要花的。

智代需要看護的資格也還沒下來。現在利用的日托服務的費用幾乎都是全額自費，再不提領存款就無法生活下去了。

而且賢一總不能一直讓優子照顧智代和香純。

雖然賢一對優子曾一度失去理智，但他說服自己，這也是出自想拯救倫子的心情，因此仍舊以過去相同態度對待她。而優子對待賢一的態度，至今為止也是始終如一。只是她內心是怎麼想的，賢一也就不得而之。

賢一來到櫃檯詢問，得知雙人房間還有空房。現在再去找其他房間也很麻煩，他便直接辦理了入房手續。

從法院跑出來的時候，他的腎上腺素沸騰到幾乎要從毛孔裡噴出來一樣，現在倒是多少收斂了一些。

在櫃檯付完訂金辦好入住手續後，賢一看著香純拖拖拉拉的走路方式，不禁想問，這也是故意找碴的一種行為嗎？他一邊催促著，好不容易兩人才抵達房間。

賢一打開窗簾，這是一間視野很好的房間。在微微西斜的陽光下，副都心的街景看起來很清晰。所有建築對比強烈，長長短短落下的影子，就像以前賢一和倫子去美術館看的超寫實主義的繪畫一樣，莫名地觸動著他的心。

如果是在完全不同的情況下，這會是一間很舒適的房間吧。但是他不可能和香純同住一間房。就算賢一說要睡沙發，香純也肯定會要他出去。既然如此，倒不如將香純安置在這，自己去住便宜的商務旅館或是膠囊旅館就好。

賢一忽然想起自己在進法院前，將手機關機一事。雖然不情願，他還是打開了手機電源。在案件發生後，有段時間媒體相關人士一直打來表示想要採訪，也不知道他們從哪裡查到的電話。賢一將他們一一設為「拒絕來電」，持續無視了好一陣子，最近才漸漸不再打來。

「妳隨便坐吧。」賢一對著剛從洗手臺處走出來的香純說道。她隨即便往床邊坐下。

正當賢一準備開口切入正題時，電話響了。是白石真琴律師打來的。

「我是藤井。剛才造成騷動非常……」賢一率先道歉。

〈您現在在哪裡？〉

白石迅速問道。從背後的聲音聽來，她似乎正邊走邊講電話。

「我住進了新宿的飯店。」

〈香純小姐也跟您在一起嗎？〉

「對，她在我旁邊。」

她的語氣聽起來並沒有生氣。

〈我現在就趕過去，您可以等我一會嗎？〉

「我知道了。」

賢一將飯店名稱與房間號碼告訴了白石。雖然她某些地方有點強勢，不過個性倒是乾脆，相對地也很好溝通。

賢一長嘆了一口氣。在轉動了幾下脖子後，又用手揉了揉。既然她要來的話，女兒的事就交給她吧。

心情上感覺如釋重負，賢一便走到窗邊的一人沙發處坐下，接著閉上眼睛。

3

白石真琴律師一個人來了。

法庭上原本還有另一名年輕男律師，不過對方似乎還有其他案件在身，兩人便在法院互相道別。

「倫子的審判後來怎麼樣了？」賢一首先問道。

「在那之後暫時休庭了一陣，不過後來又重新開庭，一直到總結發言結束。那名審判長是以判決迅速而聞名，他也宣布明天會開庭。看來應該是想按照預定的日程結束案件審理。」

「那關於香純的發言呢？」

「裁判員裡或許會有人感到動搖，不過專業的裁判官應該會無視。畢竟旁聽人在法庭上叫嚣一事並不稀奇。」

意思就是，今天的騷動並未造成任何影響，所以不好也不壞。或許真是如此吧。賢一心裡想著，正想點頭時，白石律師又補了一句：「但是。」

「訴訟的進行與那句話的真偽，我認為是不同的問題。」

「妳說的是。」

「那就事不宜遲，方便讓我問香純小姐一些事情嗎？」

白石沒給賢一時間煩惱，便迅速切入話題。

「當然──香純妳也是，不准說謊或是隱瞞任何事情，要老老實實地說喔。」

她應該是有聽見，只是沒有任何反應。

香純坐在床上動也不動，白石律師便從邊桌底下拉出椅子，坐在她身旁。賢一又再次坐回窗邊的沙發上。剛好和兩人隔著一段距離，也許這樣也比較好。

「那麼就麻煩妳了，香純小姐。」

香純帶點警戒地抬頭看著律師，接著點點頭。

「我會遵守保密義務，所以也請妳告訴我真相。如果不這麼做，之後碰上警察提出偵訊要求時，可能會讓我們做出錯誤的對應。」

「警方果然會有所行動嗎？」

賢一原本想保持沉默，卻還是不小心插了嘴。白石律師看著賢一。

「法庭是基於起訴狀來行動，屬於比較特殊，也可以說是封閉的世界。但是警察就不同了，他們是想做什麼就做什麼的組織。而香純的發言早已在一些新聞上傳開。如此眾所矚目的案件，我想警方也不得不採取行動。那些警察──尤其是上層的人，比你們想像的更在意輿論和批評。」

「也是。」

面對沮喪的賢一，白石又轉為安慰的語氣道。

「只是，香純小姐還未成年，而且才十五歲。我認為他們應該會謹慎對應。」

「我知道了。」

「那個人，某部分感覺有些強勢。」優子對於這位白石律師曾如此表示，看來她對白石沒什麼好感。雖然賢一並不認為是因為對方是美女又同為女性這樣單純的原因，不過明明是透過認識的人介紹的律師，現在優子對她的評價卻變得有所保留。

賢一後來也有稍微調查過，得知父親慎次郎過去曾以公設辯護人的身分，將一件被認定為有罪的案件，成功證明是場冤案，最後還打贏官司獲得無罪釋放的結果。因此這間律師事務所在法律界中還算頗有名氣。

白石律師再次向香純提問。

「當時我人在法庭所以沒有聽到，不過聽說妳對著那些採訪的記者說了：『是我殺的。』這是真的嗎？」

香純頓了一會，隨即點頭。賢一在一旁又忍不住地道。

「好好出聲回答啊。」

律師看向賢一。

「——藤井先生，請您把這裡交給我。」

「抱歉。」

「我再重新問一次，這是真的嗎？」

「對。」

律師點點頭，隨即在筆記本上抄寫起來。

「那麼，那天夜裡發生了什麼事？請盡可能準確地、並追溯時間告訴我。」

隨後，香純便緩緩說道。

根據本人說詞，那天夜裡，香純和如願考上私立志願學校的朋友，一起在家庭餐廳吃東西閒聊，還有玩手機遊戲打發時間。兩人終於考完重要的入學考試，正享受著自由的時光。

在將近晚上七點時，香純與朋友道別並離開店裡，直接走路回家。

在說了「我回來了」之後，香純往客廳一瞄，發現了那個男人。由於沒有看見他的鞋子，所以香純猜想可能是被放入了鞋櫃。當時他坐在桌前，似乎在喝什麼東西。「唷！打擾了。」他轉向香純說道，身上渾身都是酒氣。

「你在做什麼？我媽呢？」香純問道。「不知道。我來的時候發現玄關門沒鎖，也沒人在家，就自己進來等了。」對方回答。「搞不好我知道。」接著又意味深長地補了一句。

香純知道這個男人在白天多次造訪這個家。這是住在附近喜歡聊天的阿姨特別告訴她的。而香純也隱約猜到發生了什麼事。

智代奶奶好像也不在。該不會是她趁媽媽不在家時跑了出去？香純心想。

「我和妳母親認識很久了。是說，她不管到幾歲都還是這麼年輕啊。和過去一點都沒變。」

隆司對著香純如此說道。之後他又笑著說了一些「香純不想說出口的下流話」。他的臉、他的眼神，就連說話方式都令人作嘔。

而且還不只如此，他還說了，「你父親的生殺大權就在我的一念之間。」、「如果他的薪水一直減少，供妳上學就會很辛苦吧？」。甚至笑嘻嘻地對香純說：「小妹妹，妳長得很像妳母親，也是個小美人呢。下次一起出去吃頓飯吧。」就在此時，香純的心中有什麼東西斷掉了。

後來那個男人轉回桌前，開始玩起手機。香純便拿起放在桌旁的威士忌酒瓶，朝那男的後腦勺敲了下去。

男人被打到趴在桌子上，嗚嗚地呻吟著。香純害怕起來，便用比剛才更大的力氣又敲了一次，四周頓時安靜下來。

正當她不知該如何是好時，智代一個人回來了。看來她真的在附近徘徊。有時她們一沒有看著智代，她就會趁機跑出去。自從賢一被外派後，頻率也跟著增加。每次倫子都會跑到附近到處找人，畢竟她不可能將智代綁著，更不可能隨時跟在她身邊，這件事也讓平時的倫子備感苦惱。

智代看見把臉趴在桌上的男人並未露出訝異的樣子。「哎呀，這不是血嗎？」她說著伸手就要去碰。香純趕緊上前阻止，沒想到這次是倫子回來了。

「香純，妳在家嗎？有客人？」

倫子的聲音帶點警戒，她邊說邊提著超市的購物袋出現在客廳。在看見室內的慘狀後，頓時啞口無言。

智代一臉驚奇地看著香純手上緊握的沾血酒瓶，接著說道：「這個不洗不行呢。」此時的香純也突然全身顫抖起來，並把剛才發生的事向母親說明。智代也是在此時開始洗起酒瓶。「現在也沒時間管奶奶了。」倫子說。「我們應該要先想想之後該怎麼辦。」

「這件事就當作是媽媽做的，聽到沒？」

雖然倫子的情緒有點激動，但比較起來還算冷靜。她指著牆上的時鐘。香純已忘了正確時間，不過大概是在七點四十分左右。

「妳是在這個時候回家的，然後就看到現在這樣。懂嗎？聽好了香純，現在我們就要這麼做。不管誰問妳，妳都要回答：『我回到家就已經變成這樣了。』」

母親多次叮囑香純，還要香純答應她。之後在警方的偵訊中，香純便照母親的意思回答：「我和朋友分開之後，由於不想那麼快回家，便在商店街裡晃了一陣後才回去。後來就碰上事件之後的事。」

為了讓人懷疑自己，倫子故意去擦拭血跡，還讓衣服沾上血，再丟進洗衣機裡倒入漂白劑，之後聯絡優子接著報警，最後打了一封訊息寄給賢一。

就在香純解釋得差不多的時候，電話又響了。是搜查一課的真壁刑警。

賢一稍微猶豫了一下，最後還是接起。畢竟他也想知道警察的動向。

「好久不見。」賢一一報上名字，真壁隨即說道。

賢一迅速地回想了一下，他們大概有一個月左右沒說話了吧。

「有什麼事嗎？」

〈關於您女兒在法院發言的那件事。〉

這位刑警態度冷淡，不輸白石律師，但是他不會針對弱點做出令人不快的質詢，這部分讓賢一很欣賞。

「真快，你已經知道了嗎？不過你們警察應該不會相信那種小孩子的玩笑話吧。」

〈如果只是玩笑話，就應該慎選時間跟地點。現在新聞都在大肆報導。以警方的立場來說，我們無法置之不理。總而言之，我能否問問那到底是什麼意思呢？〉

「問我女兒？」

〈當然。〉

「自願嗎？」

〈是的。〉

「自願的意思是我也可以拒絕？」

〈理論上是這樣，但是拒絕的話，搞不好反而會變得更麻煩。〉

「你這是在威脅我？」

〈硬要說的話，我只是親切地告訴您。如果任由大家隨意拒絕，警察也乖乖答應離開的話，那這樣的制度就不存在了。〉

「我知道了。既然這樣……」

賢一注意到白石律師比出手勢要他保留通話。

「請等一下。」他隨即按下保留。

「是警察嗎？」

「是的。」

「換我來講。」

賢一乖乖遞出手機。

「電話換人了。我是律師白石。是的，以前我們也見過好幾次面──我當然記得。比起這事，關於藤井香純小姐是否自願接受偵訊一事──」

兩人都是專業人士，結論很快就出來了。真壁說三十分鐘後就會到這家飯店。賢一也表示同意，並決定在這間房間會面，而不是在休息室。當然，白石律師也會在場。

4

在等待真壁刑警的期間，兩人針對今後的事簡單地討論了一下。

雖然賢一想在香純聽不到的地方討論，但是只要一離開視線，她很有可能就會跑不見。在沒有辦法的情況下，他只好丟下坐在床上開始玩起手機的香純，走去窗邊的小沙發。

「妳覺得我女兒說的是真的嗎？」

「在說出我的意見以前，藤井先生是怎麼想的呢？不管怎樣你們也是一家人。」

賢一看向香純。她正戴著耳機，看起來像是在聽音樂還是在看影片。雖然她也有可能只是在假裝沒聽他們說話，不過事到如今，不管說什麼也不會比現在的情況還糟了。

「說來慚愧，最近我們之間的交流，少到無法自豪地說我們是家人的程度。我想這一年來，我和我女兒對話的時間，加起來也不到一小時。」

「我們家也是父親跟女兒兩人生活，所以很相似。只要意見不合，三天都不會跟對方說話。」

令人訝異。賢一第一次聽她閒聊，而且還為此露出苦笑。

這讓他的心情稍微輕鬆了一些。

「身為她的父親這麼說有點不太好，只是該說那孩子異常大膽嗎？面對大人都不會害怕退縮的。一不如她的願就完全不跟人說話，還會面不改色地說謊。」

「原來如此。」白石律師恢復原本認真的表情，點點頭道。

「她確實是有難以捉摸的部分。但是，如果把一切認定是她一時想出的謊言，恐怕也不是很妥當。在我聽來，她的敘述感覺很合理，甚至比倫子小姐的自白還來得有可信度。」

「所以香純該不會真的……」

他久違地起了雞皮疙瘩。

儘管審判都已經開始，賢一依舊沒有放棄為倫子尋求無罪釋放。但是如果取而代之地是自己的女兒，那情況無疑是變得更糟。

「話雖這麼說，我也不認為這全部都是真的。」律師又補了一句。

「白石律師，假如事情變成是香純做的，那倫子的審判會變得怎樣呢？」

如果是共犯也就算了，但是同一案件，應該是不能同時控告兩名犯人。

「香純小姐並未被逮捕或是立案。原則上來說，審判應該會繼續進行。裁判員的審判速度很快，沒有意外的話下週就會結案了。」

「妳的意思是，判決就會下來了？」

白石點頭。

「如此一來，事情就會變得越來越棘手。」

「那我們該怎麼辦才好呢？」

「有一個方法，就是聲請停止審判。以這次的案件來說……」

通知訪客來的門鈴響起。真壁似乎到了。

賢一打開房門請真壁入內。

他把窗邊的兩張單人沙發搬到床邊。

「那我們就座吧？」

大家對賢一的發言點了點頭，接著各自入座。香純也放下手機，在床上彎腿坐著。

「首先我先和各位說明一下。我已經和『上面』談好，這個案件暫時變成由我來指揮搜查。」

真壁突然開口說道。

「這是怎麼一回事？」賢一反問。

「這個案子的訴訟已經開始了。對於負責搜查的轄區警署來說，應該也不會想要事後再來翻盤，因此我不認為他們會認真調查。」

賢一忍不住插話。

「你這樣說好嗎？」

根據不同角度來解釋，這句話可是不得了的發言。不過真壁僅是輕輕地點頭，接著繼續道。

「所以我就和上司交涉，請他讓我和若宮警署的年輕刑警針對此事搜查。假如發現有重啟調查的必要，指揮權可能會再次移交出去。」

果然就如他本人所說，他不屬於「主流」的人。從各方面看來，賢一還是有點擔心他是否值得信賴，不過看見白石律師點點頭，似乎是接受了他的說法。也許是相信了說話耿直的真壁吧。況且，他看起來也沒打算把話帶到「抓錯人」或「強迫招供」之類的話題上。考慮到至今為止的事情，賢一也覺得那樣比較好。

接下來由白石接手開始說明。她把剛從香純那裡聽來的內容，按照順序整理，將事實與想像的可能分開解釋，不到十分鐘便結束。

在這期間，真壁只是在一旁聽著，不時抄寫筆記並未插話。

「我認為，這是香純小姐處在一時情緒亢奮下的發言，可信度不高。」

白石淡漠地說道。

「我了解——所以，今後白石律師打算怎麼處理呢？」

真壁也用不帶感情的語調回答，隨後問道。

「基本上是不予置評。我只想專注在現在進行的審判上。不過，如果警方有了什麼動作，例如握有尚未公開的證據，打算針對香純小姐的罪行立案的話，本人會為其辯護。」

真壁笑了出來。

「原來如此。交由警察全權處理嗎？要說先攻還是後攻，看來是想打後陣呢。這做法真聰明——是想先假裝讓我們處理，背地裡再偷偷地暗自行動吧。」

「任憑您自由想像。」

「妳真的打了南田隆司先生嗎？」

真壁突然轉向香純提問。就在香純正要點頭的同時，白石趕緊大喊。

「等一下！」

香純也被那聲音嚇著，停止了動作。賢一當然也立刻看向律師，就連真壁也是。

原以為她會以因為是未成年或是有沒有搜查令之類的理由拒絕問訊，不過看起來並非如此。只見她轉向香純，輕聲告誡道。

「我不會要妳說謊。不過，如果不想說的話不說也沒有關係。如果是出自妳的想像，或者是一廂情願，那麼不說也罷。」

香純難得老實地點頭，隨後開口道。

「是我做的。所以請你們釋放我媽媽。」

香純的聲音最後還帶點鼻音。當她說完之後，便抓起床單蓋住了臉。

「原來如此。」

面對陷入思考的真壁，白石律師單刀直入地問道。

「雖然知道問了也是白問，但我還是想問你，警察——不對、你是不是還留有一手？」

「我不懂您的意思。」真壁裝傻道。

「真壁刑警的立場我大概多少了解。既然是本署的特務班，與轄區就會有些距離吧。既然我們的目的都是為了查明真相，要不要考慮在允許範圍內合作？」

「那麼我想您應該也知道，直到最近為止，我都是一直被排除在外的。我們的存在，就像本署在表示，『雖然沒有設立搜查本部，但我們還是有算在關心喔』——這樣。儘管這比喻並不恰當，不過以賽馬來說，我們就像預備購買的黑馬票吧。到了最後一個彎道，我們才會擠進前排之中。」

機。

也許是覺得自己的比喻很有趣，真壁嘴角浮現些許笑意。隨後他從胸前口袋拿出手

「我想讓你們見一個人。其實我讓對方在休息室等待。」

他開始撥打號碼。

「請等一下。」

真壁不理會白石的勸阻，拿起話筒貼在耳上。

「啊，是我。可以過來嗎？——那我等你。」

「請你不要擅自決定。」

真壁無視白石律師的抗議，轉向賢一說道。

「您可以先確認一下來的人是誰。如果您不願意會面，我就請他們離開。」

大約過了五分鐘左右，門鈴響起。賢一透過貓眼確認來人後，立刻急忙地打開房門。

「媽。」賢一著實嚇到了。「——妳在這裡做什麼？」

陪在智代身旁有兩個人。一個是二十五歲左右的男人，可能是與真壁搭檔的刑警。

而另一個人則是賢一熟悉的面孔。

「這是怎麼回事？連小優也來了？」

5

「看來——」真壁刑警一人神色自若地說著，隨即環顧了一下室內。

「無預警的變成家族會議了呢。在進入正題之前，我先介紹一下我的搭檔。」

陪在智代身邊一同進門的年輕男子，果然也是刑警。

「以前我們在某個案件一起共事過。後來他被分配到了若宮警署，所以我就決定請他協力幫忙。」

聽完真壁的介紹，本人也打了聲招呼。

「我叫宮下，請多多指教。」

他身材瘦弱，乍看之下看起來不太可靠，但眼神中的光芒給人一種銳利的印象。真壁環視了一下室內。

「人數也增加了，大家就擠一擠坐吧。雖然以俯視的姿態有些失禮，但是我和宮下站著就好了。」

香純坐在床的最裡面，隔壁是智代，優子則是坐在她的前面。白石律師依舊坐在邊桌的椅子上，賢一不想坐下所以也站著。

智代在這時轉向香純，詢問她中午有沒有好好吃飯。「嗯，吃了。」香純紅著眼睛，認真地回道。

「其實香純小姐在法院說出爆炸性言論時，我們也剛好在轄區的若宮警署聽完智代夫人的說法。我先聲明，不是我們把人叫來的喔。是智代夫人有話想跟我們說，才由滝本優子陪同見面的。」

優子看著賢一，罕見地用辯解的口吻說道。

「對不起。我想你們正在開庭，所以才沒有跟你們聯絡。」

「不，雖然不知道發生什麼事，但我母親是不是又給妳添麻煩了？」

「伯母突然說有事情想和警察說，怎麼勸都不聽。」

今天的開庭，賢一當然會出席，加上香純也要旁聽，所以為了防止其他事態發生，優子便向公司請假照顧智代。

「這是怎麼回事？」

賢一向母親詢問。但是智代卻是挺直腰桿，看著窗戶的方向。

「這裡是幾樓？」她隨意問道。

「這裡是二十一樓。媽，這到底是怎麼一回事啊？」

真壁從旁插入。

「我老實告訴您實情吧。其實是負責這次案件的若宮警署不知該如何處理這情況，便透過與我有些交情的宮下把事情轉告給我。於是我便急忙趕到若宮警署，聽了她的說法。」

賢一擔心問題會被搞得越來越複雜，但是另一方面也抱有一絲期待。搞不好他們真的成功達成了對話。

其實最近賢一也覺得，母親的症狀好像有改善一點。雖然記憶和對現狀的認識依舊在過去與現實中來來回回，不過說的話倒是有了一致性。她偶爾能理解現在的賢一是現在的兒子，並與他對話。

雖然不知道有沒有醫學根據，但賢一最近才想著，會不會經過兒子每天的照料，可以改善母親的症狀。

如果真是如此，那母親也很有可能說出她目擊到的真相。

「老師。」

只是另一方面，她還是把真壁當作賢一的小學老師。

「怎麼了呢？」

「我——不太會說話。有時候也會想不起來，所以能麻煩老師把我告訴你的事情，也告訴賢一嗎？」

講到最後一句話時，智代的視線轉向了賢一。

「媽。妳現在知道我是誰嗎？」

「你說什麼話呢，奇怪的孩子。」

真壁點頭說了句我了解了，接著輕咳一聲。

「智代夫人表示，那天夜裡，打死南田隆司的是她。」

真壁直截了當地說道，周遭則是一片寂靜。由於沒人開口，真壁也接著繼續。

「那時她發現家裡沒有人在，剛好也想呼吸外頭空氣，便出門走走，轉了幾圈之後，便滿足地回家。沒想到回到家正好碰上南田先生正在脅迫香純，也就是肉體上的脅迫。智代夫人早就對這個多次造訪家裡，又沒有禮貌的南田先生很是不滿，一想到孫子遇上危機，便拿起一旁不知是什麼的瓶子往南田先生的後腦勺敲了下去。南田先生隨即抱頭坐在椅上，她便接著又給了他致命的一擊。」

「怎麼會——不對，說到底，我媽怎麼可能會現在想起這事。」

賢一首先反駁回去。與其說是包庇母親，倒不如是出自自己無法相信的情感。

「她說當時她意識清晰，為了不要忘記所以抄下了字條。那張字條已被當作證據保管所以不在這裡，但是我可以給您看照片。」

真壁轉頭示意宮下刑警，他便把平板電腦的畫面拿給賢一看。

賢一與白石律師一同窺探。

【我把那個男的打死了，我意識很清晰。】

上頭還寫有日期以及她自己的名字。雖然寫得有點亂，但確實是智代的字跡。

「但是，這種東西也可以之後……」

「這邊邊沾上的咖啡色汙漬，就是血跡。現在正送去鑑識中。如果這真的是南田先生的血液，事情就會變得有點複雜了。」真壁此時頓了一會，看向全部人。「這麼一來，主張自己是凶手的人，變成三位了。」

6

賢一一連眨了好幾次眼睛，才發現自己嘴巴半開，連忙咳嗽掩飾。

這已經不是令人感到「意外」這樣簡單的情感。

就連倫子變成殺人事件的被告這項事實，賢一至今仍是無法完全接受。偏偏在審判中，女兒香純又在法庭上引起騷動，在被請出法庭之後，竟然又對記者們喊道：「是我做的。」最後再加上今年是西元幾年都無法正確說出的母親智代，竟然也說出類似的話。

這到底是怎麼一回事——

賢一看著房內其他成員。

就連一直維持著冷靜表情的白石真琴律師，似乎也無法立即做出回應。只見她皺緊眉頭，認真地在思考事情。

小姨子優子的表情則是混合疲憊與悲傷，但是卻不見驚訝。應該是先聽過智代這麼說之後，才會去警察局的吧。也不知道是否是在意外頭的景色，智代仍舊是挺直身軀，望著窗戶的方向。

香純則是——一臉訝異的表情。不過與其說是得知事實的樣子，看起來更像是「為什麼要說出來」的表情。

真壁刑警打破了沉默。

「只是，打完之後的其他詳情我們就問不出來了。因為她只有一直重複『是我打的』——」

由於沒人回覆，真壁便繼續說道。

「所以我們才會煩惱，不知該如何處理這個問題。」

賢一心想，自己應該說些什麼才好。

「那倫子怎麼說？」

「在送檢的時機點上，主導權就轉交至檢察官手上，更別說訴訟也已經開始了。因此，就算是警察，我們也是無法隨意偵訊。」

「我母親就如你所知的那樣，有認知障礙。現在也是一直稱呼你為『老師』。我想也不用問白石律師的意見了，因為根本沒有必要認真採納這些話。」

關於智代的症狀，賢一在幾分鐘前還很開心地認為，母親恢復得比前些日子好。然而現在卻說出否定的話，讓他感到有點內疚，不由得偷看了智代一眼。只是就連現在，她看起來也像是會突然脫口問道：「大家都吃晚餐了嗎？」

真壁用著冷靜的語氣回答。

「我認為，最關鍵的部分，就在於剛才給你們看過的字條，也就是智代夫人表示是她在當天寫下的東西。如果附著在上頭的血跡，真的是被害人的血，且筆跡的確出自智代夫人的話，那將會是最有利的證據。而爭論點很有可能就會轉為，犯罪當下有無完全責任能力。」

白石律師向賢一微微點頭，隨後便用銳利的視線對上真壁。

「你應該沒有打算要拘留人吧？我可以保證她不會有逃亡的疑慮。」

由「本人」變成了「我」，感覺這比較有人情味。賢一心裡想著不合時宜的事情。

真壁露出苦笑。

「我們也不是魔鬼。而且不管怎麼看，智代夫人看起來也不會逃跑。只不過，為了找出真相，希望你們也能積極地協助我們。」

「你是要我們自願出面接受偵訊？」

「算是依狀況而定吧。不管怎樣，我想我們會盡早請你們來局裡一趟。」

賢一看著白石律師，只見她微微點頭，接著在筆記上抄寫一些東西。是代表沒辦法的意思嗎？

真壁繼續。

「我有事情想問香純小姐。啊，不過……就和剛才白石律師說的那樣，如果是不想說的事，可以不說沒關係。只是同樣的，我希望妳不要說謊就好。」

賢一望向香純，令人訝異的是，她竟然露出奇妙的神情，隨後點頭。

至少從法庭上鬧出騷動，到進入這家飯店為止，已不見之前她對賢一擺出的那些賭氣態度。

「藤井先生跟白石律師，你們都不介意吧？」

白石律師和賢一幾乎是同時點頭。

那名叫做宮下的年輕刑警，把窗邊沒人坐的單人沙發抬過來，放在真壁身後。真壁對此輕輕點頭示意，說了句「事不宜遲」，便在香純面前坐下。

「我的問題，直截了當就只有一個。就是到底出了什麼事？是誰打了南田隆司先生的頭？」

7

香純張大了眼睛，彷彿有什麼東西堵住了喉嚨，接著像是求救似地看向優子。

「夠了。」

發出聲音的是優子。幾乎所有的視線都集中在她身上。

「不要再逼小香了。都是我……的錯。」

「您這話是什麼意思呢？」

真壁刑警隨即反問，看起來一點也不訝異。

「香純沒有動手。姊姊也沒有——」

優子在此時抬起頭，看著香純。

「對不起，糟蹋了大家的心意。但是我也無法再繼續說謊下去了。」

優子如此說道，接著她轉身面對真壁刑警。

「就跟本人說的，以及字條上寫的一樣，打死那男的是智代伯母。」

咻——的一聲，猶如隙縫中的風聲，掠過賢一的喉嚨。

「怎麼會——所以小優妳早就知道了？」

「嗯。」優子紅著眼眶答道。

「那倫子為什麼？」

「為了幫伯母頂罪。」

「什麼頂罪？為什麼她要那樣做？」

真壁露出一副欲言又止的表情，不過在此之前，優子已開始說明。

「我從頭開始說吧。那天，我受有事的姊姊之託，從日托中心的『太陽之家』接智代伯母回家。當時我打算泡杯茶，便在廚房洗東西，在這期間似乎有客人造訪，在我不知道的情況下，智代伯母跑去招呼了對方，並且讓對方進到了家裡，也就是那個男人。之後……」

真壁說了句等等，跟著舉手。

「很抱歉打斷了妳的話，妳說的『那個男人』是指南田隆司先生嗎？」

優子點頭，表情彷彿看到了討厭的東西。

「是的，沒錯。」

「那個時候，被告人倫子呢？」

「好像不在家——和之後的正題沒有關聯的對話我現在先省去。總而言之，我也看過那個男人，因為我在姊姊家曾多次遇過他。其實我曾經聽過那個男人用粗魯的聲音，傲慢無禮地對姊姊說話。當時他並未發現我在二樓。」

「是什麼樣的內容？」

「我沒有全部聽見，不過聽到的大概是『專務派還隱藏著什麼』還有『妳態度再配合一點』這類話語。我後來有問姊姊『還好嗎？』，但是她只回我『沒事的』，並不願意告訴我詳情。但我還是很不放心，該怎麼說呢……因為是現在我才說得出口，總之就是覺得會發生什麼不好的事，所以後來我便時常找藉口去姊姊家。只是，最後他還是趁我不在的時候，使用了安眠藥——」

優子在此中斷話語，是因為在意香純吧。而香純像是察覺到她的意思，低聲喃喃道。

「我知道，所以沒關係的。」

優子一臉歉意地點頭繼續。

「從某個時期開始，姊姊的態度就突然丕變，但我也不死心地追問到底，她才把真正的事情告訴我。那個男人，自從和姊姊發生過關係之後，似乎完全把目的轉為肉體關係。也就是和『排除專務派的工作』一點關係也沒有——在那之後，我去姊姊家的次數也反而減少了。因為總讓人有種終究還是來了啊的感覺——該怎麼說呢，就是很不正常。」

「於是那天晚上，就在倫子小姐剛好不在的時候，智代夫人和妳碰見了南田先生。」

面對真壁的提問，優子回答是的。

「總而言之，我只要看到那個男的在，我就會想要立刻回去。但是姊姊又不在，總不能放智代伯母一個人。所以我便嘗試說服他，請他在姊姊在的時候再來，結果失敗了。

「在說服他的途中，別說回去了，那傢伙反而向我步步逼近。他的話髒到我不是很想說，不過大概是講了想比較之類的話。當然他指的就是我跟姊姊吧。一開始他只是嘴巴說說，但是不知道是不是喝醉的關係，他似乎對自己說的話感到興奮，便站起來把我逼到牆角。然後他就開始碰觸我身體——我只好閉上眼睛，接著我聽見那傢伙突然發出『唔』的聲音，睜眼一看，就看見他皺緊雙眉地按著頭。而智代伯母就站在他身後，所以我馬上便知道發生了什麼事。

「南田說了句『妳想幹麼？』之後，便試圖要從智代伯母手中奪回酒瓶。我也加入爭奪，三人便擠成一團。不過南田卻突然抱住自己的頭，再次癱軟在椅子上。」

「是疼痛感延遲了嗎？」

年輕的宮下刑警首次做出類似發言的問句。優子也隨即點頭。

「我想應該是吧。雖然那男的是那副德行，但我還是有點擔心，於是就偷看了一下他的臉，沒想到就在此時，智代伯母拿起瓶子又往下砸了一次，我根本來不及阻擋。就聽見喀啦一聲，這次感覺真的打中了要害。真的僅僅是一瞬間的事情。」

優子一口氣說到這，語速比平時還快了一些。只見她肩膀上下起伏地喘著氣。

一時之間，誰都沒有開口，彷彿都在各自的心中總結各種想法。刑警們似乎也是第一次聽到這麼有條理的說詞。

在一旁邊聽邊抄筆記的白石律師開口問道。

「那為什麼倫子小姐要說是她做的？」

「當然是為了包庇智代伯母。」

「之後的事也可以請妳再說得具體一點嗎？」

賢一的要求被宮下刑警制止。

「關於之後的事，在這裡似乎有點——那個，因為也包含一些微妙的問題。」

真壁把手放在宮下的肩上說道。

「沒關係，他們家人也想知道真相吧。」

優子微微低下頭，像是在回憶當時的情景說道。

「在智代伯母打了第二次之後，南田就再也不動了。我的腦中同時浮現出好幾個想法，說來慚愧，我完全陷入了混亂當中。後來我重新想了想，不管怎樣還是先叫救護車，就在此時，姊姊回來了。她好像是去超市買了一些日用品。雖然她也嚇了一跳，不過相較於我還算冷靜。姊姊看了那傢伙的樣子後，說了一句：『大概是沒救了。』隨後她讓慌亂的我冷靜下來，詢問了我事發經過。」

「所以妳就把實情告訴了她，對吧？」

白石律師問道。

「是的。」

「於是，知道真相的被告人便表示『當作是我做的』，是嗎？」說話的是真壁刑警。

「嗯。雖然我說還是把實情說出來比較好，但是姊姊卻說：『事情會變成這樣，都是我的錯。』也表示如果生病的婆婆還要被偵訊的話，那也太可憐了——就在我們說到一半的時候，剛好小香就回來了。」

優子說到這，便拿起手帕遮住了臉。一旁還能聽見香純在吸鼻子的聲音。

「真讓人訝異。」宮下刑警小聲地說道。

「確實很合理。」真壁刑警也跟著點頭。

宮下向香純詢問。

「也就是說，香純妹妹會擾亂法庭秩序，其實是為了當替身的替身？」

香純無言地點頭。

「真讓人訝異。」宮下又說了一次相同的話。
「那審判會變得怎樣呢？」
賢一好不容易提出疑問，白石律師也跟著答道。
「我們才剛聽到這個消息，也無法證明到底有多少真實性。儘管我認為是可信的，但最後還是取決於檢方的判斷。」
最後一段話，白石律師看向真壁刑警。真壁也接過話說道。
「我們能做的，就是盡早查明真相。我再重複一次，是找出『真相』。為此，我想今後還是需要找你們來問話，當然，也包括智代夫人。」
真壁表示，現在也無法讓全部人一起去警察局，因此在得到本人的同意後，決定先讓優子前去應訊。畢竟她是除了智代以外，最瞭解實情的人。
優子平日的活潑氛圍已完全消失，只是低著頭任由刑警們帶走。「對了，賢一哥。」她像是突然想起了什麼似地開口道。
「爸爸那裡我會跟他聯絡。我想賢一哥還是不要跟他接觸比較好。」
賢一完全忘記了。那個在法院暴走的岳父滝本正浩，他現在在做什麼？賢一不認為他的心情已經平復下來了。要是他知道優子也涉案這麼深……光是想像岳父的反應就讓他十分鬱悶。
那就交給妳了。賢一懷著這樣的心情，點點頭道。
看著真壁催促著優子走到門口，賢一突然想起一件事便開口道。
「刑警先生。」

原本在不知不覺間喊著真壁名字的賢一，又改為職業稱呼。

「什麼事？」他停下腳步，轉過身來。

「假如、我是說假如，小優——滝本優子所說的事情屬實的話，也就代表我母親做出了那樣的事，那她會被送去監獄裡嗎？包括像是醫療監獄什麼的。」

「就如同我多次說的……」

「這也是假設的話，如果我太太至今為止都在說謊，那她會被處以什麼罪嗎？還有明明在現場卻不說出真相的滝本優子呢？擾亂法庭秩序的香純又會怎樣呢？」

真壁故意似地咳了一聲。

「不好意思，藤井先生。您從剛才就只在意結果。現在我們首先要做的事情，是將扭曲的線解開才是。不管是罪狀還是處罰這些事，是不是應該等到結束之後再談？」

賢一感到自己臉紅了。確實就如他說的一樣。

隨後，優子也被兩名刑警帶走，離開了房間。

8

剩下的人，除了賢一，還有香純、智代，以及白石律師。

「關於剛才的事情。」白石律師開口道。

「就算真的是智代夫人做的，我想也不至於被立即收監。她當時的責任能力也會是一個問題點。然後香純小姐那件事，應該是不會有什麼問題。也許會受到一點處罰，但是不會留有紀錄。至於倫子小姐，恐怕是無法完全脫罪吧。優子小姐的話，她會不會被起訴，我認為也是很微妙。畢竟她明知有重大內情，卻選擇隱瞞不說。」

「我明白了。」賢一也只能這麼回答。

「那我也先回事務所一趟。」

白石律師說著便起身。

「——我必須先跟所長報告一下事情始末，也要討論一下關於今後的對策。如果有什麼事情，請打我的手機跟我聯絡，就算是半夜也沒關係。」

「真的各方面謝謝妳了。今後也請多多指教。」

終於只剩下賢一一家三人。

智代趁機打開電視機，坐在沙發上正看得入迷，賢一便隨手拿起遙控器切掉了電源。

「嗯？我正在看呢。」

「現在不是看電視的時候吧。」

「話說回來，我還沒吃飯呢。哎呀——討厭，我也還沒洗澡。」

「好了，別說了先坐下吧。」

聽見賢一不耐煩的聲音，智代臉上也露出些許不滿，不過她很快便轉向香純說道：

「回家的時候，不要忘記買柔軟洗衣精喔。」

看來是無法從她那裡問出合理的說詞。

最近，母親的意識就像濃霧散去的高原那樣，雖然短暫卻也清醒過一陣。讓人覺得似乎有「好轉的跡象」，只是最後還是空歡喜一場。果然本質上，依舊沒有任何改變。能夠像今天這樣，自己想起「那件事是自己做的」，並表示「我要去跟警察說」的這些舉動，就已經算是奇蹟了。

賢一長嘆一口氣。

他並不想在女兒面前露出軟弱的一面，但是面對驟變的局勢，他的精神力實在是跟不上。香純也是，直至剛才為止的氣勢完全消失，僅是小聲地在一旁陪智代說話。

之後他該怎麼辦才好呢——

賢一覺得自己應該是回不了家了。光是香純的發言就夠引人注目，再加上智代可能是凶手的消息，或許也已經洩漏給媒體相關人士了。

如果在自家附近的窄巷被他們埋伏到，勢必會受到夾擊，屆時恐怕會遇上進退兩難的局面。

最後，賢一決定在這間飯店多訂一間房間，讓智代跟香純睡在同一間房間裡。賢一自己都覺得這是個絕妙主意。這樣一來，香純就不會丟下智代一人搞失蹤了。

他們在飯店內的中華料理店，享用著久違的晚餐。自從倫子被送檢以來，幾乎都是吃現成的熟食或是買來的便當。

不過儘管三人都坐在桌前，依舊沒有對話。

菜單上的價格還過得去，應該還算好吃，只不過在賢一嘴裡，他感覺不到什麼味道。不過，智代看起來很開心，也算是他唯一的救贖了。

因為睡不著覺，賢一便去隔壁大樓的一樓便利商店買酒回來。

優子尚未與他聯繫。她該不會被逮捕了吧？不，應該還不至於如此。賢一心裡是這麼希望著。

在收到倫子傳來那封不祥訊息的夜晚，賢一坐上不熟悉的夜巴，首先想到的是，「這是哪裡搞錯了嗎？難道不是一個惡劣的玩笑？」如果這是一個漫長的惡夢，如果這一切都只是搞錯的話……他沒有一天不這麼想。

「搞錯了……嗎？」

賢一小聲地念出聲音。

他對自己的聲音，莫名地有些在意。

搞錯了……搞錯了……搞錯了……

他嘴裡不停地重複著早已被他拋諸腦後的單字。
「惡劣的玩笑。」
他又重複了一遍。
賢一就像被關在一間漆黑的房間裡，似乎再一下就能打開房門了。然而，在尋找的過程中，他又不小心睡著了。

「糟糕！睡過頭了。」
他抓起手機，鬧鐘正在響。現在是早上八點半。
先前想著自己應該不會睡那麼久，但為了以防萬一，他還是把鬧鐘設在了此刻。
賢一從床上坐起，開始思考今天以及從現在開始應該要做的事情。只是心情馬上鬱悶起來，讓他很想再回去睡上一覺。
手機又響了。
「剛才不是關了嗎？」
他不耐煩地又看了一次手機，結果是有人來電，而且還是香純打來的。
「喂？」
〈我有一些事情想跟你說。〉
雖然她的態度依舊冷淡，不過已經不見平時的刺了。
「什麼事情？妳要來我房間嗎？還是要爸爸去妳那裡？」
〈我已經在房門外了。〉

賢一慌忙站起來。他揉一揉臉，稍微整理了一下頭髮。雖然身上還穿著飯店附的睡衣，不過也沒辦法了。

打開門後，香純與智代就站在那裡。兩個人感覺都很清爽，不知道是不是早上洗過澡了。

「我想說不能讓奶奶一個人。」

「啊，也是──雖然有點亂，先進來吧。」

賢一招呼兩人進房。

商用的邊桌和窗邊的矮桌上，還擺著乾貨下酒菜、喝完亂丟的啤酒罐，還有冰塊都融化的威士忌酒杯等。

「需要吃什麼喝什麼嗎？」

「不需要。」

香純坐在床邊，智代則是坐到一人沙發上，立刻將電視機打開。

「奶奶喜歡的主播會出現，就讓她看吧。」

香純看向智代，隨即幫忙解釋道。賢一看了一眼，是類似早上新聞秀的綜藝節目，賢一也很熟悉，口條沉穩的男主播正在播報某則消息。

反正音量也不影響談話，賢一便決定不去理會。總好過母親晃來晃去的好。

「所以，妳想跟我說什麼？」

「我覺得還是不對。」

「什麼意思？」

「我覺得毆打那男人的，不是奶奶。」
「所以我問妳是什麼意思？」
雖然知道自己的不耐煩可能會導致話題中斷，但賢一還是敵不過想知道結論的心情。
香純的表情微僵，卻還是老實地回答。
「我回來的時候，奶奶正在看洗衣機轉。根本沒有寫那種小抄。」
她是指那張沾上血跡的「自白小抄」吧。
「那會是誰寫的？那就是奶奶的筆跡啊。」
「我意思是，不是那個時候寫的。」
「那是什麼時候？」
「案件發生後。」
「那沾上血跡的事要怎麼說？」
雖然賢一嘴上這麼問，但他也同時意識到，可以在沾上血跡的便條紙上將字補上去。
香純沒有立即回答。
「那是誰讓她寫的？」
如果用消去法的話，那就只剩一個人了。倫子在案件發生後當場被逮捕，應該也沒有時間做這個。
「我不知道。但是我覺得動手的不是奶奶。」
「就算妳說字條不是當下寫的，卻也無法證明人不是她打的啊。」
香純無視賢一的問題，揉著眼睛開始解釋道。

「那男的曾經對我說過很下流的話。那男的……他真的很恐怖，他覺得自己做什麼都能被原諒。所以那天晚上，我想媽媽是為了不讓我遇上和她一樣的事，才會想事先做個了斷。」

「所以，果然還是媽媽做的？」

香純點頭。

都鬧成那樣，結果轉了一圈還是回到原地。賢一感覺自己最後剩下的體力也快被耗盡。

「就是因為這樣，妳才想幫媽媽頂替是嗎？」

香純頻頻揉著眼睛點頭。雖然覺得這是多麼膚淺的想法，但賢一也沒有想責備她的意思。

「我在事發當天早上有去『太陽之家』探望奶奶。那時便看到奶奶右手手腕包著繃帶，正在用左手吃咖哩。於是我就問那裡的員工奶奶怎麼了，他們就回我，『今天她跌倒的時候用手撐在地上，導致右手很痛無法拿湯匙，很不開心。』雖然經過了好幾個小時，但我不認為早上連湯匙都拿不動的奶奶，晚上竟然能拿酒瓶砸人並寫下字條。」

這陣子一直沒緩解的胃部，感覺又更沉重了。

「這麼重要的事，為什麼妳昨天晚上沒說呢？」

「因為不管怎樣，凶手就會是媽媽或奶奶呀。我根本無法決定這種事情——很抱歉給你添了麻煩，但我也認為優子阿姨的考量非常合理。因為如果是媽媽被判殺人罪，罪行就會加重，但若是奶奶，就有可能被判無罪。我想優子阿姨一定是這麼想的，所以我昨天才會什麼話也沒說，因為我不知道該怎麼辦才好。只是這樣的話，奶奶也太可憐了。」

「我知道了。」賢一的聲音沙啞。

「但是妳的優子阿姨似乎並不知道繃帶的事。」

「因為奶奶晚上就沒有包了。好像是她說很癢就自己拿下來了。」

賢一現在也只能嘆息了。這種來回兜圈的混沌，到底會持續到什麼地步？

「我沒有說謊喔。」

賢一往聲音主人的方向一看，智代的臉正對著自己。

「我知道。」

「是真的。我拿了那個威士忌酒瓶……」

「所以我說我知道了。」

賢一語氣強硬地回道，智代才把視線調回螢幕上。也許她是聽了優子的話，才產生了這個想法。

「抱歉。妳可以再幫我顧一下奶奶嗎？」

「嗯。」

「妳要叫客房服務也可以，或是到樓下餐廳吃什麼東西也行。隔壁大樓有便利商店，妳也可以跟奶奶一起去買點東西回來吃。」

「暫時先這樣。」賢一說道，接著從錢包裡抽出三張一萬日幣交給香純。

賢一原先想去室外打通電話，便發現窗外有個勉強能算陽臺的地方。不過他沒看到可以穿的鞋子，只好光著腳走出去。此刻的天空和昨天不同，沉重得彷彿馬上就要下起雨來了。

賢一本來想先打給優子，但在按下通話鍵以前，手指卻停了下來。

他不知道該採取什麼樣的態度面對她。

如果真的按照香純的推理來看，儘管優子是站在她姊姊那一邊，卻不是站在藤井家這裡。

不知道她和倫子商量到了什麼程度。不過想出以缺乏責任能力為由，把罪推到很有可能大幅減刑，甚至無罪的智代身上的這種想法，以優子來說，確實不無可能。

如果講難聽一點，與其說是單純為了保護姊姊，難道不是因為不想讓有血緣關係的人成為罪犯嗎？

還是說，這也是正浩從旁指點的……

不，應該不至於如此。

有一陣子，賢一對於優子明知倫子外遇卻視而不見一事，多少有些怨恨。當然他也可以把她想成是在守護姊姊的祕密，但說不定在某種程度上，優子正期待著夫婦兩人的破局。因為賢一有這樣的感覺。

他想起之前優子曾說過，「姊姊是資優生，所以很受大家疼愛。」、「我覺得自己是養女。」等發言。倫子在高中時，為了配合父親外派，和父母一起待在美國生活了一陣子。聽說優子當時則是被留在日本的親戚家中，繼續念完她的初中。

想必是因為考試的關係以及其他諸多考量吧。但畢竟她還是個中學生，心中難免會產生一些偏見，覺得自己「被排擠」了。這件事就連本人自己都承認過。

倫子其實也不太聊老家的事。或許在這方面，還有其他賢一不知道的家庭關係或是姊妹之間的矛盾。

身為獨生子的賢一只能單靠想像。不過他曾聽說，兄弟姊妹之中，尤其是姊妹之間，有著錯綜複雜的愛恨情感。

故意對外遇一事視若無睹，為的就是期待藤井家的崩壞嗎——

自己誤入的這片疑神疑鬼的森林，究竟會延伸到哪裡去呢？賢一也不知道方向，只能摸索地走著。周圍落下的磅礡雨滴大到他眼睛都睜不開，身體也早已溼透。

最後他還是放棄撥打電話。

雖然覺得已接近真相，心情卻一點也沒有好轉。

他打算回去屋內，手才剛碰著窗戶，就有人來電。是真壁打來的。

終於來了嗎——

「是要找我母親偵訊嗎？」賢一率先開口問道。

〈不，不是的，是別的事情。我現在人在樓下的休息室，可以借用您一點時間嗎？〉

9

在飯店大廳一角的休息室裡，賢一與真壁面對面。

「所以……你不找我母親，而是找我有事？」

真壁強忍著熱氣喝了一口咖啡，接著開口道。

「關於昨天的證詞——也就是其實是智代夫人動手的這部分，您有沒有聯想到什麼，或是反而覺得矛盾的地方？」

賢一無法立即回答。為了不讓真壁看見自己的眼睛，他只好盯著杯子，假裝思考，並暗自期待對方能改變話題。然而，真壁卻是保持沉默，依舊等待著他的回應。

「那張便條紙上的血跡鑒定結果出來了嗎？」

「還沒，不過我們認為那就是被害者的血液。如果是智代夫人應該是不會造假，倘若有其他人士牽涉其中，勢必會將血液鑑定的事情列入考慮——話說回來，在調查員當中，有人清楚記得那晚的場景。根據那人的說法，智代夫人當天是穿著白色襯衫，胸前似乎還沾上一小滴汙漬。那時他就想著『可能會是血跡』，便仔細一看，結果是咖哩的汙漬。除此之外就沒有任何髒汙了。我查過紀錄，當時清洗的衣物堆裡，並沒有智代夫人的襯衫。一般來說，如果重擊了對方頭部，應該會被回濺的血噴到……藤井先生，您是否知道些什麼呢？」
賢一放棄了。或許他還能找到其他推託之詞，但他已經不想再說謊了。
「其實——」
他把從香純那聽來的話如實說出。真壁並未露出驚訝的表情，只是側耳傾聽，最後這麼說道。
「我就想過會不會是這樣。」
他啜了一口咖啡隨即露出苦笑。賢一見狀便訝異地問道。
「你昨天就看穿這是謊言了嗎？」
「嗯——從各方面推斷的。畢竟這也是我們的工作。是說，我也不是不能理解一家人互相包庇的心情，不過我們可是被你們耍得團團轉呢。」
按照一般情況，此時他應該會生氣地說出幾句威脅的話。像是「別再做偽證了！」、「下次再做這種事，絕不放過你！」之類的。
然而，真壁卻是問了一個令人意外的問題。
「在事發之前，藤井先生都是一直相信著您的太太嗎？」
賢一不由自主地「啊」了一聲。真壁隨即露出耐人尋味的微笑。
「當然。」他回道。過了一會兒，自己也不明就裡地重複了一遍。
「我當然相信她。」
「這樣啊。」
真壁沒有太大反應，接著他拿起發票，對著上面的字嘆了口氣。

「飯店的價格可真貴。一杯咖啡相當於我平常的兩頓午餐。」

「你剛才問那是什麼意思?」眼看真壁準備回去，賢一便出聲詢問。回過頭的真壁也跟著答道。

「撇除我自己的立場來說，所謂的愛，難道不是無論發生什麼事都會相信對方，就算換做自己，也會選擇保護對方的不是嗎?」

這麼突然、到底在說什麼?

「你這話是什麼意思?」

「我昨天也說過了。如果是我的話，比起在意審判的結果，我更想先查明真相。」

真壁說完便轉身離開。賢一看著他離去的背影，彷彿補了這麼樣的一句話。

——在你家人之中，最缺乏愛的難道不是你嗎?

賢一靠在休息室的沙發上，內心反覆思考著真壁留下的那句話。

「——無論發生什麼事都會相信對方，就算換做自己，也會選擇保護對方的不是嗎?」

昨天，香純在法庭上鬧出的騷動就像是一個信號彈般，大家都開始各抒己見。聽到的消息一變再變，別說消化了，連好好理解都沒有辦法。難道是賢一自以為明白一切，實際卻忽略了最重要的部分?

倫子為了香純和自己的自尊，動手毆打了南田隆司;香純則是為了保護母親——雖然手法過於拙劣——試圖中斷審判。倫子及香純對待賢一的態度也稱不上非常熱絡的部分，彷彿讓他看見兩人的另一面。還是說，只是賢一之前都沒有發現罷了——

真壁是在責備賢一一家的這種淺薄感情嗎?

不對，那個男人真正想說的，會不會是更不一樣的東西？他其實很想觸及案件的本質，但為了不脫離刑警的職責範圍，才會做出如謎一般的發言。賢一不由得產生那樣的感覺。

昨天賢一在家庭會議上，有一種奇怪的感覺，他認為和那個原因有關。

他用指尖揉著兩邊的太陽穴，斷斷續續地回想之前發生過的事。

那天晚上開啟一連串事件的訊息、香純日益嚴重的反抗態度、撤除目的，以結果來說確實得到很大幫助的優子協助、倫子那莫名冷淡，並看破一切的言行舉止、依舊活在另一個世界的智代、對待賢一各種溫度差的公司的人、蜂擁而至的媒體——

在這些眼花撩亂的事件當中，眼前令他最為衝擊的，還是倫子的懷孕與墮胎。

不管如何怨嘆，賢一也無法改變過去。只是自從知道這件事之後，明明都快四個月了，還是會產生排斥反應。光是想像就快吐出來了。

是自己的想法太守舊？還是心胸太過狹窄？如果想要繼續前進，或許也該把感情用事這塊做個了斷。

賢一拿出手機，一個一個搜尋起有關懷孕的詞彙，尤其是「想像懷孕」、「誤診」這類可以讓他逃避現實的單字。然而，別說沒有看見能夠拯救他的文章，他還不小心點開〈妻子懷了外遇對象的小孩〉文章，差點引發過度換氣。

他感覺自己就像在用爪子自揭瘡疤，正打算放棄時，視線突然停在一篇關於〈母子手冊〉的文章。話說回來，倫子在懷上香純的時候，也給賢一看過母子手冊。那時候，倫子將超音波照和手冊攤在桌上，說著這是第幾週之類的話，但當時賢一正處在公司的糾紛當中，所以回答得也是心不在焉。

賢一突然想到一件令他後頸發涼的事。

這是倫子第一次懷了別人的小孩嗎？他有自信能夠保證嗎？事實上，就連這次的事，若不是香純告訴自己，他不也是從頭到尾都沒有發現嗎？從懷孕到墮胎的過程，未免也太順利了——如果換個方式講，是不是有點過於熟練了？

賢一開始急忙地查詢母子手冊的交付手續、懷孕後的處理——包含墮胎——隨後他又回過神，想起了真壁剛才對他說過的話。

「無論發生什麼事都會相信對方。」

他說的確實沒錯，但是在這種情況下要賢一如何相信呢？如果真壁也站在相同的立場，依然能說出「相信」二字嗎？

說起來，倫子坦白自己和隆司約會過的事情，也是在他們結婚後，經過了三年才說。賢一當時用笑聲結束了話題，但內心還是受傷了。現在那感覺又變得更為強烈。

他的眼睛停在「意外懷孕」這個單字上，便順勢地讀了內容。不過那並不是針對墮胎所寫的東西。

而是在討論將意外產下的孩子，經人介紹送給想要生小孩卻無法如願的夫婦，到底是好是壞的文章。

賢一心想和現在的自己也無關，正準備退出頁面時，卻被某個東西吸引住思緒。

「意外懷孕、意外產下的孩子。」

他試著念出來。意外懷孕、意外產下的孩子，他重複了好幾遍。最後他終於明白，是什麼讓自己卡在那裡。

就是「養子症候群」。

不過，他為何會現在想起這件事？

妄想自己是養子、反抗、憤怒、包庇、最後代替他人——

說到代替他人，這次事件在開庭之後，出現許多代罪之說，也帶來不少混亂。結果卻只是引起騷動，全部又回到了原點。

不過，賢一真的可以斷定這裡面沒有替身嗎？即便聽見了各種說法，他心裡仍舊覺得哪裡不對。果然還是因為自己無法接受吧。

總覺得哪裡怪怪的。有人在說謊。是為了保護誰嗎？還是為了保全自己？現實中，真的有可能會有替身嗎——

替身、替身、替身。

話說回來，賢一去婦產科醫院打探消息卻被拒絕在外時，真壁也在旁邊。原以為他在跟蹤自己，不過之後聽他表示，他是想「確認一些事情才去的」。他應該和自己一樣，思考著同件事情。

賢一想確認的是，對方會不會是與倫子同名同姓的其他人？又或是與其他人的資料調換了？只是這樣的懷疑，被直截了當地否定掉了。

但是，如果沒有搞錯卻又不對呢？明明正確卻又不對——這話不是矛盾了嗎？不、這也是有可能的。中學時的賢一，確實從瑪丹娜的包包中拿出了錢包，卻沒有偷她的現金。

雖然弄髒了手卻沒有犯罪。雖然是我做的但又不是我——

就在此時，他想到了一個某個可怕的想法。

我在想什麼，怎麼可能會有那種事……賢一試圖這麼告訴自己，然而，一旦湧起的疑慮便難以消弭。他又重新回到網路上，重讀了幾篇相關文章。但是他也找不到任何根據，能夠否定剛才興起的念頭。

一想到可能性不是零，賢一便有點坐不住。他先回房間一趟，在稍微整裝過後，請香純幫忙照顧智代，隨後便離開了飯店。他在百貨公司買了一個連他也知道的西點餅乾的牌子，並選了一個最貴的組合。

賢一乘坐JR山手線，在新大久保站下車。他的目標是曾經造訪過一次的那家醫院。步行幾分鐘後，便看見熟悉的粉紅色招牌。

「楠婦產科醫院」

賢一心跳加速。他確認了一下招牌上的看診時間。離下午的診療開始，還有十五分鐘。

如果是現在這種離峰時段，或許對方會願意聽賢一說話。五分、三分，不，一分鐘就好。他吞了一口口水打開大門，將自己來訪的目地告訴了櫃檯的女性。

很快的，上次把賢一趕走的那名有點年紀的女護理師走了出來。聽真壁刑警說，她似乎是院長的妻子，身兼護理長與事務長。賢一瞥了一眼她的名牌，上頭確實印有「楠」字的圓形字體。

「有什麼事嗎？」她的語氣還是一樣嚴厲。

「這個，不嫌棄的話請大家吃。」賢一說著便把裝有西點餅乾的袋子遞給了她，隨後低頭就是一句：「我有件事想向您確認，一下子就好。」接著搶在對方拒絕以前開口道。
「我最近換了一位律師，不過她不太喜歡事先疏通關係，還說出『以關係人身分傳喚他們就行了』這種話。對，她指的就是這間醫院的相關人員——您不出席嗎？但是如果是刑事訴訟，好像就會強制出席。我也阻止過律師，這樣會造成您們的困擾——如果可以先讓我在這裡做些簡單的確認，屆時我也會幫忙居中協調一下的……」
這段話沒有任何根據，完全是一時興起，也就是所謂的權宜之計。如果是以前的賢一，絕對不會這麼說的吧。或許這也是賢一在一連串的訪問推銷中，不知不覺間掌握到的技能。
「我知道了。」
楠護理長的說話語氣，十足顯示了她的壞心情。
「你想問什麼快說。」
「我想請您再確認一次我太太的照片。」
「照片？」
是的，賢一答道。接著便將事先打開的手機畫面拿給她看。
「這是我太太。去年九月，請你們幫忙處理胎兒的人，確實是她沒有錯吧？」
楠護理長推起眼鏡將臉湊近。在盯了幾秒之後，用銳利的眼神看向賢一。
「確、實、是、這、個、人。」
對吧？楠護理長向櫃檯的女性徵求認同。在一旁聽著兩人對話的女性，彷彿正等著這一刻，隨即靠過來窺探。

「沒錯，就是這個人。我在電視上看到那張像能面一樣的照片還沒那麼像，不過這張就照得比較好。就是看上去漂亮但人感覺有一點冷。」

賢一也順勢提出請求，希望能給他看看當時的初診基本資料表，但是卻被拒絕了。

「你剛才說的那什麼……關係人的事是真的嗎？上午警方的人也跑來問了相同的事。」

她瞪著賢一，眼神越來越不悅。

賢一急急忙忙地穿鞋，趕著離開了醫院。隨後在路上打了一通電話給真壁。

〈真難得會接到您打來的電話。〉

「我剛才見過了楠婦產科醫院的、那個護理長。」

〈怎麼了這麼突然？〉

「其實我想知道一些事情。」

賢一並未談及警方——恐怕是真壁或是他的搭檔似乎已經來過一事，接著他繼續道。

「但是以普通人的我來說，無法再繼續調查下去。所以我很煩惱。」

〈具體來說是什麼？〉

賢一簡單地說明要點，電話那一頭卻突然傳出類似吐息的聲音。對方好像笑了出來。

「哪裡奇怪嗎？」

〈不、只是突然覺得您變主動了——其實關於這一點，我已經調查過了。雖然還是拖到了現在。〉

果然和賢一想的一樣，搶先一步的人是真壁。

「然後呢？」

〈非常抱歉，就像我多次說的那樣，我無法告訴你搜查的內容。不過，我也很感謝您一直以來的協助，坦白告訴您，這件事「我真的是粗心大意地看漏了呢。」〉

光是聽到這些就已經足夠了。賢一道謝之後便掛斷了電話。

接下來他又打給了白石律師，並詢問對方是否可以盡快與倫子會面。

〈這是怎麼一回事？〉

「雖然這件事實在不方便在電話上說明……」

賢一把重要的事大略解釋一遍，接著是幾秒鐘的沉默。「喂？」賢一才開口，隨即便聽見白石律師的聲音。

〈我目前還有其他要事，不過我會先請其他律師盡速與倫子小姐會面。〉

結束通話的賢一，也不管過路人的眼光，直接就靠在電線杆旁。他稍微調整了一下呼吸，令人暈眩的混亂總算過去了。他沒有直接前往車站，而是往西邊的方向邁出步伐。

賢一曾經在防災演練中，從新宿車站走回自家。以距離來說，差不多八公里多一點，途中有休息的話，大約要兩小時左右。雖然步行當中他一直在抱怨，但走完以後，有一種不可思議的滿足感。

如果是從新大久保車站開始走的話，那又更近了。

這距離也剛好適合慢慢地邊走邊重整思緒。

在這之前，賢一先用手機查詢了自家及鄰近地區的垃圾回收日。

10

由於穿著皮鞋，腳上有好幾處都被磨破皮了。小腿附近感覺也很緊繃。不過神奇的是，賢一卻不會感到疲勞。

彷彿算準了賢一抵達目的地建築物一樣，白石律師打來了電話。

賢一也帶著祈禱的心情，接起電話。

「我是藤井。」

〈接見完了。〉不知道是不是賢一的心理作用，白石律師的語速也有點快。

「如何呢？」

〈她雖然嚇到了，但沒有明確承認。〉

白石律師很快地又補了一句，可是。

〈她給我的感覺，就如藤井先生推理的一樣。讓我們一起查明真相吧。〉

賢一道完謝後便掛斷電話。突然一陣無力感襲來，害他差點站不住腳。不過這不是因為走了兩小時路的關係。

賢一在那個地方又等了快兩個小時，附近居民也開始不時投來懷疑的眼光。如果要報警的話就儘管去，反正我也被搜查一課盯上了。賢一有一種豁出去的感覺。

終於，賢一鎖定的人回來了。

「姊夫。」

臉上露出疲憊神情的優子，訝異地睜大了眼睛。

優子一開始不是很情願，不過賢一表示很快就結束，她才心不甘情不願地讓他進入屋內。

在優子泡咖啡給賢一期間，他從壁櫥裡拉出之前寄放在優子家的東西。賢一把它放在一個又大又便宜的運動包裡。當然寄放在優子這裡的事，別說是香純了，就連倫子也不知道。

「請用。」

他回到矮桌前，喝了一口優子泡給自己的咖啡。優子用的似乎是上等的咖啡豆，香味跟味道濃郁卻不膩口。

優子坐在桌子對面，正等著賢一說明來意。他先誇了一下咖啡，隨後開口道。

「你知道被殺的南田隆司常務的哥哥，信一郎這個人吧？就是開那臺白色捷豹的型男。」

優子露出「這麼突然在說什麼話」的眼神，但是賢一並未做出回應繼續道。

「那個人原本是專務，但現在是北美總分公司的執行董事。儘管如此，我到現在還是會叫他『專務』。不光是我，也有其他公司職員和我一樣喊他『專務』。其實也沒有其他特別的意思。人們對於特定的人物稱呼，實在很難改變。我昨天聽了小優說的話，總覺得哪裡奇怪。於是，便思考了一下為什麼。」

「很抱歉。」優子臉上難得浮現出不耐煩的表情。

「——昨天我被警察盤問到很晚有點累了。可以直接切入正題嗎？」

「抱歉。我不知道該按怎樣的順序講才好——妳昨天稱呼隆司先生的時候，一開始是說『那個男人』。接著變成『那傢伙』，最後變成直接稱呼『南田』。我覺得正常來說應該是相反才對。如果要我稱呼一個『知道但是不熟的人』，我會先喊名字，等到情緒高漲時，就會變成『那傢伙』或是『那個人』。而且妳最後是混在一起了吧。這對一直以來都很冷靜的小優來說，我覺得有點奇怪。該不會為了隱瞞兩人有很深的關係，所以在稱呼上下足了功夫嗎？也就是說，我認為，會不會妳和隆司先生的關係，比我們所知的還要親密。於是我便在此做了一個假設。結果，之前一直無法理解的種種，通通都說得過去了。」

「這就是你的正題？我說了很多次，我今天想要早點睡……」

「我知道了。結論就是，我今天去了一趟楠婦產科醫院。」

賢一自認已掀出了最後王牌，但是優子表情依舊不變。

「也許是我不甘心，但我就是想再確認一次，倫子是不是真的懷孕了。因為我還是難以接受。」

「又提那個？」

「這可不是又。在這之前我在乎的都是倫子『真的懷孕了嗎？』。但這次不一樣了。而是『真的是倫子』懷孕了嗎？」

「什麼啊。」

「總而言之，我再三請求那間醫院的那個可怕護理師，請她告訴我是或不是就好，並把照片拿她看。然後她也明確地回答我『就是這個人』，櫃檯的人也一樣這麼回答。拍的算是很漂亮吧？」

賢一說著，便把手機畫面拿給優子看。這是至今為止拍過的照片中，最清晰的一張，而且只放大臉的部分，就像藝人一樣很有魅力。

「反正也只是一些隨便亂講話的人吧。」

「妳說得也是。警察一開始給她們看的應該是倫子的照片。也就是在逮捕後所拍的——連身為丈夫的我看了，也會懷疑是否為本人的照片。然後警方在詢問過程中，若是用肯定句問道：『這個人有來這裡對吧？』她們自然會回：『沒錯，她有來過。』畢竟不管怎樣說，妳們倆都是姊妹，所以臉給人的印象也會十分相似。」

儘管賢一話都說到了這裡，優子仍舊保持沉默。

「公家機關的窗口一時疏失，有時會造成一些問題。當我發現到這個漏洞時，真的嚇了一跳。在這個凡事都扯上『個人訊息、個人訊息』像念經一樣，被ＩＤ和密碼綁住的日本，竟然也做得到這種事。也就是說，如果有人協助或是下封口令的話，也可以變、成、他、人、來、墮、胎。去年，懷孕以及動墮胎手術的人並不是倫子。那個人，是妳吧。」

11

「不要的筆電、電視、冰箱，還有其他——」

廢棄物回收車的聲音，悠悠地打斷了兩人對話，他們只好等待車子駛離。

「我覺得人類真的是感情的生物。只要想到那些事可能不是發生在倫子身上，有那麼一瞬間，我甚至覺得其他事情一點也不重要了。但是，倫子依然是殺人案的被告，有認知障礙的母親還是有可能變成代罪羔羊。」

由於優子沒有反應，賢一便把從香純那聽來，關於智代右手腕受傷的事情說了出來。

「我以為，妳是為了保護倫子才讓我母親去頂罪。雖然這很過分，但我也不是不能理解。只是妳的目的根本是為了不同的事吧？完全是出自相反的感情——我不知道妳是自願的還是被強迫的，又或是妳口中多次說的那樣，是被下藥的。搞不好，妳也只是想要利用這個契機，對象其實不是南田隆司。總而言之，去年夏末的時候，妳發現了自己好像懷孕了。接著妳認為，要是真的懷孕就該盡早處置，於是便背著倫子，拿走她的保險證，以倫子的名字看診。

「——我其實很好奇，為什麼至今為止都沒有變成社會的大問題。醫院這個地方，只要有帶保險證，外表年齡也大致對得上，就可以裝作他人接受診療。聽說也可以利用這個方法詐領保險金。總之，妳以藤井倫子的名義就診，也得知自己真的懷孕，便決定接受墮胎手術。雖然需要同意書，但這種東西隨隨便便就可以蒙混過去。完全就是一個『替身』啊。代替她的——不、是完全冒充她的人，就是妳。恐怕妳也是等到一切事情結束後，才和倫子坦白。」

賢一原本打算冷靜地說完，但後來還是因為情緒激動，語速也跟著變快。只是，優子依舊沒有任何反應。

「那個叫真壁的刑警大概也注意到了。我想他現在應該在找關鍵證據。」

「他能有什麼證據？除了那名每次給她看照片，都會說『是的，就是這個人』的兩光護理師的證詞外。」

「只要當時的初診基本資料表有留存，應該採取得到指紋吧。再說還有ＤＮＡ。」

「ＤＮＡ？」

「我不是有說過嗎？只要有保存胎兒的一部分，就可以調查他的ＤＮＡ。」

「怎麼可能會有那種東西。」

「就是有啊。那個護理長因為出自個人的宗教信仰，非常憎恨人墮胎。所以對於協助墮胎的自己感到很有罪惡感，便將胎兒的一部分——據說大多是臍帶，偷偷保存起來供奉。妳知道這是什麼意思吧？在這社會上，ＤＮＡ鑑定主要都是為了判定生父，但其實也可以用來判定母親。」

優子口中發出的聲音終於開始有些沙啞。

「所以呢？」

「我調查了一下關於『自首』的定義。好像必須在警察尚未明確認為自己是嫌疑人以前，主動去自首。現在妳勉強還算適用吧？既然罪行還有可能減輕，乾脆一起……」

「讓我懷孕的人是南田隆司。性行為也是在彼此的同意下。」優子像是要把事情全部吐出來似地道。「這樣可以了嗎？」

做為結束這場騷動的自白來說，未免也太過乾脆了。

「告訴我。妳的動機是什麼？到底為什麼……」

「和你說你會理解嗎？——因為恨啊。」優子挑起單邊眉毛說。

「恨南田隆司？」

「才不是。」優子嗤之以鼻地笑著。

「就像小香說的那樣，中年男子的遲鈍，本身就是一種罪呢。」

優子做出這樣的開場白，接著像是朗讀劇本般，淡淡地說道。

「我之前也這麼說過吧。我恨我姊。恨到想要毀掉一切的程度。因為她是我在這世上最討厭的偽善化身。」

優子如此說著，表情也跟著變了。

「從我懂事開始，我就一直恨著她。理由我也說過了。她才是真的『替身』。只要我一做錯事或是犯下失敗，姊姊就一定會包庇我，並告訴別人是她做的。這很令人火大吧？」

優子向賢一尋求同意，但是他沒有回答。

「有一件事，我到現在還記得。那是發生在我小學一年級的事情。我們家當時是住在公務員宿舍的住宅區，所以空間很狹窄。我和姊姊是睡上下鋪，姊姊在上鋪，我則是睡下鋪。但我很羨慕姊姊能睡上面，便在某次跑到上頭去睡，姊姊也沒有叫我起來。結果那天晚上我尿床了，我邊哭邊跟姊姊道歉，姊姊也跟媽媽表示是她做的。雖然媽媽什麼也沒說，但我想她應該是察覺到真相了。因為那天晚上她對我說：『睡前不可以喝太多水喔。』

「那當下的屈辱感你知道嗎？而且還不只如此。平常我所有的失敗，表面上都會變成姊姊的錯，而我爸媽也發現了姊姊在包庇我。到了最後，就連真的是姊姊做的事，也會變成『反正又是優子做的吧』。情況完全對調了呢。後來我很不爽，有一次就故意把我爸媽非常重視的 MEISSEN 的裝飾品打破，那是他們結婚時，從上司那裡收到的賀禮。果不其然，姊姊便主動自首表示：『是我打破的。』結果就和我之前說的玻璃杯事件一樣。原本我爸一開始氣得怒火中燒，後來又突然改口說：『沒有受傷就好。』——我想也沒有必要再列舉更多例子了吧。因為這只會讓我更不爽而已。」

優子在此時頓了一下，用咖啡潤了潤喉。

「我恨他們，不管是姊姊還是我爸媽。我恨到簡直想殺了他們。而且這份感覺至今未曾改變過。老實說，我到現在還是深信著自己是『養女』。長得像也只是巧合。不是有一說，只要一起生活就會長得越來越像嗎？其他暫且不說，就連小學的教學參觀還有初中的三方會談，通常都只有我媽會來參加。但是如果是姊姊的話，只要是工作情況許可，我爸也會一同出席。我的時候，我爸根本從未出席過。說不在日本也不過只是個藉口，因為我中學三年級的時候，他們早就回到日本了。

「——明明之前一直都是如此，但在某次我被懷疑偷了朋友的錢，老師把爸媽找來學校的時候，我爸竟然來了。他完全不聽我解釋，當著班導的面突然就扇了我一巴掌。我可以向天地神明發誓，我沒有偷錢。就連班導也是，嘴裡一邊說著好了好了，卻又火上加油地說什麼：『姊姊倫子可是有名的資優生呢。』根本沒人願意聽我解釋。而人只要一賭氣，態度也會跟著變差。之後的關係就是不停地惡化。我一不去學校，就會被罵飯桶，還被踢出家門。這不是比喻，是真的被踢出家門——從此之後，我就再也沒有喜歡過任何人，也沒有相信過任何人。」

關於優子，別說是結婚對象了，賢一甚至沒聽過她跟哪位男性有過長久的關係。或許並不是因為她對男性的要求太多，而是因為有這層背景的關係。

「我一開始也是抱著隨便的心態和隆司發生關係。畢竟我也早就不是和男人上床還需要藉口的年紀。如果硬要說的話，可能是好奇心使然吧，他看起來也很有錢。

「——不對，也不是那樣。是那個男人盯上姊姊的關係。那個男人剛開始還會說『信一郎怎麼樣』之類的話，但我知道那只是他的藉口。因為他看著姊姊的眼神不一樣。所以我就從旁下手，他馬上就上鉤了。不過是做為一個替代品就是了。或許即使我有那個意思也不會掉進陷阱裡的男人，大概也只有賢一哥了吧。真不知道你到底是哪根筋不對。不過我想也是因為這樣姊姊才會選擇你吧。

「——總之，我想既然也上床了，乾脆就利用一下那傢伙。畢竟他人面很廣，有錢又有地位。但我唯一沒算準的就是懷孕一事。就只有那麼一次，我曾想過『是不是有點危險』，沒想到一發就中。人生就是這麼一回事啊。」

「那為什麼，妳要用倫子的名字……」

優子冷哼一聲，輕蔑地笑了。

「因、為、恨啊。我恨我姊還有我爸媽。我其實也沒有想要什麼具體的了斷，就只是想破壞現狀而已。

「——我過去就一直覺得，只有自己像個外人。所以當我一學會寫字，就把家人討厭的地方通通寫下來，就像寫日記那樣。而這份心情至今也未曾改變。包括是姊姊幸福的基石的你，還有那自大的小鬼頭，以及逃避現實的那個老太婆也是，我全都討厭。一開始冒充姊姊看診時，我也只是抱持著故意找她一點麻煩的心態。反正無論如何我都沒有要生。結果當我得知自己真的懷孕時，便越來越確定自己的心情，才決定直接用姊姊的名字處理掉小孩。既然不管怎樣都會傷身，那乾脆就把大家一起拖下水。而且把寫有名字的資料副本，寄給溺愛姊姊的爸爸感覺也會很有趣。

「——手術結束後，我趁著當天氣色尚未恢復時告訴姊姊，她嚇了一大跳。最後還是擔心我，並對我說教了一番。而冒充她去看病的事她也表示，如果被發現也不會引起什麼問題的話就算了。她還告訴我，『妳今後是要結婚的人，萬一被人調查過去，婚事很有可能會破局。』她說的話也太跟不上時代了。所以我就跑去騙那個自大的小鬼說：『其實妳媽媽啊——』這樣。她平常裝得一副大人樣，沒想到聽了之後竟然大受打擊，在家躺了一個多禮拜。我從未有過如此爽快的感覺。」

雖然在醫院得到證詞，讓賢一覺得自己離真相越來越近，但他的心底某處還是無法憎恨這個優子。也許她有什麼進退兩難的理由，又或者是心中有一段痛苦的傷口等等。賢一都是盡量往好的方向想，甚至試圖將憤怒和憎恨分開。

但是現在，他可以清楚地意識到。

恨意——

先別說她把賢一一家子耍得團團轉一事，當時的香純還只是中學三年級，根本沒有必要把她捲進來。賢一感受到的不僅僅是憎恨，甚至還有一些恐懼。原來還有這種人，外表如此漂亮，心卻如此醜惡。

賢一終於明白，讓當時的香純說要絕交，而自己卻沒有任何頭緒的真正主因。那就是香純相信了優子的話，卻又無法質問母親，於是只好將憤怒的矛頭指向原本應該保護家庭的存在——那個不中用的父親身上。

「妳都做到這地步了，滿意了嗎？」

「所以我說你還不懂嗎？這跟滿不滿意沒有關係。只要姊姊擺出監護人的樣子，我的憎恨就會不斷地增加。不會有到此結束的時候。」

「那妳殺了南田隆司的理由呢？」

「那並不是計畫好的。在我墮胎之後，那個男人給了我一百萬日圓，說是什麼『慰問金』。而我暫時也沒有打算再鬧事。也不是為此感到滿足，就只是在等待時機。畢竟我也沒有急於出售手中把柄的必要，我打算之後再高價賣出。結果，在聽到姊姊高興地表示你可能會被調回來之後，突然一陣不爽感湧上，讓我又想毀掉一切，所以就聯絡了他哥哥，信一郎。」

「專務？」

「是『原』專務。他好像去年秋天就已經掌握到訊息，向姊姊提出了一、兩次會面的請求，但似乎都被姊姊敷衍過去。」

倫子被人目擊坐上專務的捷豹，應該就是那時候的事情吧。

「他回國的時候，似乎也在找可以扳倒隆司的把柄，所以當我一聯繫他，他立刻就上鉤了。後來我就加油添醋地告訴他，我被隆司下藥迷姦，還因此懷了孕。總之，我也沒什麼目的，就只是想要把事情弄得一團亂，讓一切變得一發不可收拾。結果信一郎非常高興，馬上就把這件事情拿出來攻擊隆司，所以隆司才會暴怒地跑來找我。由於我並沒有把我的公寓地址告訴他，所以他就闖進了你家。直到他喝酒之前的事，都跟我昨天說的一樣。」

「所以，他一見到妳就立刻上前破口大罵？」

「就是這麼回事。他用很髒的話罵我。說什麼醜八怪、妓女呀這類老派用語，結果呀——」

優子忽然把拳頭放在嘴邊，賢一還以為她怎麼了，仔細一看才發現，她似乎在笑。

「那個智代老太婆啊，馬上生氣變臉。即使人都變成那樣了，好像還是很討厭人家罵髒話。然後啊，她就拿起放在那裡的酒瓶，朝那男的頭砰的一聲敲下去。是輕輕地碰一下。所以一開始的確是老太婆動的手。只是照她那樣敲頭也不會腫。我根本也不知道她手腕受傷。後來那個男人更火，就揪住老太婆的領子。我看見之後，抄起酒瓶就打了下去。這次可是來真的，第一發就讓那個男的抱頭倒坐在桌上，後來我又把他的手拉開，給了他最後一擊。也就是說，那傢伙其實被打了三次。以上。」

「倫子就在這時候回來了？」

「就是這麼回事。於是我就向姊姊解釋，『因為我差點被他襲擊，所以伯母見狀就動手了』。『是這樣吧？』我向老太婆問道，她就驕傲地挺起胸膛，點點頭說：『是啊。』畢竟我也沒說謊。」

「倫子就全部相信了？」

「誰知道。你不如直接問她啊。總之，她也這麼認為了。後來她便表示就由她來頂罪。因為墮胎人的名字也是她，屆時她只要說：『我恨他。』那麼警察也會相信吧。然後就在我們差不多談妥的時候，那個野丫頭就回來了。」

「倫子為什麼——」

即便是為了自己的親人，但頂下殺人的罪名是不是太超過了？

「搞不好她早就發現了真相。反正，不管是婆婆做的，還是妹妹做的，她都覺得自己有責任吧。明明她這種資優生的想法就是我最恨的地方。」

「那天晚上，妳有用手機跟倫子通過電話吧？那也是為了製造出不在場證明？」

「因為姊姊說，『優子妳也假裝不在場比較好，關係人少一點才不會露出破綻。』所以便讓我先回家。她也提到警方可能會調查通聯紀錄。」

「衣服跟酒瓶的部分呢？」

「那是我出的主意。在香純回到家以前，我先叫姊姊在衣服上弄出像是被血回濺的痕跡，還有叫她記得把漂白劑加進去洗。而另一方面，我自己則是已經穿好大衣做好回家的準備，因此回來的香純似乎也沒有注意到我。而我那天也不覺得警察會跑來我家搜索，所以回到家後，便不慌不忙地把沾上血的衣服撕成碎屑，隔天一早就拿去丟進可燃垃圾裡，等到回收車快來的時候才離開。」

發生案件的隔天早上即是「可燃垃圾」的回收日，在來此之前賢一已經調查過了。

「這就是妳那天早上晚到的原因？」

「就是這麼回事。因為酒瓶上還沾有我的指紋，所以姊姊也幫我洗了。剩下還有什麼──對了、對了，在製造不在場證明時，我還建議姊姊，『為了感覺更真實一點，姊姊最好也寄一封陷入慌亂的訊息給賢一哥吧。』大概就是這樣。」

「妳的心真扭曲。」

儘管賢一有很多話想說，然而實際說出口的話語卻是如此陳腐。

「也許真的是這樣吧。但是有人是不扭曲的嗎？」

「老實說，我一點也不在乎是誰殺了南田隆司。但是，如果有人想讓我家人莫名頂罪，我勢必會盡全力去阻止。過去我說要保護家人都只是嘴巴上說說，其實心中一直覺得，反正家人都已經疏遠我了，乾脆保持距離，用嘲諷的態度觀看這一切。沒錯，就某種意義來說我和妳一樣。而那個真壁刑警看穿了這樣的我。如果我不相信倫子、不相信家人，那還有誰會相信呢？這些都是那個刑警告訴我的。」

「是、是。」

優子說完便閉上眼睛，配合節奏輕快的曲子，開始輕輕地上下點頭，絲毫沒有反省和後悔的氛圍。

「然後呢，你希望我怎麼做？」

「我無法強迫妳自首。但是我打算將這件事告訴警察還有律師。而且剛才我也說過，那個叫真壁刑警應該已經發現真相了。」

「是你說的？」

「不，有可能他之前就在懷疑了。不過關鍵性的原因，應該是昨天我媽自首的那件事吧。仔細想想，雖然我媽是不會說謊，但說的話也僅限於當下。『去警察那裡說出真相』、『給對方看字條』這種一時想法，很快就會忘記。如果妳有陪在她身邊，應該能說服她中途折返。但妳不但沒有這麼做，還特意把沾有血跡的便條紙拿來。那也就代表著，這些都是出自妳的意思。就連我都覺得奇怪了。真壁刑警應該也針對這個理由想過了——妳計畫把『智代表示是她做的，並且來自首了』的消息透露給倫子知道。要說是為什麼的話，恐怕是因為好不容易開庭了，妳為了避免倫子在最後一刻否認罪行，才會這麼做吧。」

「原本是想保險起見，沒想到卻打草驚蛇了呢。」優子抬起視線，看著賢一的眼睛正在笑。「畢竟那個痴呆老太婆對我百依百順，原以為事情會很順利的說。」

優子搖著身體和腦袋，彷彿耳朵裡插著一對看不見的耳機，裡頭傳出了音樂似的。

過了一會兒，她小聲說道。

「你回去。」

「在那之前，我為騙妳的事情向妳道歉。剛才說的臍帶和DNA都是假的。那只是為了從妳那聽到真話才使用的權宜之計。」

「已經無所謂了。」

「那就先這樣……」

「煩死了。」

優子怒吼一聲，拿起餐櫃上的威士忌瓶扔了過去。賢一在危急之際躲開，酒瓶也砸在牆上碎掉，散發出濃烈的氣味。

賢一看了一眼碎裂的標籤，是「拉弗格」。一看見這標籤，他隨即改變了主意。

「我本來打算不告訴妳，默默地把這個拿回去。」

賢一說著，便從壁櫥裡拿出運動包裡的東西，那是一個皮革書包。

「我寄放在妳這裡時曾說過，這是香純以第一志願考上，是她原本要去上的私立高中的指定書包。雖然放棄了入學，但也付了入學準備金，所以學校還是送了一套過來。香純說不想看見這個，但我想丟掉也可惜，便寄放在妳這。」

「所以怎樣？這種事情你到底要講到何時？」

優子對賢一嗤之以鼻。

他隨即抓起做工紮實的書包把手，往優子引以為傲的櫥櫃上一摔。

隨著一聲巨大聲響，玻璃碎了，裡頭的陶器也破了，還掉落幾片下來。接著他又拿起書包，不停地砸向櫥櫃。原本擺放整齊的高級餐具，幾乎都被砸得粉碎。甚至連掉在地上的杯子，也被賢一用腳踩得粉碎。

心情痛快了嗎——？那麼、接下來該怎麼辦呢——？

賢一再次盯著毫髮無傷的櫥櫃自問自答。

剛才那些誇張的破壞行為，都只是賢一的腦內幻想。就算真的這麼做，恐怕倫子跟香純也不會感到開心吧。

「你在發什麼呆？要不要乾脆抱著那個充滿回憶的書包，邊哭邊回去算了。」

「確實。這根本不值得我用香純的書包去砸。」

賢一低聲喃道，便把書包收回運動包裡。他把東西放回玄關處，隨後又回到了客廳。

他用雙手抓住厚實的素面櫻桃木桌板，原本它就和檯子分離，為了配合房間，所以尺寸也比較小，賢一還算勉強抬得起來。

「喝啊——」

他利用離心力，使出渾身力氣——這次是真的把它砸向櫥櫃了。

12

——東京地方法院八一二號法庭。

「那麼我再問一次被告，妳在毆打被害人時，是否有意識到『對方可能會死』？」

「我不記得了。」

「還是妳心裡想的是『去死吧』？」

「這部分——我也不記得了。」

站在作證發言臺上的優子，是賢一熟知的優子。她直視著坐在法官席正中央的審判長，挺直腰桿地回道。那一身乾淨俐落的白襯衫搭配黑褲的穿著，與倫子那時不同。害得賢一依舊會陷入一種錯覺，以為自己正在看女演員演出的司法劇。

結果優子在經過調查後被起訴。今天是第一次開庭。

自從感受到九月的氣息之後，已經過去了兩個禮拜。時間過得飛快。

旁聽券比倫子那時還難搶，只有賢一和倫子勉強保有座位。滝本岳父岳母並沒有出席。

在聽見優子被捕消息的一小時後，正浩突然在自家抱頭倒下。結果是腦梗塞。聽說命是保住了，但下半身無法自由行動，如果沒有人從旁協助，別說洗澡了，就連廁所都無法上。妻子壽子幾乎是二十四小時不間斷地在照顧他。

這麼說可能有點不太恰當，但是優子的目的，或許也在此達成了一樣。賢一瞥了一眼坐在身旁的倫子側臉，只見她動也不動地專心旁聽。

在賢一指出真相後的隔天，優子就到若宮警署自首。她很乾脆地坦白所有罪行，隨後也出現許多證據佐證了她的說法。當然，就如賢一對優子說的那樣，這其中並不包括臍帶。

例如，保管在婦產科醫院裡資料上的筆跡，雖然和倫子的字跡相似，但鑑定的結果發現是優子的筆跡。上頭也有指紋。警方也是在此時才表現出該有的執著態度，查遍了優子換手機前的所有通話紀錄，發現她打過好幾通電話給一個持有人不明的預付卡手機。後來才知道，這是藝人和體育相關人士所謂的「檯面下」的手機。早在先前，警方也已經在隆司的辦公室裡，發現了一個與此不同但出處相同的手機。

其中最關鍵的部分，就是警方在優子房內發現了一本沾有血跡的空白字條。透過正式的ＤＮＡ鑑定結果，證實是南田隆司的血液。她就是使用其中一張便條紙，讓智代寫上了自白內容。她沒有處理掉剩下的字條，也許是考慮到將來還有其他用處。又或者，是出自優子自身的某種理由，把它視為一種戰利品而被保存了下來。

優子被逮捕起訴。而倫子的訴訟則是史無前例地宣布延期。根據白石律師的說法，在一審判決出來，並確定優子有罪的期間，法院會在形式上進行倫子的訴訟，關於起訴她殺人的部分，應該是會被無罪釋放。現在倫子也是在白石律師的幫助下，獲得了保釋。

只是白石律師也表示，明知真凶卻選擇包庇，甚至還作出偽證等罪行這部分，幾乎是一定會被起訴。

而倫子好不容易被保釋，卻在本人的強烈堅持下，兩人一直是處在分居狀態。不過原因並非出自倫子對賢一的怨懟，當然也就不是為了離婚前做準備。倫子暫時寄居在雙親所在的橫濱老家中，幫忙母親一起照顧父親。

在優子被傳喚後不久，賢一便辭去工作。

不是調到相關企業裡，而是完全斷了關係。這既是公司的希望，也是賢一自己的意思。

對公司來說，至今為止的過程已不是那麼重要。賢一的親人打死高層幹部的事實不變。關於真相，凶手也只是從公司職員的「妻子」變成了「小姨子」而已，對於一個組織來說，無疑是塊想要切除的腫瘤。

雖然賢一尚未決定換去哪裡工作，不過白石律師事務所介紹了一間原是顧客之一的公司給賢一。那是一間主打生鮮食品的超市，以首都內為中心，有好幾間店鋪。不過賢一現階段決定先選擇離家最近的店鋪工作。開車也不用十分鐘。

工作內容並不是事務型的內勤，而是賣場負責人。不過對方也能體諒智代的事情，所以早上他可以先送智代去「太陽之家」，之後再去上班。傍晚對方也同意讓賢一中途離開去接智代。雖然離回家還有兩個小時左右，會放智代一人待在家中，但是目前也只能先這樣。

賢一原是這麼考量，不過香純現在一放學就會立刻回家幫忙照顧智代。即使沒有拜託她，她也會自己去養護中心接智代。智代的腳跟腰原本就還算健壯，所以兩人也會坐巴士，之後再一起走回家。

賢一與香純的關係並未因此完全修復。不過也多虧有智代的存在，儘管只是最低限度，但彼此也開始有了對話。

「下個月，石神井公園。」

雖然香純只說了這麼一句話，但她的意思就是，「養護中心每年都有遠足活動。如果要讓奶奶去的話，就必須有人陪。」

「是幾號呢？我去問問看白天能不能溜出來一會。」

香純沒有看向賢一，隨即小聲地說。

「沒差。反正也是禮拜天，我可以去。」

賢一實在太開心，便把前後的事情打成訊息，向倫子報告。

【太好了呢。】倫子回覆。

光是這四個字，賢一都不知道自己到底讀了多少遍。

今天在法院碰面，是賢一與倫子久違兩個禮拜的重逢。

他們在休息室有聊上幾句，不過大概是開庭前的緊張吧，賢一腦裡只想得到「妳有沒有好好吃飯」這樣無聊的話題。

「我恨過。」聽到優子的聲音，法庭內是一陣騷動。檢察官像是要特別強調此刻，隨即提高音量道。

「麻煩妳再說一次。用審判長及陪審員席都能聽到的音量清楚道出。」

「我恨被害人，恨到想要殺死他的地步。雖然我不記得毆打他的當下對他有沒有殺意，但是我很慶幸那個男人死了，直到現在我仍是這麼覺得。」

「這是為什麼呢？」

「要說為什麼，那就是因為他沒有徹底地把姊姊一家推向毀滅。明明我是那麼期待姊姊一家會四分五裂才忍著跟他發生關係——然而他有的只是那張嘴巴跟旺盛的性慾，做的事情淨是虎頭蛇尾。」

法庭內的議論變得更大聲。

「安靜。麻煩旁聽人請保持肅靜。」

審判長提高音量喊道。

記者們抄寫筆記的聲音，低聲迴響著。

聽完了第一次的開庭，兩人便離開了法院。

他們沒有被媒體和看熱鬧的人發現，成功脫身。

兩人決定去有樂町或是銀座吃頓午飯。

「反正也沒事，要不要走一走？剛好今天也比較涼爽，乾脆就從日比谷公園穿過去吧？」

「感覺不錯呢。」倫子今天首次露出了微笑。

兩人在日比谷公園並肩散步，是多久以前的事呢？

「久違二十年了呢。」

倫子彷彿讀到了賢一的內心說道。

公園內洋溢著秋天的氣息。裡頭正在舉行活動，好像是地方特產的博覽會。味噌田樂豆腐的味道刺激著兩人的胃。他們緩緩地走在一排排的帳篷旁，聊著漫無邊際的話題。他們並沒有談到優子。

兩人很自然地坐在附近的長椅上。為了掩飾自己的害羞，賢一抬頭仰望晴朗的天空。

「經過這次的事情我終於懂了。家人不是放著不管就能順利發展，而是要盡全力去保護的。」

告訴賢一這件事的，是與案件相關的一名刑警。他聽說真壁已經失去了妻子，而他最自責的就是沒能保護好對方。如果有機會的話，賢一真想再多了解一點他的故事。

「——以及，我應該要待在妳們身邊。自從確定要被調派以後，大家的笑容也變得越來越少，這讓我很難過。」

「不是那樣的。」倫子反駁道。「失去笑容的是你。在確定調派前的那陣子，你不管是早上還是晚上，表情都是那麼的痛苦。以前的我們總是開開心心地笑著，突然間，家裡的氣氛就變冷了。」

「是嗎……或許真的是這樣呢。」

果然自己什麼不懂，真不知道該難過還是要覺得可笑。

「就算妳入監服刑的判決書下來，我也會一直等妳的。」

賢一小聲地說著，隨即又懊惱自己說了多餘的話。倫子默默地點頭。白石律師有說會幫忙爭取緩刑。

「有一件事情，我一直想跟你道歉。」
「什麼事？」
「那天晚上的事。」
「那天晚上？」
「就是除夕夜那天——」
啊啊，賢一點頭。是在說除夕那天晚上，倫子不僅拒絕了賢一的碰觸，還把他伸來的手打掉那件事情吧。那確實讓他大受打擊。
「這次引起這麼大的騷動，真的是不管怎麼向你道歉都不夠。但是夫婦之間的事情，應該要分開來看，所以我也必須好好和你道歉……對不起。」
這很像倫子會講的話。賢一心裡想道。
「我早就被之後的事情煩到全都忘記了。」
但是妳為什麼會那樣做？賢一忍下詢問的衝動。他怕聽到的回答是：「因為我覺得我心底某處，還是恨著你的。」不過，倫子自己卻說出了真正的理由。
「如果那天晚上我們發生了關係，我可能會變得脆弱，也可能會向你示弱。」
「示弱？」
「是啊。因為我沒有你想像中的那樣堅強……最開始是因為優子的事情，之後南田兄弟又跑來找我，誤會的不只是你跟香純，我也受到周遭不少苛刻的對待，而媽媽的症狀又越來越嚴重。」
倫子接著露出靦腆的微笑。

「——畢竟那時我正處於很想叫你『不要再去那麼遠的地方，待在我身邊』的時期。但是如果我真的說了那些話，又怕性急的你又會做出什麼事情。」

原來是這樣。或許自己真如優子所說的那樣，中年男子的遲鈍，本身就是一種罪。

「我才要跟妳道歉。」

如果再繼續說下去，賢一有可能會難為情地掉下眼淚，所以他做了一個深呼吸後，隨即改變話題。

「那個，或許妳會不想回答，但有一件事情，我還是希望妳能告訴我。」

「嗯。」

「妳是不是一開始就知道，優子是凶手了？」

倫子露出淡淡笑容，接著她伸直長椅上的腿，盯著自己的腳尖。

「畢竟我們是『姊妹』啊——那天晚上，我出門買完東西回家時，事情已經發生。雖然優子說：『是伯母做的。』但我馬上就知道她在說謊。」

「為什麼？」

「我其實不是很想說……那是因為，優子臉上露出了淺淺的笑意。她的臉上彷彿寫著，『姊姊，快點說是妳做的呀。』……而她也很快意會到，我已經發現了真相。但是我們都沒有說出口，就這樣朝『動手的是智代。而這個罪，就由媳婦倫子來承擔。』這個劇本走……我們倆姊妹真的很差勁呢。你生氣了吧？」

「我要對什麼生氣？」

「雖然只是以前提來論，但我還是讓媽媽當了凶手。」

「妳指那件事啊——算了，反正本人一定也『忘了』。」

賢一對於自己說出口的話，不由得笑了。或許正因為是現在，他才笑得出來吧。

「還有一件事我也騙了你。」

「喂喂，怎麼還有？饒了我吧。」

「與其說是騙你，或許更應該說，我沒有告訴你真正的實情。」

「感覺妳正經得有點恐怖呢。」

難道倫子想說自己不甘寂寞，真的有了外遇？這樣的念頭在賢一心底一閃而過。希望倫子不要這樣告訴自己。

「關於優子的『養子症候群』，你是知道的吧？」

「嗯。在妳被拘留的期間，我和小優對話的時間也變多。那陣子我聽說了很多事。」

「那個，其實有一部分是對的。」

「呃？」

賢一不自覺地看向倫子。

「這不是她自己的胡思亂想嗎？」

「畢竟是一家人，每天生活在一起總會感覺哪裡怪怪的。所以我也發現了。」

「什麼意思？」

「你不覺得我們長得很像，但又有很多地方不一樣嗎？」

「我是有這麼覺得。不過兄弟姊妹也會有不一樣的人吧？」

「也許旁人看不出來，但是我們自己會知道的。會覺得『這個人，有點不同』這樣。」

「那她真的是養女？」

「也不對。我公布答案吧，我們的爸爸是不同人。」

「所以是媽媽再婚的意思？」

「也不是。」

「我投降了。拜託妳別再賣關子，快點告訴我吧！」

「那你保證會把這個祕密帶進墳墓裡嗎？」

「我保證。」

「是外遇。」

「呃？」

「是媽媽在外偷情生下的孩子。」

所謂的無言以對，說的就是這個時候吧。特產博覽會的吆喝聲，恰巧填滿了此刻的沉默。

「我上中學的時候一直逼問媽媽，她才告訴我真相。當時DNA鑑定也尚未普及，所以我就威脅她說：『只要接受精密的血液檢查就會知道。我也會把結果告訴優子。』」

「於是她就告訴妳真相了？」

「嗯，我媽受不了威脅的。」倫子笑得有些寂寞。

「所以，小優也知道了這件事？」

「我覺得她應該是不知道。如果老實地跟她說，也許今天就不會發生這樣的事了……又或許還是會發生。」

「妳打算有一天跟她說嗎？」

「我很猶豫，不知道該不該說。不過，我想應該是不會說吧。」

「我本來還覺得她很強勢這點，跟正浩岳父很像呢。還有用道理逼迫對方、徹底地扳倒對方等等。」

「呃？」

「是呀，一模一樣對吧。」

賢一看著倫子皺起眉頭。

「妳這句話是什麼意思？我越來越搞不懂了。」

「你果然很遲鈍。」倫子笑道。

「媽媽外遇生下的孩子，是我。」

由於太過震驚導致說不出話的感覺，自己這一年來到底經歷過幾次了呢？

「也是因為我爸那種性格，所以媽媽才會一時鬼迷心竅。對方似乎是跟我爸同期進公司的人。我也看過照片。他的笑容非常溫柔。我媽說，那天晚上我爸對她施暴，她便逃離家中找那個人商量，而他也對我媽非常關心。那是她唯一犯過的一次錯。後來我媽發現自己懷孕，剛好那時也介於和爸爸準備生小孩的時期，於是我媽就決定賭一把。沒想到我的眼睛附近，長得越來越像那個男人，她才和我爸坦承。」

「你爸原諒了妳媽？」

「或許是我爸也有他的考量吧。至少在那之後，他也不再對媽媽動手了。」

「既然如此，為何岳父對妳比較溫柔，對小優卻那麼嚴厲呢？」

「因為優子是和自己有血緣關係的孩子吧。他的個性就是那樣。」
「妳意思是說，他介意妳的出身，所以才會對妳有所顧慮？」
「大概吧。」
「而另一方面，該說是反過來了嗎？總而言之，對於自己真正的孩子小優就轉為嚴厲對待——」
「在向媽媽詢問真相以前，我一直在想，『為什麼只有自己一直受到偏袒呢？』雖然不知道答案，但這件事也讓我對優子感到過意不去，才會時時護著她，盡量對她好。只是在優子眼中看來，她似乎覺得這只是出自我自身的優越感。」
「她確實說過那樣的話。」
「而知道真相之後，更讓我愧疚不已。要是沒有我這個存在，或許優子可以自由自在地長大。這麼一來，她的性格可能也會有所不同。」
賢一代替倫子繼續之後的話。
「所以就連這次的案件，妳也認為追根究柢都是自己的錯。於是便包庇了她——」
倫子點頭。
「剛被逮捕的時候，要說沒有猶豫或是後悔也是騙人的。但是進了拘留所之後，我就更確定了自己的心情。我不能讓優子進來這種地方。」
在持續了好一陣子的沉默後，賢一伸出了他的手，而倫子也回握他。
「妳就是妳。從我第一次遇見妳的那天起就未曾改變過。」
「你也是完全都沒變呢。」

「真過分，我可是很認真的說。」

兩人隨即大笑。經過的人看到此畫面，也跟著露出了笑容。

在笑到一個段落後，兩人從長椅上起身，動作輕緩卻很堅定地牽起彼此的手，然後邁出了步伐。為了讓優子最期盼的事情落空，這隻手，他絕對不能再放開。

倫子的手指，和過去在法院碰到的那次不同，既不熱也不冷，而是和二十年前在這個公園裡觸摸到的感覺一樣，溫暖而柔軟。

逆思流
惡寒（原名：悪寒）

著　者／伊岡瞬
發行人／黃鎮隆
總經理／陳君平
經　理／洪琇菁
總編輯／呂尚燁
美術總監／沙雲佩
美術編輯／方品舒
譯　者／UII
執行編輯／劉銘廷
企劃宣傳／邱小祐、劉宜蓉
國際版權／黃令歡、梁名儀
文字校對／施亞蒨
內文排版／謝青秀

出　版／城邦文化事業股份有限公司 尖端出版
台北市中山區民生東路二段一四一號十樓
電話：（〇二）二五〇〇—七六〇〇
傳真：（〇二）二五〇〇—二六八三
E-mail：7novels@mail2.spp.com.tw
發　行／英屬蓋曼群島商家庭傳媒股份有限公司城邦分公司 尖端出版
台北市中山區民生東路二段一四一號十樓
電話：（〇二）二五〇〇—七六〇〇（代表號）
傳真：（〇二）二五〇〇—一九七九
中彰投以北經銷／楨彥有限公司（含宜花東）
電話：（〇二）八九一九—三三六九
傳真：（〇二）八九一四—五五二四
雲嘉經銷／威信圖書有限公司 嘉義公司
電話：（〇五）二三三—三八五二
傳真：（〇五）二三三—三八六三
客服專線：〇八〇〇—〇二八—〇二八
南部經銷／威信圖書有限公司 高雄公司
電話：（〇七）三七三—〇〇七九
傳真：（〇七）三七三—〇〇八七
香港經銷／城邦（香港）出版集團有限公司
香港灣仔駱克道一九三號東超商業中心1樓
電話：（八五二）二五〇八—六二三一
傳真：（八五二）二五七八—九三三七
E-mail：hkcite@biznetvigator.com
新馬經銷／城邦（馬新）出版集團Cite（M）Sdn. Bhd.
E-mail：cite@cite.com.my
法律顧問／王子文律師 元禾法律事務所
台北市羅斯福路三段三十七號十五樓
二〇二一年六月一版一刷

■中文版■

郵購注意事項：
1. 填妥劃撥單資料：帳號：50003021戶名：英屬蓋曼群島商家庭傳媒（股）公司城邦分公司。2. 通信欄內註明訂購書名與冊數。3. 劃撥金額低於500元，請加附掛號郵資50元。如劃撥日起 10～14日，仍未收到書時，請洽劃撥組。劃撥專線TEL：(03) 312-4212 ・ FAX：(03) 322-4621。E-mail：marketing@spp.com.tw

國家圖書館出版品預行編目(CIP)資料

惡寒 / 伊岡瞬作. UII譯. -- 1版. -- 臺北市 : 城邦文化事業股份有限公司尖端出版 : 英屬蓋曼群島商家庭傳媒股份有限公司城邦分公司發行,

2021.06

面； 公分

譯自 : 悪寒

ISBN 978-626-306-404-1 (平裝)

861.57 110005961